ブラウン神父の秘密

G・K・チェスタトン

JN192043

第四作品集に至っても，未だに驚異的なクオリティーを保つ〈ブラウン神父〉シリーズ。容疑者の詩人の不可解きわまりない行動の謎「大法律家の鏡」，この世の出来事とは思えぬ状況で発生した金塊消失事件「飛び魚の歌」，強烈な真相が忘れがたい「俳優とアリバイ」，常識をはるかに超えたユーモアと恐怖の底に必然的な動機がひそんだ「ヴォードリーの失踪」など全10編を収録する。〈ブラウン神父〉シリーズの精髄ともいうべき逆説とトリックの凄みが横溢《おういつ》する，巨匠チェスタトンにしか書きえない名短編集。

ブラウン神父の秘密

G・K・チェスタトン
中　村　保　男　訳

創元推理文庫

THE SECRET OF FATHER BROWN

by

G. K. Chesterton

1927

目次

ブラウン神父の秘密

ブラウン神父の秘密

初めはフランスで人も知る泥棒として、のちにイギリスで人知れず探偵として働いたフランボウが、どちらの仕事からも手を引いてからもうずいぶんになる。探偵の仕事をやめたことについては、泥棒だったころに稼業に勤《いそ》しみすぎたので、犯罪捜査に勤しむのがやましくなったのだ、と言っている人もあるようだ。どちらにしてもフランボウは、危機一髪の遁走《とんそう》や巧妙なごまかしにみちみちた生活の行き着く先としては似つかわしくなくもない場所に落ち着いた。世に言う空中楼閣、すなわちスペインの城にである。もっとも、フランボウのは小城ながらちゃんと地上に建っていて、茶色の丘辺を蔽《おお》ってかなりの広さを占める黒いぶどう畑や緑の菜園などもついている本物の城である。

あれほどの豪快な冒険生活を送ったフランボウだが、さすがに血は争えない。たいていのラテン人種に横溢《おういつ》していてアメリカ人などには欠けているあの気力、つまり、どうしても隠居せずにはおかないという気概《きがい》をフランボウも持ち合わせていたのである。ささやかな田園生活を送ることを唯一の望みとしているたくさんの大ホテル経営者のうちに見られるのが、この気風である。あるいは、商売が当たっていまや厭味な百万長者になりあがり、商店街をそっくり一つ買い取りもしようという間際になって考え直し、家庭の団欒《だんらん》とドミノ遊びを静かに楽しむべく隠居してしまう数多《あまた》のフランスの地方商店主のうちに認められるのが、この気風である。フランボウは、ふとした偶然で、ほとんどだしぬけに、あるスペイン婦人と恋に落ち、結婚した。そしていまは、所領の外にさ迷いでたいというそぶりもなく、このスペインの館で大家族の主として収まっているのである。しかし、ある朝、フランボウは、常になく落ち着きが足りず興奮の体《てい》であるように、家族一同の目に映った。そして谷間の道をこちらに近づく客人の姿を認めると、それがはるか遠方の黒い点のようにしか見えないうちから出迎えにとびだし、小さな子供たちを置き去りにして、長い坂道を一目散に駆けおりた。

その黒い点はしだいに大きくなったが、形状から言えばそんなに変化しなかった。どこまで来ても客人の姿は、大体のところ、相変わらず丸っこくて黒かったのである。聖職者の黒い服は、この丘のあたりでも見かけられないものではない。しかしこの客人のは、れっきとした聖職服にはちがいないのだが、スペインの神父たちの長い法衣に較べると、何やら平服じみていて、軽快な感じさえ漂わせていた。これを見れば、この坊さんが英国からやってきたということは、ロンドンの停車場のラベルが貼ってあるのと同じことで、一目瞭然だった。

坊さんは、棍棒《こんぼう》のような握りのついた太く短い蝙蝠傘《こうもり》を持っていたが、フランボウはそれを目に留めると、感極まって危うく涙をこぼしそうになった。これぞフランボウがかつてこの坊さんとともにした冒険の数々で異彩を放った、由緒ある蝙蝠傘だったのである。そしてこの坊さんこそ、フランス人フランボウのイギリスの友、前々から望まれていた訪問をこの日ようやく実現したブラウン神父なのだった。ずっと手紙のやりとりはしていても、相見《あいまみ》えるのはずいぶん久しぶりのことだった。

ブラウン神父はやがて、フランボウの家族のあいだにしっくりと身を落ち着けた。なかなかの大人数なので、感じから言えば家族というよりは一つの小さな社会である。神父はやがて、幼いキリストをうまやに訪れて供物を捧げた三人の東方の博士の像に紹介された。木彫りの、大きな、金泥《きんでい》を塗って彩色した像で、クリスマスになると子供たちにプレゼントを持ってきてくれる。つまり、スペインではそれほど子供たちのことが家庭生活で幅をきかせているというわけである。また、お城の犬や猫や家畜たちにも紹介してもらった。それだけではなく、ブラウン神父は隣人の一人に紹介されたのだったが、この人物も、ブラウン神父と同じように、異国風の衣装と身だしなみをこのスペインの谷間に持ちこんでいた。

ブラウン神父がこの威風堂々たる外国人に会ったのは、滞在三日目の夜のことだった。この人物は、やってくると、どんなスペインの殿様も顔負けするような古式ゆかしい会釈をして、スペインの城主フランボウならびにその一統に折目正しくあいさつした。長身で、やせ型で、頭は白くなりかかっているがなかなかの好男子で、その手や袖口やカフスボタンの燦《さん》として輝くことといったら、磨きがかかっているといったどころの騒ぎではなかった。しかし、この紳士の長い顔には、英国の漫画でマニキュアをした長袖の紳士につきものとされている、あの気抜けした感じは少しも見られなかった。それどころか、きびきびした、引きしまった顔つきをしていた。また、これくらいの年配の紳士には珍しいことだが、目がもの問いたげに強く無邪気に輝いてもいた。それだけでもこの紳士の国籍は大方見当がつくというものだったけれども、それに加えてこの人は上品に鼻にかかった声で口をきいたり、ヨーロッパで目に触れるものを片っぱしから古い由緒あるものと決めこんだりして、お国ぶりを発揮していた。これこそ誰あろう、アメリカ人観光客、ボストンのグランディソン・チェイス氏で、フランボウの城があるところと似た丘に建つ同じような古城を借りて、フランボウの隣人としてアメリカ式観光旅行のひとときを過ごしていたところだった。チェイス氏は、賃借り中の古城が大いにお気に召していて、友好的な隣人フランボウのことを、古びた土地の産物で、まず城に似たようなもの、と思いこんでいた。それというのも、フランボウは、前にも述べたように、元からこの土地に根を生やしていたような顔をして隠棲《いんせい》していたからだ。ぶどうやいちじくの樹などと一緒に大昔からこの土地に生え育ち申し候《そうろう》、といった案配だった。それに名前のほうも、いまは本名に返ってデュロック《盤石》を名のっていた。フランボウ《松明》というのは、泥棒稼業で世を渡ろうという不心得者が社会に挑戦する際に名乗る類《たぐい》の、仮の名にすぎなかったのである。

フランボウは妻子を大事にしていたし、戸外を歩くにしても、鉄砲打ちに必要な範囲以上には遠出しなかった。だからフランボウは、このアメリカ人観光客の目には、明るい堅気さと節度ある贅沢《ぜいたく》を尊《とうと》ぶ気風の権化《ごんげ》かと見えた。このアメリカ人は、聡明《そうめい》にも、そのような理想の生活を南欧の住民たちのうちに見いだして賛美していたのである。というわけで、西の方新大陸より転がってきたチェイス石は、充分に苔《こけ》むした南欧のフランボウ岩の上にしばしの安らいを得て、欣快《きんかい》にたえなかった。しかしチェイス氏は、前にブラウン神父のことを聞いて知っていたので、神父に引き合わされると、名士に接したようにいくぶん口調も改まった。アメリカ人チェイス氏のうちに、かのインタビュー本能がめざめ、如才《じよさい》のない、油断もない顔になった。そしてブラウン神父から、歯でも抜くように何かを引きだそうとしたとしても、巧妙を極めた、痛みなど少しもない、例のアメリカ式抜歯法の手際をもってしたのだった。

三人が座っていたのは、スペインの邸宅の正面口によくある、半ば屋根のさしかけられた外庭のようなところだった。夕闇がしだいに濃くなって、もう夜になろうとしていた。陽が落ちると山間の空気はにわかに冷たくなるので、三人のいるところには小さなストーブが据えられていて、それが鬼の目のように燃えながら敷石の上に赤い絵模様をしきりに描いていた。頭上には、まだ青味をおびた深い夜空を截《き》って、褐色《かっしょく》の裸煉瓦《れんが》の外壁が高々とそびえていた。そしてストーブの火が、その大きな外壁の裾のあたりに、あるかなしかの明かりを投げかけていた。フランボウは、大きな樽《たる》から黒々としたワインを注ぎだして、みんなに配っていた。その動きにつれて、この男の広い肩とサーベルのような偉大な髯《ひげ》が、夕闇のなかでぼんやりと見分けられた。ストーブの前にちょこなんと丸くなっているようなブラウン神父、その姿がフランボウの影に重なると、ことさら小さくちぢみがちに見えた。一方アメリカの客人は、膝の上に肘を落として上品に身を乗りだし、目鼻だちの整った顔をくっきりストーブの火に浮きあがらせていた。その目は知的好奇心をみなぎらせて、きらきらと輝いていた。

「いや、まったくのところ」とチェイス氏はしゃべっていた――「例のムーンシャイン殺人事件をご解決になったお手なみなど、探偵科学の歴史を通じてまれに見る名解決だったと断言してはばかりませんな」

　ブラウン神父は何やらもやもやとつぶやいたが、聞く人によっては、つぶやいたというよりは、呻《うめ》き声をあげたようにとれたかもしれない。

「デュパンあたりの名解決とやらをわたしも知らないわけじゃありません」とアメリカ人はおかまいなしに続けた。「ルコック、シャーロック・ホームズ、ニコラス・カーターといった斯《し》道《どう》の架空の大家たちの仕事などもよく存じております。しかし、同じく名解決とは申しても、神父さんのは、架空たると実在たるとを問わず、ほかの大家たちのとは、方法的に多々相違するところがございますな。実際、これは方法論上の相違の問題というよりは組織的方法の有無の問題ならんか、と考える向きもあるようでございますが」

　ブラウン神父は黙っていた。ストーブにあたりながらうとうとしていい気持ちになっていたものらしい。しかしこのとき、ふと我に返ったようにぴくりと身体を動かして口をきいた――

「や、失礼を。ええと……そうそう、わたしには方法がない……いかにも……そのうえ、ちと注意力のほうも」

「いやいや、厳密に図式化された科学的方法をお持ちでないということでございましょうな」と相手は続けた。「エドガー・アラン・ポオは、デュパンの方法ならびにその織りなす見事な論理の綾《あや》を、会話体の随想のなかで解きほぐしてみせています。ワトスン医師は、ホームズの方法ならびにそれが発揮された具体的事情の細部に関し、理路整然たる解説を聞かせられています。しかし、神父さんの方法につきましては、まだ誰一人として本格的な解説をうかがった者がございません。承りますと、この問題についてアメリカで連続講演会をお願いしたいという申し入れを、お断わりになったというじゃございませんか」

「はい」ブラウン神父は顔をしかめてストーブを見ていた――「お断わりしました」

「あれをお断わりになったということにつきましては、わたしの国でもいろいろと取り沙汰する者がございまして」とチェイス氏は言った――「なかには、ブラウン神父の探偵科学は単なる自然科学を超越したものだから解説などできないのだ、などと言う者もございました。もともと魔訶《まか》不思議の秘法なのだから、軽々しくあからさまにしてよいものではない、なぞと申しましてね」

「もともと何なのですって？」ブラウン神父はやや開き直ったように尋ねた。

「秘義秘教の類だろうと言うのです」チェイス氏は答えた。「まったくのところ、ギャラップ殺人事件、スタイン殺人事件、老マートン殺人事件、それにグィン判事殺人事件、あるいはアメリカでもよく知られているドールモンの二重殺人事件、こうした事件はかなりのセンセーションをまき起こしたものです。事件が発生する。神父さんがそのまっただなかに不意に姿をお見せになる。そして事件の起こった次第をみんなにご説明になる。しかし、どうして真相が神父さんにおわかりになったかは、決してお明かしくださらない。そういうわけで、ブラウン神父はあれは千里眼だと言う者も出てこようというものです。カルロッタ・ブラウンソン女史などは、神父さんのお解きになったこうした事件から例をひいて、千里眼の認識形式について講演しています。インディアナポリス女流透視術者協会は……」

ブラウン神父はじっとストーブに見入っていたが、このとき、いきなり大きなひとりごとを言った——

「はて、さて。始末の悪いことになりおった」

「まったく始末におえませんな」とチェイス氏はユーモラスに言った。「女流透視術者といった手合いは大いに抑えつけてやらなくちゃなりません。しかし、こうしたことにけりをつけるには、結局、ブラウン神父の秘密の法術なるものをご自分でお明かしくださるよりほかないと存じますが」

ブラウン神父はううっと唸った。そして顔を手で蔽って、しばらくわなわなと震えているようだったのは、考えこむふりをして一生懸命に笑うのを我慢していたものらしい。ややあって頭をあげると、ブラウン神父は観念したように言った。

「よろしい。秘密をお話ししなくてはなりますまい」

ブラウン神父は、赤くまたたく小さなストーブから目を離し、宵闇《よいやみ》迫るあたりの景色に、黒い光を宿したその大きな目をめぐらした。城の古い外壁は寒々として、高く大きく、これを見おろして大きな星が二つ三つ南の空にしだいに強く輝いてきた。

「その秘密とは……」ブラウン神父は言いかけて、ふと口をつぐんだ。そしてしばらくその先を言いよどんでいたようだったが、やがて再び口を開いた。

「つまり、あの人たちを手にかけたのは、実は、このわたしだったのです」

「何ですって?」底知れぬしじまを衝いて、チェイス氏が小さく訊き返した。

「つまり、このわたしが自分であの人たちを殺したのです」ブラウン神父は辛抱強く説明した。

「だからわたしには、すっかりわけがわかっていたのです」

グランディソン・チェイス氏の腰が宙に浮いた。その長身が、ゆるやかな爆発でも起こしたみたいに、天井に向かってずんずん伸びて、茫然《ぼうぜん》と立ちつくした。そしてブラウン神父を見おろしながら、おずおずと、何ですって、ともう一度訊いた。

「犯行にあたって、わたしは綿密に計画をめぐらしました」ブラウン神父は続けた。「ああいったことが、まさにどのようにして起こるものなのか、どういう精神状態ならああしたことが実際にできるものなのかを考え抜きました。そしてわたしの心が犯人の心とまったく同じになったと確信できるようになったとき、むろん、犯人が誰だかわたしにわかったのです」

チェイス氏は、途切れ途切れのため息のようなものを洩らしていた。

「ああびっくりした」チェイス氏は言った。「あなたが本当に人殺しをしたとおっしゃるのかと、しばらくは気が気ではありませんでした。実際、アメリカの新聞という新聞がこんな大見出しででかでかと書き立てるのが目の前にちらつきさえしたんです――『聖者探偵じつは殺人鬼――ブラウン神父の積悪露見す』でも、むろん、ただのもののたとえなら、犯罪心理の再構成というだけのことなら……」

「いやいや、とんでもない」ブラウン神父は怒ったように抗議した。「ただのもののたとえなどではありませんぞ。意味合いの深い事柄について何か言おうとすると、いつもこうなのです……言葉が用をなさなくなってしまう……ただ精神的に真実であるようなことについて話すとします。すると人は、厳然たる真実をお伽話《とぎばなし》めいた空想と取り違えてしまう。現に、あれは足も二本ついたちゃんとした人間だったが、『わたしは霊的な意味合いで神を信じているだけです』とわたしに言った人がある。当然わたしは『そのほかの意味合いで神を信じることができますかな』と申しました。するとどうです、この人は、進化論やら道徳科学やらのがらくたのほかは何も信じなくともよいということだ、とわたしの言葉を取ってしまった……わたしが人を殺した、と申すのも、ただのもののたとえやお伽話ではないのです。このブラウンが人を殺めようとするところを、わたしは本当に自分で見たのです。物質的な手段を用いて殺《あや》しはしません。しかし、そんなことは問題じゃない。物質的な手段を用いて人を殺すには、煉瓦ひとかけら、棒きれ一本でこと足りる。いったいどのようにして人は殺人を犯すようになるのか、それにわたしは思いをこらしました。わたしに殺人犯の心情が実感できるようになるまで、そのことを考え抜きました。凶行に踏みきることを自分に許しこそしなかったが、そのほかの点ではまったく殺人犯になりきったのです。このやり方は、宗教修行の一法として、昔友人から教わったものです。友人はこれをレオ十三世、若いころのわたしの英雄だったさきの教皇レオ十三世から学んだようです」

「どうも、まだよほどご説明いただかないと、何をおっしゃっているのやら、さっぱり」アメリカ人は不審の晴れない口調だった。そして猛獣でも見るような目つきでブラウン神父をまじまじと見ながら言いかけた——「探偵科学は……」

ブラウン神父は、困惑と興奮の入りまじった心持ちを身ぶりに出して、ぱちりと指を鳴らしてチェイス氏を制した。
「まさにそこだ」と神父は叫んだ。「そこから話が食い違いはじめる。科学というものは、その本来の姿でとらえるなら、どうしてなかなか立派なものだ。科学という言葉、これもその本義を誤らずに使うのなら、とびきり立派な言葉だ。しかし、当今、科学といえば十中八九何を意味します。探偵法が科学だというのはどういうことです。犯罪学が科学だというのはどういうことですか。それは人間を内側からでなく外側から吟味《ぎんみ》することです、でかい昆虫か何ぞのように。そして偏見をまじえぬ冷厳なる光とかいうものに照らして研究しようというのだが、そんなものはわたしに言わせれば非人間的な死んだ光にすぎん。

そういうことをいくらやっても、罪を犯す人間の正体は遠のくいっぽう、ついには先史時代の怪獣のようなものになってしまう。そしてたとえば《犯罪人型の頭蓋骨》などという研究に夢中になったりするのだが（人体測定学によって犯罪者のタイプを分類したイタリアの犯罪学者ロンブローゾなどを想起されたい）、そうした科学する犯罪学者の目から見れば、犯罪人というものは不気味な異常発育の一種で、犀《さい》の鼻の頭についている角などと何ら選ぶところがない。こうした手合いが《犯罪人のタイプ》について云々《うんぬん》するのを聞くといい。ご当人がそのタイプに入ろうなどとは夢にも考えていない。もっぱら、隣人のことを考えている。それもたぶんはあまりお金のない隣人のことを。冷厳なる光、これはある意味では科学の正反対のものなのだが、それがときには役に立つこともありましょう。それはわたしも認めます。

しかし、それにしても当今に言う科学は、知識どころか知識の抑圧です。なにしろ、わたしどもの心に近く親しい事柄を、手のとどかぬ遠方の不可思議として理解したい、というのだから。親友を赤の他人として遇しよう、というわけです。人間には鼻がある、夜になると眠い、そう言う代わりに、人間は一対《いっつい》の目の中間に吻状突起《ふんじょうとっき》を有するものなりとか、二十四時間に一度発作的に無感覚状態に陥《おちい》るものなりとかいうのが、当節の科学だ。ところで、あなた方の言う《ブラウン神父の秘密》というのは、まさにこの反対のものなのです。わたしは人間を外側から見ようとはしません。わたしは内側を見ようとする……いや、いや、それ以上だ。なぜって、このわたしは人間の内部にいるのですからな。いつも一個の人間の内部にあってその手足を操っているのが、ブラウンなる存在でしてな。そのわたしが、殺人犯の考えるとおりに考えるのです。殺人犯と同じ激情と格闘するのです。やがてわたしには、殺人犯の身体のなかに自分がいるのがわかってくる。こみあげてくる憎悪の念が、わたしの身体をねじ曲げ、すきあらばと身がまえる異形の姿となる。半ばおかしくなった頭が見えるものも見えなくし、偏執狂の狭いぎらぎらする視界に、とげとげしく血ばしった目を注ぐようになる。そこに見えるものといえば、もう、血の池めがけてまっすぐに延びる一本道のぎくしゃくした眺めだけ。わたしは本当に殺人犯になるのです」

「ふうむ」チェイス氏は厳粛な渋面《じゅうめん》をつくってブラウン神父を見つめながら言った。「して、これを神父さんは宗教修行とおっしゃるんですか」

「いかにも」とブラウン神父は答えた。「宗教修行の一法と申したのがこれです」

ブラウン神父は、しばらく黙っていたが、やがて先を続けた。

「これは本当に宗教的なものなのです。だから、できようことなら何も言わずにおきたかった。しかし、あなたがこのままお帰りになって、千里眼の認識形式とかいった類の不可思議の法をわたしが用いている、などとお国の人たちに言いふらしたりなさるとなると、これは放っておくわけにはまいりませんでな。そこで《ブラウン神父の秘密》なるものをお明かししたのだが、うまく説明できたとは自分でも思わない。しかし、決してでたらめを申したわけではありませんぞ。人間は自分がどれほどの悪人なのか、どれほどの悪人になりそこなっているものなのか、それがわかっていないうちはいくら善人ぶっても何にもならん。なにか犯罪のことを聞いて、したり顔に眉をひそませたり、あざ笑ったり、一万マイルも遠方のジャングルの猿の話でもするように《凶悪犯人》のことを話したりするというのは、いったいどういう権利が自分にあってのことなのか、それをまじめに考えないうちはただの俗物にすぎん。

いわゆる劣弱タイプだの犯罪型の頭蓋骨だのを得々として云々する思いあがり、あのパリサイ人の独善的な不遜を、自分の魂からきれいさっぱり絞りだしてしまわぬうちはだめです。ふらちな犯罪人なるものを自らのうちに見つけだしてひっ捕え、こいつが暴れたり狂いだしたりしないよう、同じ帽子を一緒にかぶって鼻突きあわせて暮らしても大丈夫なよう、こいつを自《じ》家薬籠中《かやくろうちゅう》のものとしてしまうことを念願とするようになるまでは、人間というものはどこまでいってもだめなものです」

フランボウが進みでて、大きなグラスにスペイン・ワインを満たしてブラウン神父の前に置いた。チェイス氏の前にも同じようなものが置いてあった。それからフランボウとしては初めて口を開いた。

「きっとブラウン神父は、最近いろんな怪事件にお遭いになったのだと思うな。いつかもチェイスさんとその話をしていたんです。わたしと離れ離れになったあとも、神父さんは変わった連中を相手に事件の解決に当たってらしたのですよ」

「ええ、それはわたしもいくらか存じておりますが……しかし、いまおうかがいした原則の適用となると、どうも」チェイス氏は首をひねりながらグラスを取りあげた。「いかがでしょう、実例でご説明ねがえませんでしょうか……その、最近扱われた事件もやはり、いまおうかがいした内省的方法でご解決になったのですか」

ブラウン神父もグラスを取りあげた。赤ワインが火に透けて、殉教者の似姿が血の色に輝き映える聖堂のステンドグラスを思わせた。ひき入れられるように、神父はグラスの宿す炎に深いまなざしを注いでいた。グラスが全人類の血の海を湛《たた》えてでもいるかのようだった。神父の魂はその深紅の海のなかをしだいに深く沈潜していった。いまわしい異形と原初の不浄のうごめく深淵をかいくぐり、奴隷根性が歯がみし、妄想が千々に乱れる境にわけ入って、神父の魂は血の海の底に淀むものを見定めようとしているのだった。だから神父の目には、そのグラスのなかに、赤い鏡に映したように、数多のものが見えた。

そこには神父が最近に見知った人たちの怪しいふるまいが、深紅の人影の動きとなって映しだされていた。チェイスの求める実例なるものが象徴の形をとって躍っていた。これより述べる物語の一つ一つが次々に去来していた。たとえば、グラスの赤いワインは、赤茶けた砂地の広漠たる落日のように見え、崩れるように倒れる人とそれに走り寄る人の姿を影絵のように浮き立たせていた。その夕日が割れ砕け、その細片はいつのまにか、泉水を赤く染めて庭樹のあちこちに揺れるランタンとなっていた。そして次の瞬間、すべての色が寄り合って一つになるかと見ると、太陽のように世界に照り映えて輝く壮大な紅い宝玉のバラとなり、ただ、古代の僧のような頭布をかぶった長身の男の影法師だけが、この絢爛《けんらん》たる光の世界に背を向けているようだった。そしてその眺めが溶けてしまうと、あとには、燃え立つように赤く粗い顎鬚が、灰色の荒野で風に吹かれてそよいでいるだけだった。すべてこのようなことは、のちほど別の角度から、また神父自身のとは違ったムードで、改めて見直すことにするが、とにかくそうしたことが、挑戦に応じて神父の記憶のなかによみがえり、それがしだいに物語の情景や筋として形を整えはじめていたのだった。

「そうです」ブラウン神父は、ゆっくりとグラスを口元に運んだ。「思い出しますが、あれは……」

大法律家の鏡

ジェームズ・バグショーとウィルフレッド・アンダーヒルは、同じ郊外に住みついた、古いつきあいの友人だった。二人は好んで夜の散歩に連れ立って出かけた。死んだように静まり返った夜ふけの郊外住宅地の入り組んだ道筋を、しゃべる口は休めずにぐるぐる歩きまわるのである。バグショーというのは、黒い小さな口髭《くちひげ》を生やした、浅黒い、気のいい大男で、これは捜査係の警部だから本職の探偵だった。アンダーヒルは、明るい髪をした、鋭敏そうな顔だちの紳士である。こちらは、探偵の仕事に興味を持っているアマチュアだった。そして、探偵小説と称せられる高尚な科学小説の読者がご覧になったらさぞかし愕然《がくぜん》となることだろうが、滔《とう》々《とう》と論じているのは本職の探偵のほうで、アマチュアのほうは聞き手にまわっているばかりか、話し手にいくらか敬意さえ払っている始末だった。

「商売多しといえども」とバグショー警部は話しているのだった。「専門家にかぎってろくな仕事をしない、ということになっているのは我々の商売くらいのものだろう。無能な床屋がお客の協力を得てようやく整髪を遂行した話だの、自動車運転の本義をわきまえていないタクシー運転手が乗客の講釈に啓発されてどうやら発車に成功した話だの、そういう小説を書いた人はまだいないからな。むろん、我々の仕事が型にはまりすぎるきらいのあることはぼくも認める。つまり、捜査の定石を振りまわしすぎるということだな。しかし定石に従って行動するといろんな利点があるんだ。そいつを認めようともしないんだな、探偵小説を書く先生たちは」

「しかし、きみ」アンダーヒルが言った――「シャーロック・ホームズなら、自分は論理の定石に従って仕事をしている、ときっと言うぜ」

「実際にも、そのとおりだろうな」相手は答えた――「しかしぼくが言ってるのは、組織の一員としての定石なんだ。軍の参謀たちが戦況を把握するやり方と似たようなものだな。個人的な推定に一から十まで頼ることはないんだ。組織が手に入れた情報は、組織の共同の目的のために、共同で使うんだ」

「そうしたことを探偵小説は度外視している、というわけだね?」

「まあ、そうだ。ホームズ探偵とレストレード警部を較べてみようか。同じ問題にぶっつかった二人の反応がどんなに違うか、ひとつ想像してみよう。たとえば――そうだな、見知らぬ男が車道を横断するところに出くわしたとしよう。シャーロック・ホームズは推理するだろう、こいつは外国人だ、と。車が来はしないかと用心する目の配りようが左側通行の国の人間とは違う、というだけのことでね。まったく、ホームズならそんな推理をしそうじゃないか。しかし、レストレード警部は、そうした推理はまずしそうもない。ところで、このようなことが起こった場合、探偵小説の作家たちがきまって見落とすことが一つある。レストレード警部殿は、推理こそできなくても、その男が外国人であるという事実を先刻ご承知なのかもしれない、ということさ。実際、レストレードはそれくらいのことは知っていていいはずなんだ。なぜって、あらゆる外国人を監視するのが警視庁の義務なんでね。あらゆる英国人をも監視しているじゃないか、という人もあるかもしれんがね。とにかく警察にはいろんなことがわかっているものだ。ぼくも警察官として欣快《きんかい》にたえない――誰だって自分の仕事はちゃんとやりたいからな。しかし一市民として考えてみると、警察にいろんなことがわかりすぎているんじゃないかと心配になることもある」

「まさかきみは」アンダーヒルは、あっけにとられたように叫んだ――「見知らぬ町の見知らぬ人たちのことがすっかりわかっていると言うのじゃないだろうね。それとも、たとえばいまあそこの家から誰か出てきたとして、それが誰だかわかるとでも言うのかい?」

「わかるね。それがあの家の主人だったとしたら」バグショー警部は答えた。「あの家は貸別荘でね、目下のところ、ルーマニア人と英国人のあいだに生まれた文学者が、あの家の主人だ。たいていパリに住んでいるんだが、いまは自作の詩劇に関係したことで当地に滞在中。名前をオズリック・オームという。新傾向の詩人というやつで、読んでもなかなかわからないそうだ」

「しかし、ぼくが言うのはこの通りに住んでいる人たち全体のことだよ。どの家も高い塀を無愛想にめぐらして、広い庭のうしろにひっそり隠れている。ここらじゃ、一切合切が不思議で、得体が知れなくて、予断を許さない。きみにこの辺のことがすっかりわかっているはずがない」

「それでも少しはわかっている」警部は答えた。「いま我々が通過中なのは、ハンフリー・グイン卿の邸の外塀だ。グイン判事殿と言ったほうが、通りがいいかな。前の戦争じゃドイツのスパイを告発する仕事で大活躍をしたおじいさんだ。そのお隣の邸のご当主は金持ちの葉巻き商で、出身はラテン・アメリカ。当人に会ってみると、なるほど肌が浅黒く、顔つきもスペイン人みたいだ。もっとも、名前のほうは純英国風にブラーというんだがね。それから、あっちの邸だが――や、変な音がしたな？」

「何の音だろう」とアンダーヒル。「見当がつかない」

「ぼくには見当がつく」警部が言った。「かなり大型の拳銃だ。二発撃った。続いて救いを求める叫び声。場所はグィン判事殿の裏庭、ほかならぬ法秩序と平和の楽園だ」

警部は往来の前後を鋭く見わたしてから、言葉を続けた。

「裏庭に入る門は一つきりしかないんだが、そこまで行くと半マイルの大回りになる。この塀がもちっと低いか、ぼくがもちっと身軽だったらなあ！　しかし、とにかくやってみなくちゃ」

「もう少し行くと低くなっている」アンダーヒルが言った。「手がかりになる樹も生えているようだ」

二人が塀に沿ってかけつけてみると、半ば地面にめりこんだように塀が急に低くなっているところがあった。そこに蔽《おお》いかぶさるように、暗い塀の内から生えでた庭樹が花を咲かせていた。その炎のように燃え立つ花弁が、街灯のわびしい光を浴びて冷たく光っていた。バグショー警部は、曲がった枝に手をかけるなり、低くなった塀の上にとびのった。アンダーヒルがこれにならうと、またたく間に、二人は、庭のはずれのぱちぱち鳴る植え込みに膝まで埋まって降り立っていた。

グィン判事邸の庭の夜の眺めはちょっとした奇観だった。郊外も終わろうとしている閑静な土地を広々と占める大きな庭である。住宅地もこの辺でおしまいで、庭に影を落として黒々とそびえるグィン邸の母屋《おもや》も、このあたりに建ち並ぶ邸宅の一番はずれにあたる。母屋は、少なくとも庭から見たかぎりでは、どの部屋も明かりを消しているか鎧戸《よろいど》をおろしているかして、文字どおりの真っ暗闇であった。ところが、母屋の建物が影を落としている庭のほうは、本来ならあやめもわかぬ真の闇であるべきはずなのに、あちこち気まぐれにちかちか灯をともしていた。打ち上げ花火の大きいのが庭樹のあいだに名残りの火花を散らしているといった感じだったが、近づいてみると、その正体は、立ち木に色つき電球をからませたものと知れた。アラディンの宮殿の、あの宝石のなる樹さながらである。それに、丸い小さな池が一つあって、水中に沈めたランプが燃えてでもいるみたいに青白い光を放っていたので、ひときわアラビアンナイト風の趣《おもむき》が深かった。

「パーティーかな」アンダーヒルがいぶかった。「イルミネーションがついているようだが」

「そうじゃない」警部が説明した。「イルミネーションはグィン判事の道楽なんだ。庭に一人でいるときにあんなことをして楽しむのだそうだ。向こうにバンガローみたいな離れがあるだろう。あそこには書類やなんかも置いてあって、仕事場みたいになっているんだが、判事殿はあそこから電気の森をぴかぴかさせてお遊びになる。判事と親しくしている隣のブラー氏の話じゃ、なんでも色のついたランプが今夜みたいについているときにお邪魔すると、いい顔をしないそうだ。色つきランプは立ち入り禁止のサインらしい、と言っていた」

「危険信号の一種だな」とアンダーヒル。

「こいつはいかん！　危険信号は本物らしい！」と言い捨てて警部は走りだした。

警部が見つけたものは、じきにアンダーヒルの目にも留まった。泉水をめぐる築山《つきやま》を月のかさのように包んで乳白色に輝いている光の輪が、二本の黒い縞《しま》のようなもので断たれていた。やがてそれは、さかさまに泉水の岸辺の築山に倒れ伏している男の、上向きに長く伸びた黒い足であることが判明した。

「あれを調べるんだ！」警部は鋭く叫んだ。「もしかすると……」

警部は、男の倒れている泉水めがけて、イルミネーションの光でほのかに明るい広い芝生を一直線に走った。アンダーヒルも警部を追ってわき目もふらずに走った。だが、そのときちょっと意外なことが起こった。光る池の黒い男をめざして鉄砲玉のように走っていたバグショー警部が、いきなり大きく向きを変えたかと思うと、いままでに輪をかけた韋駄天《いだてん》走りで母屋のほうにすっとんでいったのである。何のための方向転換なのか、アンダーヒルには見当もつかなかった。またたく間に警部は建物の陰の暗がりに消えうせた。途端に取っ組み合う音とののしり声が聞こえてきた。やがてバグショー警部は、まだいくらかじたばたしている赤い髪の男を引きずって戻ってきた。この男は、建物の陰の暗がりに隠れて、犯行現場から逃げだそうとしていたらしい。しかし警部は、この男のたてる、藪の小鳥のカサコソほどの音を耳ざとく聞きつけて、捕虜にしてしまったのである。

「アンダーヒル」警部は言った。「きみは走っていって池のほうの様子を調べてくれないか。

ところで、おまえは誰だ」警部は立ちどまって尋ねた。「名前を言え！」

「マイクル・フラッドです」と怪人物はかなりはきはきとした口調で答えた。ひどくやせた小男で、分不相応に大きな鉤鼻《かぎばな》をしている。その紙のように白い顔が、赤い髪と対照的だった。

「ぼくは何も関係がありませんよ。新聞記者でしてね、インタビューに来ただけなんです。来てみるとあの人が死んでいるので肝をつぶしました」

「名士とインタビューするのに」警部は尋ねた。「きみはいつも外塀を乗りこえて入っていくのかね？」

そう言って警部は渋面をつくって、花壇に続く小道を往復している足跡を指さした。

フラッドなる人物も同じように顔をしかめて答えた。

「新聞記者ともあれば、場合によっちゃ塀くらい乗りこえますよ。玄関をいくら叩いても返事がなかったんですからね。召使いが留守だったもので」

「留守だということがどうしてわかる？」警部はうさん臭そうに尋ねた。

「それはね」フラッドは妙に落ち着いて答えた。「なにもぼくだけが塀を乗りこえるわけじゃないからですよ。早い話が、あなただってやったんじゃないですか。とにかく召使いもやりましたよ。塀の上からとびおりるのを見たんですから、たったいま。ほら、あそこの庭木戸のすぐ脇のところから」

「どうして庭木戸を使わなかったんだ？」警部は詰問した。

「ぼくにわかるわけがないじゃないですか」フラッドはやり返した。「閉めだされたんでしょうよ、きっと。しかし、そういうことはぼくじゃなく本人に訊いたらどうです？　そら、やってきた」

なるほど、イルミネーションの色とりどりの光がかすかにさしている薄暗がりに、一人の男が現われてくるところだった。頭の角ばったずんぐりした人物で、お仕着せのベストは真っ赤で立派だったが、それ以外はひどく見すぼらしい身なりだった。その男は、目立たぬ程度に急いで母屋の横手の入口にたどり着こうとしているらしかったが、バグショー警部に呼びとめられて立ちどまった。そして、ひどく気の進まぬ様子でこちらに来たのを見ると、生気のない黄色い顔がどことなく東洋的な感じのする男で、ぴったりなでつけた黒い髪もよくその感じと釣り合っていた。

警部はいきなりフラッドのほうに振り向いた。「この土地に、きみの身元を証明してくれる人が誰かいるかね？」

「大していませんな、この国全体をさがしても」とフラッドは唸るように言った。「アイルランドからやってきたばかりなんでね。この辺で知っている人といえば、聖ドミニコ教会の神父さんだけです、ブラウン神父という」

「きみたち二人とも、この場を離れてはいけない」警部はそう言ってから、召使いにこう命じた――「ただし、きみには家のなかに入って聖ドミニコの司祭館に電話をかけてもらおう。ブラウン神父を呼びだして、即刻こちらにご足労ねがえませんか、と言ってくれ。おかしなまねをするんじゃないぞ」

精力的な警部が逃走の怖れのある参考人たちを確保しているあいだ、アンダーヒルは指示に従って悲劇の現場にかけつけていた。現場の状況はずいぶん異様なものだった。事件の性質が真に悲劇的であるかどうかはまだわからないが、相当に幻想劇めいたものであるのはたしかだった。死体は（死んでいることは一目瞭然だった）、泉水に頭を浸して倒れていた。電気の樹の人工光線がその頭にまやかしの後光をつけていた。鉄のコイルのような黒い巻き毛を少々残して禿《は》げあがったその頭といい、頬のこけた顔といい、あまりいい人相とは言えない。こめかみに弾丸の傷がついてはいたが、誰であるかはアンダーヒルにもすぐわかった。いろんな写真で見覚えのある、ハンフリー・グィン卿に相違なかった。卿は長身の身体を黒い夜会服で包み、築山から泉水に向かって倒れたままの恰好で死んでいた。蜘蛛《くも》のように、とでも言えそうな黒い細身のズボンの長い足が、右左違った角度で、急勾配の斜面に上向きに投げだされていた。血が、光を帯びた水のなかを、渦を巻いてゆるやかに流れでていた。夕空を染める透明な紅《くれない》さながらに血の渦がくねくねと漂うのが、魔性のものが戯《たわむ》れに描くアラベスクかと見えた。

アンダーヒルは、時の経つのも忘れてこの不気味な眺めに見入っていたが、ふと我に返って見あげると、築山の上に四つの人影が立っていた。バグショーとアイルランド人の捕虜がいるのは意外ではなかった。もう一人の捕虜のほうも、身なりを見ただけで身分の見当がついた。こんな真っ赤なベストを着るのは、大家の召使いと相場がきまっている。しかし四人目は、一種奇怪な荘重な雰囲気を漂わせる人物で、それが、この調和を失した惨状の雰囲気と、不思議に調和しているようだった。丸顔の頭に黒い後光のような帽子をかぶっていて、身体つきはずんぐりしている。牧師さんかな、とアンダーヒルは思った。しかし、この人物には身に備わった何かしら古風な趣があった。それは、中世の寓意《ぐうい》詩「死の舞踏」の巻末についている黒い版画を思わせる、ゴシック風の趣だった。なんだ、カトリックの神父さんか、とアンダーヒルは気がついた。

「神父さんがこの人の身元を証明してくださったのはなによりです。でも、ご承知おきいただきたいのだが、この人にはいくらか疑いがかかっているのです。もちろん、潔白なのかもしれませんが、なにぶん、普通でない方法で庭に入りこんでいますから」

「わたしは、この人は潔白だと思います」ちびの神父は淡々とした口調で言った。「むろん、わたしの思い違いかもしれないが」

「どうして潔白だとお考えです」

「普通ではない方法でこの人が庭に入りこんだからですよ」と神父は答えた。「わたしは普通の方法で入ってきました。ところが、そうしたのはどうもわたし一人らしい。ちかごろでは、ちゃんとした人はみんな塀を乗りこえるようですな」

「普通の方法、と言いますと？」

「つまり」ブラウン神父は、朗らかな、まじめな目で相手を見ながら言った——「正面玄関から入ったということです。わたしは、家に入るときには、よく正面玄関から入ります」

「失礼ですが」と警部が尋ねた。「あなたがどこから入ったかということが、そんなに問題になるんですか。あなたが犯人だと自白なさろうというのならとにかく」

「問題になりますな」神父は穏やかに答えた。「というのが、わたしは玄関から入るとき、たぶんあなた方が、まだごらんになってないものを見ましたのでね。あれは殺人と関係がある、と思うのだが」

「何をごらんになったんです？」

「落花狼藉《らっかろうぜき》を」とブラウン神父は、持ち前の穏やかな声で答えた。「壊れた大きな姿見、ひっくり返った小さな棕櫚《しゅろ》の樹、床にとび散った植木鉢のかけら。まるであれは何かあったみたいでした」

「なるほど」とバグショー警部は、しばらく間をおいてから言った。「実際そうしたものをごらんになったとすれば、そいつはたしかに殺人と関係がありそうですな」

「それがいくらかでも殺人に関係があるとしますと」神父はゆっくりと言った。「少しも殺人に関係のない人間が一人いるという気がします。マイクル・フラッド君ですよ。この人は、塀のりという、普通でない方法で裏庭に入ってきたし、帰りも同じ普通でない方法で外に出ようとした。そうした、フラッド君の普通でないやり方ですよ、わたしが潔白を信じるゆえんは」

「家のなかに入ってみましょう」バグショー警部が、だしぬけに言いだした。

一同は召使いの案内で母屋の横手入口に向かった。バグショーは、二、三歩遅れて歩きながらアンダーヒルに話しかけた。

「あの召使いはどうも変だ。名前はグリーンだと言った。黄色くしなびているくせにな。しかし当家の召使いというのは本当のことらしい。グイン卿の常時お抱えはあいつだけだったようだ。しかし妙なのは、ご主人様は生死を問わず庭になどいない、とやけにはっきり断言したことなんだ。法律家の大晩餐会《だいばんさんかい》に出かけているから二、三時間しないと帰らない、だから、つい、こっそり屋敷を抜けだしました、と言い訳をしている」

「わざわざ塀を乗りこえて帰ってきたことの言い訳は？」

「うん、そいつがはっきりしないんだ。ぼくにはあいつの言うことがよくわからん。何かにおびえているらしい」

　横手の入口から入ると、そこは玄関のホールの突き当たりだった。建物のこちら側の壁沿いに走っている広い廊下のような場所で、正面玄関に通じている。玄関のドアの上には、古風なデザインの明かり窓がついていて、それが暗いホールの奥にわびしく浮きだして見えた。その明かり窓から、淡い白っぽい光が、しだいにくっきりとさしこみかけていた。色褪せた暗い太陽のように月が出たのだ。しかし、ホールのなかの照明といえば、片隅の壁からさしかけた、これも古風なデザインの、笠つきランプがただ一つあるきりだった。そのランプの明かりで、警部は、ブラウンの話した落花狼藉のあとを見わけることができた。背の高い鉢植えの棕櫚の樹が、長い葉を広げて、横倒しになっている。えんじ色の植木鉢が、こっぱみじんになっていて、そのかけらが、白く光る鏡の破片にまじって、カーペットの上に散っている。その鏡は、ホールの突き当たりの壁にあったのだが、もうほとんど枠だけになっている。この玄関口と直角をなし、一同の入ってきた横手入口とは正反対の方向に、通路が開いていた。この家の奥に入る廊下である。その廊下をのぞくと、向こうに、召使いが神父を呼ぶのに使った電話が見えた。また、半分ドアの開いた部屋が見え、そのすき間から、革装丁の大きな本が幾段もぎっしり詰まっているのがうかがえた。判事の書斎らしい。

バグショー警部は、倒れた鉢植えの樹や、散乱した破片を眺めまわしながら言った。

「神父さんのおっしゃるとおりですな。ここで格闘したんだ。格闘をしたのはグィン判事と犯人。そうにちがいない」

「何ごとかがここで」ブラウン神父は慎ましく言った。「持ちあがったみたいだ、とわたしは思いました」

「まったくです」警部は同意した。「何ごとかが起こったのは明々白々ですな。犯人が正面玄関から入ってきて、グィン判事を見つける。なかに入れたのは判事さんご自身かもしれない。死に物狂いの乱闘がおっぱじまる。ピストルが火を吹く。手許が狂って鏡を粉砕する。それとも、大暴れのはずみに蹴破ったとか、そんなことかもしれない。判事はどうにか相手を振りきって裏庭に逃げる。あとを追う犯人が池のそばでついに射殺。まあ、犯罪自体はこんなところですかな。しかし、もちろん、ほかの部屋も一応検《あらた》める必要がある」

ほかの部屋からは大したものは出てこなかった。それでもバグショー警部は、書斎の机の引き出しから、装塡した自動拳銃を見つけだし、意味ありげに指さした。

「まるで何かが起こるのを予期していたみたいだ」と警部は言った。「しかし、ホールに出るとき、どうしてこいつを持っていかなかったのだろう」

部屋の検分もすみ、一同は、玄関口から表に出ようと、またホールに戻った。ブラウン神父は、いくらか放心の体《てい》で大きな目であたりを眺めまわしていた。ホールの壁には、通路のと同じ模様の褪《あ》せた灰色の壁紙が、単調に貼ってあった。そこに配してある、緑青《ろくしょう》に蝕《むしば》まれた青銅のランプや、金泥《きんでい》のにぶく光る縁にかこまれた姿見は趣味の悪い初期ヴィクトリア時代の華美な代物《しろもの》だった。ホールの装飾といえばそれくらいのものだったが、灰色の古びた壁を背にしているだけに、その古くさい派手さがいっそうおぞましかった。

「よく鏡を割ると不吉だと言うが」神父は言った。「これこそ不吉の家と申すべきでしょうな。だいいち、室内装飾の類《たぐい》がなんとなく」

「おかしいぞ」警部が鋭く言った。「玄関は戸締まりがしてあるはずだと思ったが、掛け金がはずれている」

誰も返事をしなかった。一同は玄関から前庭に出た。裏庭に較べると小さく、花壇のつくりなども、よそよそしくきちんとしている。片側におもしろい形に刈りこんだ生垣があったが、見ると一ヶ所、緑の洞穴《ほらあな》のように穴がぽっかりあいていて、その陰に壊れかけた階段がのぞいていた。ブラウン神父はぶらぶらそちらに歩いていくと、ひょいと頭をくぐらして穴のなかに入った。その姿が見えなくなってまもなく、一同の驚いたことに、樹の梢《こずえ》にいる誰かに声をかけるような具合に話す神父の静かな声が、上から聞こえてきた。警部があとをついていってみると、生垣の陰の奇妙な階段は、暗く寂しい庭の上に突きでた半壊の橋のような構築物に通じていた。その構築物は、ちょうど建物の角をまわる具合に築かれていて、赤い灯、青い灯のちかちかする裏庭を眼下に見晴らせるようになっていた。どうやら、芝生の上に張りだした迫持《せりもち》ちを利用して展望台のようなものをこしらえようという着想が、工事半ばで放棄されたものらしかった。真夜中というのにまた妙な行きどまりの場所に人間がいるものだ、と警部は思ったが、その場では構築物を詳しく見ていたわけではなかった。警部は、そこにいた人間を見ていたのである。

その人物は、淡いグレーの服を着た、小柄な男だった。背をこちらに向けているので、何よりもまずそのすばらしい頭髪が目についた。巨大なタンポポの花のように黄色く輝かしい髪だった。それは文字どおり後光のように人目をひくように突きだしていた。ところが、悠然《ゆうぜん》として、かつ不機嫌にその頭がこちらを振り向いたのを見ると、そのご尊顔は後光から連想されるものとは似ても似つかないもので、これには驚愕せざるをえなかった。このような後光は、優しい卵形の天使のような顔を蔽ってこそふさわしい。しかるにこちらを向いたのは、偏屈そうな五十男の顔で、下顎はあくまでもたくましく、低い鼻は拳闘家のつぶれた鼻を思わせるようなものだったではないか。

「こちらは、たしか、有名な詩人のオームさんです」ブラウン神父は客間で人を紹介するのと同じ落ち着いた調子で言った。

「どなたかは知らんが」警部は言った。「迷惑でもちょっと来てもらいましょう。二、三お尋ねしたいことがある」

オズリック・オーム氏は、詩人ではあったが、尋問に答える段になると、自分の思っていることを表現する際に充分に意をつくさないうらみがあった。この日この場でも、夜明け前の青白い色がこんもりした生垣や壊れた橋の上に漂いはじめた庭の片隅で、オーム氏はいろいろ尋ねられたし、その後、だんだんことが面倒になってゆく法律的な諸段階でも、尋問がくり返された。しかしオーム氏は、ハンフリー・グィン卿を訪ねるつもりだったが、呼び鈴に応える者がなくて会えなかった、ということのほか、いっさいの釈明を拒否した。玄関のドアは鍵がかかっていなかったのだが、と指摘されると、詩人は鼻をふんとならして少しも取りあわない。訪問時間にしては少々遅い時刻のようだったが、と言われても、癇《かん》にさわったように唸るだけである。話してくれたわずかなことにしても、英語の表現力が不足しているのか英語の表現力を信用していないのか、甚《はなは》だ要領を得なかった。どうやら、オーム氏の人生観は、虚無的で破壊的なものらしかった。そう言えば、オーム氏の詩の理解者が作品の傾向として認めるのが、まさにそのような特徴だった。

そういうわけで、オーム氏が判事を訪れた用件、たぶん口論にまで発展したその用件というのは、虚無党の陰謀に関係したことではなかったか、という見方も成り立った。というのが、グィン判事のほうも、戦時中スパイ狩りに熱中していたのと同じように、最近虚無党退治に夢中になっていたことが知られていたからである。それはともかくとして、オーム氏を捕えた直後、たまたま重要な証言をする者が出現し、バグショー警部は詩人の殺人容疑を真剣に取りあげるべきことをますます痛感するに至った。一同が正面の門から往来に出たとき、偶然そこを通りかかったのは、オーム氏と同じくグィン邸の隣人であるブラー氏であった。褐色《かっしょく》の、抜け目のなさそうな顔をしたこの葉巻き商人は、珍しい蘭の花を襟にさしていた。蘭の栽培にかけてはちょっと知られている人物だった。そして、一同には意外なことだったが、ここで詩人に会うのを予期してでもいたのか、あたりまえのことを訊くみたいにこう尋ねた。

「やあ、またお会いしましたね、オームさん。グィン爺さんとお話がはずんだものと見えますな?」

「ハンフリー・グィン卿は亡くなりました」警部が言った。「その件について調査に当たっている職務上、お尋ねしなくちゃならないんだが、それはいったいどういうことです?」

ブラーは、驚きのあまり身動きできなくなったのか、そばの街灯に負けないくらい、棒立ちになってじっとしていた。口にくわえた葉巻きだけが、リズミカルに赤くなったり暗くなったりしている。そのとび色の顔は、影になっていてよく見えない。やがてブラー氏は、口調を改めて言いだした。

「わたしはただ、二時間ほど前にここを通りかかってオームさんに出会っただけなんです。そのときオームさんは、ハンフリー卿に会いにいくとかでそこの木戸からなかに入られるところでした」

「この人はまだハンフリー卿に会っていないと言っています」警部が言った。「母家のなかに入ってもいないということなんですが」

「玄関の前で立っていらしたにしては、時間が経ちすぎてますな」ブラーが言った。

「さよう」ブラウン神父が言った。「往来に立っていらしたにしても、ちと時間が経ちすぎている」

「わたしは自分の家に帰っていたのです」葉巻き商が言った。「手紙を二、三本書いて、ポストに入れに出てきたところなんです」

「そのへんの事情はのちほど詳しくうかがいます」とバグショーが言った。「では、改めて明日――いや、もう今日になりましたな」

オズリック・オームは、ハンフリー・グィン卿殺害の容疑で裁判にかけられた。この裁判は何週間も新聞をにぎわしたものだが、そこで一貫して問題になったのが、庭や街路の緑のほの白む夜明の街灯の下での、あの短いやりとりが呼び起こしたのと同じ不審だった。あらゆる問題が、オームが木戸をくぐるのを葉巻き商が見た時刻と、それからずっと邸内にぐずついていたに相違ない同人をブラウン神父が見つけた時刻とのあいだの、あの空白の二時間の謎に帰着した。一人はおろか六人だって殺せそうな時間が、オームにはたしかにあった。その間何をしていたかということを、オームは納得のいくように説明することができないのだが、それだけの時間なにもすることがなかったのなら、ひとつ殺人でも、という気にさえなりかねない、というものだった。また実際、それを実行する機会もあった、と検察側は論じた。玄関のドアは掛け金がおりていなかったし、裏庭に出る横手入口も開けっ放しになっていた。それからバグショー警部がホールでの格闘の次第を明瞭に再現してみせ、法廷は深甚《しんじん》なる興味を持ってこれを聴取した。ホールで格闘の行われたことは歴然たる事実であります、と警部は述べたが、実際、警察は鏡を粉砕した弾丸も発見していた。それに、オームが発見された生垣の穴は、いかにも犯人が身を隠しそうな感じの穴であった。しかし、被告人側の有能なる弁護人、マシュー・ブレーク卿は、この最後の論点をとらえて逆手に出た。姿をくらますのなら街路に脱出するのがはるかに賢明な策だったはずなのに、わざわざ出口のない場所を選んで自ら袋の鼠となったのはどういうわけか、と反問した。また、マシュー卿は、殺人動機が依然としてまったく不明であるということを有効に利用した。実際、殺人動機に関するかぎりは、マシュー・ブレーク卿と、令名これに劣らぬ検察側の弁護人アーサー・トラヴァース卿との論争は、どうやら被告人側に有利に展開するかに見えた。アーサー卿は虚無党の陰謀ということをほのめかしたにとどまり、これはさして根拠のある説とも受けとれなかった。しかし、被告人の当夜の具体的行動の取り調べとなると、アーサー卿もなかなか達者なところを見せた。

被告人オームは検察側の求めに応じて証人席についた。証言拒否の挙に出なかったのには、法廷の心証を害してはいけない、と聡《さと》くも算盤《そろばん》をはじいた被告人側弁護人の配慮が、あずかって力あった。ところが、被告人は、検察側の弁護人に対しても、自分の弁護人に対するのと同じように無口だった。アーサー・トラヴァース卿は、被告人の沈黙を最大限に活用して反対尋問を有利に運んだが、沈黙そのものを破ることには成功しなかった。アーサー卿は、背の高い、やせ型の、青い顔をした人物で、小鳥のように明るい目をした、がっしりした身体つきのマシュー卿と甚しく対照的だった。マシュー卿が威勢のいい雀だとしたら、アーサー卿はさしずめ鶴かコウノトリだった。長い嘴《くちばし》までついていたのである。アーサー卿が身を乗りだし、高い鼻を突きだして、意地悪い質問で被告人をこづきまわしているところなど、まったくそうとしか見えなかった。

アーサー卿は、不信の念を耳ざわりなほど露骨に表わして尋ねた。

「つまりあなたは、故人に会うために家のなかに入ることは決してなかった、こう陪審のみなさんに証言なさろうというのですな。違いますか？」

「いいえ」オームは短く答えた。

「しかし、会いたいことは会いたかった。ぜひとも会いたかったのじゃないですか。玄関口で二時間お待ちになったのでしたな？」

「ええ」

「それでいて玄関口が開いているのにまったく気がつかなかったというんですか？」

「ええ」

「いったい、他人の家の玄関先で二時間のあいだ何をしていたのです？」弁護士は食いさがった。「何かしていたのでしょう？」

「ええ」

「それは秘密ですか？」上機嫌をてらった高飛車な態度でアーサー卿が尋ねた。

「秘密。そう、あなたなどには」詩人が答えた。

のちに弾劾論告を展開するに当たってアーサー卿が固執したのが、この《秘密》ということだった。そして卿は、暴論だと思った人もあったくらいの大胆な論法で、被告人側の最大の強みである動機の不明ということを、自らの論告の材料にしてしまった。被告人が《秘密》を認めたということは、手のこんだ国際的陰謀の片鱗《へんりん》が初めて暗示されたことにほかならない、と卿は論じた。その陰謀の魔手が一人の愛国者の上に伸び、蛸《たこ》の足のようにこれを襲って亡き者にしたのが本件である、というのである。

「しかり」アーサー卿は声を震わせて叫んだ。「被告人側の弁護人の申されることは至当です！　かの名望ある公僕がいかなる理由で殺害されたかを我々は知りません。この次に別の公僕が殺害されたとしてもやはりその理由は不明でありましょう。被告人側の弁護人ご自身さえ、その高邁《こうまい》な見識の故《ゆえ》に、法秩序をうとんずる破壊的勢力の憎しみを買うならば、暗殺せられ、しかもその理由はご当人にさえ知られない、という事態になりかねません。ここに列席の諸賢の半ばまでが就寝中に惨殺されたとしても、依然その理由を我々は知るに至らないでありましょう。被告人側が《動機》なる古くさい文句を唱えていっさいの審理を停止させることが認められているかぎり、たとえその他のすべての事実、すべての明白なる撞著《どうちゃく》、すべての奇怪なる沈黙が殺人者《カイン》眼前にありと告げていようとも、英国に人口の絶えるまで虐殺はついに阻止されず、殺害理由はついに知られないでありましょう」

「アーサー卿があんなに興奮したのは見たことがない」とバグショー警部はあとで友人たちに話した。「常軌を逸しているとか、殺人事件の検察側はあんなに執念深くするものじゃないとか言ってる人もあるくらいだ。しかしあの黄色い髪の毛を見ていると、ちびの被告人がだんだん鬼畜に見えて身の毛がよだってくるのはたしかだな。ぼくはあの論告のあいだ、ふた家族の人間をほとんど一語も発しないで皆殺しにしたウィリアムズの話をぼんやり思い出していたよ。ド・クインシーによると、このウィリアムズという男も、変に鮮やかな黄色の髪をしていたそうだよ。インドで覚えてきた、馬を青や緑に染める技術で染めたのらしい、ということだがね。それにオームが穴居人みたいに妙に黙りこくっているだろう。しまいにはぼくも、被告人席に収まっているのが本物の殺人鬼みたいな気になったもんだよ、白状すると。しかし、そんな気になったのがアーサー卿の雄弁のせいだけだったとしたら、あんな激越な論告をしたというのはたしかに大きな責任だな」

「死んだグィン卿は実はアーサー卿の友人だったんだ」アンダーヒルが穏やかに言った。「ぼくの知っている男が最近あった法律家の晩餐会で見たと言うんだが、二人は打ちとけて杯《さかずき》を傾けていたそうだ。アーサー卿がこの事件にあんなに打ちこむのはそのためだと思う。しかし、こういう場合に個人的感情に流されるというのはどういうものかね」

「そんなことはない」警部が答えた。「アーサー・トラヴァース卿にかぎって、感情に流されるということは決してない。たとえどれほど強い感情であったとしてもだ。あれで自分の職業的な立場についてはなかなか厳格なんだ。これでいい、ということを知らないくらいの仕事熱心だよ。実際、あの人くらい自分の立場を押し通すのに汲々としている人はほかにあるまい。いや、きみはあの人の雷のようなお説教から間違った教訓を導きだしたのだよ。ああいうふうに張りきっているからには、有罪判決に導くことができると当人は思っているのにちがいない。自分で言っていた陰謀とやらを弾圧する運動の先頭に立ちたいという気持ちもあるだろうがね。とにかくアーサー卿がオームに有罪判決を望んでいるのはそれなりの理由があるはずだし、そういう結果に導けると思っているのもやはり理由があってのことにちがいない。何といっても

《事実》が自分の味方だ、という考えだね。被告人には迷惑だろうが、アーサー卿の自信というのは大変なものだな」このときバグショー警部は、友人たちにまじって風采の目立たぬ一人の人物がいるのに気がついた。

「やあ、神父さん」警部は微笑して声をかけた。「この裁判、どうお思いになります?」

「さよう」ブラウン神父はとぼけたように答えた。「わたしが一番感心したのは、人間というものは鬘《かつら》をかぶるとひどく変わって見えるということです。あなたは、検察側の弁護人怖るべしというようなことをおっしゃる。しかし、わたしはあの人がちょっと鬘をはずすところを見ましたが、まるで別人でしたな。だいいち、すっかり禿げています」

「だとしてもアーサー卿怖るべしということの邪魔にはなりますまい」バグショーが言った。

「まさか、検察側の弁護人が禿頭《とくとう》であるという事実をもって反対弁論の論拠たらしめよう、と提案なさるのじゃないでしょう?」

「必ずしも、しからずです」とブラウン神父は機嫌よく応じた。「実を申しますと、ある種の人たちは別の種類の人たちのことをまるで知らずに過ごしているものだということを、わたしは考えていたのです。仮にわたしが、英国のことを聞いたこともない人たちの国に行ったとします。そして、我が英国には、馬の毛でこしらえた大きなかぶりもの、これは両側にねじ棒のような白い巻き毛が垂れさがり、うしろには小さなしっぽがついている代物だが、こいつをヴィクトリア朝初期の老貴婦人よろしく頭のてっぺんにのせずには、人間の生死に関わる大事を論じようとしない者がいる、と話してきかせたとします。酔狂な人間がいるものだ、とその国の人たちは思うことでしょう。しかし我が国では、それがあたりまえで、酔狂でも何でもない。おかしいと思うのは、英国の弁護士のことを何にも知らないからです。弁護士の何たるやをわきまえていないからです。ところで、あの弁護士殿は詩人の何たるやをご存じない。詩人のおかしなところが詩人仲間ではおかしくも何ともないということをご存じない。オームが美しい庭を二時間も何もしないで歩きまわったというのは妙だ、とあの人は考えている。とんでもない！　詩人というものは詩作にふけっているときには同じ庭を十時間歩いても何とも思わないものです。それにまた、オームの味方の弁護人が負けず劣らず気がきかない。しなければ嘘だという質問を、最後までしなかった」

「どういう質問です？」警部が尋ねた。

「きまってるじゃありませんか、どういう詩を作っていたかということですよ」ブラウン神父はじれったそうに答えた。「どういう行句に行き悩んでいたのか、どういう形容に苦吟《くぎん》していたのか、どういう結びの高みをめざしていたのか。法廷に教育があり、文学を解する人がいたとしたら、オームに実際仕事があったかどうか、よくわかったはずです。あなた方は相手が製造業者なら、工場の状況を尋ねるでしょう。ところが詩が制作される状況となると誰一人頭をひねってみようともなさらない。詩というものは、何もしないことによって作られるのです」

「お話はごもっともですが」警部が言った――「オームは、じゃあ、どうして隠れたりしたのです？　あの曲がりくねった小さな階段をのぼっていって、どこにも通じていないあんな場所にいたというのはどういうわけです？」

「どこにも通じていない場所だからこそにきまっているじゃありませんか」ブラウン神父はたまりかねたように大声を発した。「虚空に突きでたあの暗い通路をひと目見れば誰にだってわかるはずです、芸術家が子供みたいに行きたがりそうな場所だ、と」

ブラウン神父はしばらく目をぱちくりさせていたが、やがて言い訳じみた口調で続けた。

「いや、どうも失礼を。しかしこういうことに法廷のどなたも気づかずにいるというのはおかしなことだ。それにもう一つ、こういうことがあります。芸術家の目から見れば、どんなものでも、ただ一つの角度から眺めたただ一つの局面だけが問題だということをご存じでしょうな。一本の樹、一頭の雌牛《めうし》、一片の雲はある一つの構図に配されたときだけ意味を持つようになるのです。三つのアルファベットがある一つの順序に並べられたときにかぎって意味のある言葉をなすのと同じにね。ところであのイルミネーションのついた庭だが、あれは例の未完成の橋の上から見渡して初めて詩人がこれだと思う眺めとなったのです。それは第四の次元からの眺めのように不思議な眺めでした。まるで幻想的な透視画でした。あそこからは天空を見おろせたのです。ランプは茂みの上にきらめく星屑《ほしくず》でした。光る池は楽しいお伽話《とぎばなし》のように地上にひらたく落ちた月でした。あの人としては死ぬまでだって見ていたいような景色です。どこにも通じていない場所だと誰かが言ったとしたら、世界の果てに通じている、とオームは答えたことでしょう。しかし、そういうことを証人席で言う気になれますかな。そういう証言をしたらみなさんに何と言われるかわかったものじゃない。陪審には被告人と同じ地位の人たちを選ぶべきだとあなた方は申される。どうして詩人たちを陪審席に据えないのです?」

「ご自身が詩人のようにお話しになる」とバグショーが言った。

「幸い、わたしは詩人じゃない」とブラウン神父は言った。「ありがたいことに神父は詩人よりも思いやりが深くなくてはなりません。オームがみなさんにどれほど冷酷無惨な侮蔑を覚えているのか、それがおわかりになったらみなさんはナイヤガラの滝に打たれたような気持ちにおなりでしょうな」

「芸術家の気持ちについてはわたしなどよりもよくご存じでしょう。しかし、それにしても」とバグショーは言うのだった――「結局答えは簡単じゃありませんか。お話しになったことは、あの晩オームがしたことというのが、別に人を殺さなくてもできたことだ、ということにすぎません。してみると、ちゃんと人殺しもできたわけだ、ということも立派に言えます。それにオームのほかには怪しい者が誰もいないじゃありませんか」

「召使いのグリーンのことは考えてみませんでしたか」とブラウン神父は思い出すような眼つきをして言った。「あの男はちょっと妙なことを言いました」

「ははあ」バグショーがすぐに答えた。「グリーンがやったとお考えなのですな、つまりは」

「グリーンがやったのではないというのはたしかだと思います」と神父は言った。「わたしはただ、あの男がちょっと妙なことを言ったのを覚えていらっしゃるか、とお尋ねしているだけですよ。あの男は何かつまらん用事で外出しただけです。一杯やりにいくとか、あいびきに出かけるとか、そうした類のことでしょう。しかし、あの男は行きには木戸から出たが、帰りは塀をのりこえて戻ってきました。すなわち、木戸をあけて出ていったのに、帰ってみると締まっていた。どうして？　誰かほかの人間がそのあいだに木戸を入ったから」

「犯人ですな」警部は顔をしかめてつぶやいた。「そいつが誰だかご存じですか」

「どんな風体《ふうてい》の人間だったかは知っています」ブラウン神父は静かに言った。「それだけしかわたしにはわからない。しかし、その人物があの薄暗いランプの光を浴びて玄関口からホールに入ってくる姿が目に見えるようだ。姿だけではない、身体つきも、身なりも、顔さえも！」

「何をおっしゃるんです？」

「その人物は、ハンフリー・グィン卿に似ていました」

「いったいどういうことなのです？」バグショーが尋ねた。「グィンは池に頭を突っこんで死んでいたのですよ」

「ああそうでしたな」とブラウン神父。

ややあって、神父は先を続けた。「あなたの仮説に話を戻しましょう。あれは仮説としてはたいへんおもしろいが、わたしにはどうもうなずけないふしがある。犯人が玄関から入ってきてホールで判事を見つけた。乱闘騒ぎとなり鏡が割れた。判事は庭に逃げだしたが、ついに射殺された。こうあなたはお考えでしたな。しかしこの仮説はちょっと無理じゃないか、という気がするのです。グィン判事がホールの隅に迫いつめられても、逃げ道は二つあった。庭に出る道と家の奥に入る道ですな。あの場合、家の奥に逃げこむのが本当じゃありませんか。拳銃も電話もそちらにあったのです。実は内緒で抜けだしていた召使いだって、そちらにいるのだと判事は思っていた。一番近い隣人さえ、そちらの方角だった。それを、なんだって庭に出るドアを押して、屋敷のなかでも特に人気のない方角に単身走りだしたりするのです？」

「しかし、判事が家から出ていったことはたしかです」まごついたように警部が言った。「庭で発見されたのですから、母屋から出てきたはずです」

「母屋からなど出てきはしません。母屋のなかになどいなかったのですから」ブラウン神父が言った。「あの晩にかぎって、判事は家のなかになどいなかったのです。あのバンガローのなかにいたのです。庭が赤や金の星できらめいているのを見たとき、お先真っ暗の闇のなかでわたしはまず、その教訓を学びました。イルミネーションはあの離れからつける仕掛けになっていました。離れにいなかったのなら、イルミネーションなどつかないはずでしょう。グィン判事は、母屋で電話をかけるつもりで、庭を走りぬけようとしていたのです。そして池のそばで犯人に撃たれたのです」

「しかし、あの植木鉢や棕櫚の木や割れた鏡はどうなるんです？」バグショーが叫んだ。「あれを発見なすったのは神父さんじゃありませんか！　格闘があったようだ、とおっしゃったのは神父さんご自身じゃありませんか！」

ブラウン神父は困ったような顔で目をぱちくりさせた。「わたしが？」神父はつぶやいた。「そんなことをわたしは言いませんよ。そんなことは考えもしなかった。何ごとかが持ちあがったようだ、と言った覚えはあるが。実際、あそこでは何ごとかが持ちあがった。しかし格闘ではありませんでした」

「では、鏡が割れたわけは？」とバグショーが手短かに訊いた。

「弾丸が当たって割れました」とブラウン神父は厳粛に答えた。「犯人が撃ったのです。その大きなかけらが落ちかかってくれれば、鉢植えの棕櫚の樹などひとたまりもありません」

「ふうむ。では、犯人はグィンでなくて何を狙って撃ったのです？」警部が尋ねた。

「それは問題だ。形而上学的に言って、おもしろい問題だな」ブラウン神父は夢見るような目つきになった。「ある意味では、むろん、グィンを狙って撃った。しかし、あいにくグィンはその場に居あわせていない。犯人はホールに一人ぼっちだったのでしてな」

神父はしばらく黙っていたか、やがて静かに話しつづけた。「ホールの突きあたりにあるあの鏡、割れない前の鏡を想像してごらんなさい。上からは棕櫚の枝がさしかかっている。あたりはほの暗い。左右には単調な色あいの壁。鏡のなかがまるでホールの続きみたいに見えるじゃありませんか。そのなかに映っている人影は奥から出てきた人のように見えましょう。当家の主のようにも見えましょう——その姿がいくらかでも似ていれば」

「ちょっと待ってください」とバグショーが叫んだ。「どうやらわたしにもわかりかけ……」

「そう。もうおわかりでしょう」とブラウン神父は言った。「この事件の容疑者が一人残らず無実だということがおわかりでしょう。疑いのかかった人で、鏡に映った自分の姿をグィン老と見誤りそうなのは一人もいませんからな。オームなら、ふさふさした黄色い髪は禿頭とは違う、とひと目で見分けがつくでしょう。フラッドなら赤い髪でわかるだろうし、グリーンなら赤いベストで見分けがつくというものです。それに、この連中は揃って背が低いし、身なりがだらしない。鏡のなかの自分の姿を、夜会服をまとった長身痩軀の老紳士と見違えそうなのは一人もいない。我々は、グィンに見合うような、背が高くてやせた人物をほかにさがすべきです。こういうわけでわたしは申したのです、犯人の風体なら承知している、と」

「それからどういうことに相なります?」神父をじっと見つめながらバグショーが尋ねた。

ブラウン神父は、いつもの穏やかな話しぶりとは妙に違った甲高い声でからからと笑った。

「ばかばかしくて話にならない、とさきほどあなたが申されたことに相なりますな」

「とおっしゃいますと?」

「検察側の弁護人が禿頭であるという事実をもって反対弁論の論拠としよう、というわけです」

「何ということを!」警部は低い声でそう言ったと思うと目を丸くしてふらふらと立ちあがった。

ブラウン神父は、独りごとのように静かに語りつづけた。「この事件じゃあなた方はたくさんの人の行動を追及なさった。警察は詩人や召使いやアイルランド人の行動の取り調べにひどく熱心だった。ところが、行動調査がなおざりにされている一人の人物がいる。死んだグィン判事です。主人が帰宅していることを聞かされて召使いが驚いたというのに嘘いつわりはなかった。法曹界の指導的人物の出揃った大晩餐会に出席しているはずだった。それを中途で不意に抜けだして帰ってきたのです。別に付き添い人など呼んでいないから気分が悪くなったわけではない。列席の誰かと口論したというのはほとんど確実です。グィンの敵をさがすなら、法曹界の指導的人物のあいだにこそ求めるべきだった。グィン判事は帰宅すると、反逆陰謀に関する書類のしまってあるバンガローに引きこもりました。しかし、グィンの敵は自分に不利なことがこの書類に書いてあることを知っていたので、賢明にもグィンのあとを追って屋敷まで来たのです。夜会服を着ていたのはグィン判事と同じだが、ただポケットにピストルをしのばせていた。それだけの話です。もしあの鏡がなかったら、こういうことは誰にもわからなかったでしょうな」

ブラウン神父はしばらく虚空をにらんでいたようだったが、やがて言葉を続けた。

「鏡というものはおかしなものだ。ありありと描きだされては永遠にかき消える数知れぬ絵姿を収める額縁が鏡です。しかし、あの灰色の廊下の突きあたりの、あの緑の棕櫚の樹の陰の鏡には、特別に不思議なところがありましたな。並みの鏡とは違った運命を持った魔法の鏡のようでした。鏡がなくなってもその結んだ姿があとに残り、亡霊のようにそれが暗い屋敷のなかを宙に浮いていました。亡霊とまでは言わなくとも、推論の骨格をなした抽象図式を残していました。すくなくとも、わたしどもはアーサー卿が目撃したものを何もないところから呼び戻すことができました。ところで、警部さん、あなたのおっしゃったことのなかで一つだけ甚だ正鵠《せいこく》を射ていたことがありましたな」

「それは欣快にたえませんね」バグショーはくすぐったそうな苦笑を浮かべて尋ねた。「どういうことです?」

「あなたはこうおっしゃった」神父が言った。「アーサー卿には、オームをぶらんこ往生させたいと望むだけの立派な理由があるにちがいない、と」

一週間経ってブラウン神父はもう一度警部に会った。そして、当局は新しい捜査の線に沿って活動していたのだが、センセーショナルな出来事が突発してご破算になった、ということを聞かされた。

「アーサー・トラヴァース卿」とブラウン神父が言った。

「アーサー・トラヴァース卿は死にました」バグショーが短く言った。

「そうでしたか」ブラウン神父はちょっと言いよどんだ。「つまり、あの人が……」

「ええ」バグショーが言った。「同じ人間をまた撃ったのです。今度は鏡に映った姿でなしに」

顎鬚《あごひげ》の二つある男

この物語は、ブラウン神父が、殺人や強盗の問題を趣味とする同好の士としてクラブで紹介された、高名の犯罪学者クレーク教授にかつて話してきかせたものである。ただし、もとの話では、例によって神父自身の役割が小さく扱われすぎているきらいがあるので、ここではもっと公正な筆法で書き改めたものをお目にかける。この話の出たそもそもの折はと言えば、食事をすませたご両所が、冗談めいた丁々発止《ちょうちょうはっし》の論戦を戦わせていたときだった。教授は極めて科学的に論じ、神父はかなり懐疑的に応酬していた。

「それじゃ、神父さんは」と犯罪学の教授はなじるように言っていた。「犯罪学が科学であることを信じないとでもおっしゃるのですか」

「にわかに信じがたいことですな」神父は答えた。「あなたは聖徒研究《ハギオロジー》が科学であると信じるとでもおっしゃるのですか」

「妖婆《ハッグ》……学《オロジー》……?」

「いやいや、妖婆《ハッグ》の研究などではない。魔女を火あぶりにする話とも無関係です」神父は笑って答えた。「聖人《ハギオス》や聖物などの研究のことです。中世に起こった学問です。中世は残酷にして無知蒙昧《むちもうまい》の時代ということになっているが、あのころの人たちは善人についての科学を作ろうとしたのでしてな。現代は人道的にして文明開化の時代ということだが、このごろの人たちは悪人についての科学にしか興味がないようだ。それにしてもわたしは、日常我々の見るところより察するに、およそどのような人間でも聖人になれる見込みがあると思っています。もっとも、およそどのような人間でも人殺しの凶状持ちにはちがいないのですが」

「ふむ。殺人ならかなり手際よく分類できる、と我々は信じています」とクレーク教授が言った。「我々の分類表は、あるいは冗長で無味乾燥なものに見えるかもしれません。しかし、これでどんな殺人でも分類できるはずです。まず、あらゆる殺人を大きく分けて、合理的殺人と非合理的殺人の二つに区分することができます。非合理的殺人のほうが数が少ないので、こちらから申しあげましょう。これに属するものに、殺人マニア、すなわち殺人に対する抽象的愛好ということがあります。また、理由なき反抗というのもありますが、これは殺人にまで発展することはまれです。

次に、ちゃんと動機のある、合理的殺人に入ります。これには、まず、動機の合理性が比較的薄弱なものがあります。殺人の動機がもっぱらロマンチックなものと、もっぱら回顧的であるものとがこれに属します。ともに復讐のための復讐であり、希望を失った復讐であります。たとえば、相手の女性から肘鉄をくうのがわかっているのに恋敵《がたき》を殺す、あるいは謀反が成功したにもかかわらずあえて暴君を暗殺する、このような類《たぐい》です。しかし殺人といえども、合理的な期待に基づいてなされることが非常に多い。すなわち、希望にあふれた殺人であります。

これは合理的殺人の大部分を占める殺人でありまして、我々はこれを思慮分別ある殺人と名づけることができるかと思います。

これを区分すると、やはり二つに分《わか》たれます。一つは他人の財産を横領ないし相続せんがための殺人。いま一つは他人の行動を阻止するための殺人で、たとえば恐喝者や政敵を倒すのがこれに当たります。もっとも、行動阻止とは言っても、もっと消極的な障害排除にすぎないこともあります。たとえば、配偶者の継続的生存が何らかの事情によってその夫ないし妻の障害となったため、殺人によってこれを排除する、といった場合ですな。以上申し述べた分類は、よく考えられたものであって、適用さえ誤らなければ、あらゆる殺人を包括しうるものと信じます。しかし、こういう話は無味乾燥だとお思いかもしれませんな。ご退屈なのじゃありませんか?」

「いやいや、とんでもない」とブラウン神父は答えた。「上の空でお話をうかがっているように見えたのでしたら、お許しください。この男は殺人犯でしたが、わたしがずっと以前に会ったある男のことを考えていたのです。あなたの殺人博物館のどの部門に入れたらいいのか、それがわからない。殺人狂ではなかったし、殺人が好きなわけでもなかった。殺した相手を憎んでもいなかったし、相手をろくに知ってもいなかったのだから、怨恨《えんこん》などさらさらなかった。相手の男のほうは、加害者のほしがりそうなものを持っていたわけではないし、加害者のしてほしくないことをしてもいなかった。また、いかなる意味においても、加害者に危害を及ぼしたり妨害したりする立場にはいなかったし、加害者に影響を及ぼす立場にさえいなかった。事件には女は関係していなかった。政治も関係していなかった。あの男は、ほとんど見ず知らずの男を、それもずいぶん変わった理由で殺したものです。ああいうことは、人間の歴史の上でも珍しいでしょうな」

このような次第でブラウン神父は、ここに再録したのよりはもっと味のある座談の語り口で、この物語を聞かせてくれたのだった。物語は、金持ちのくせにちゃんとしている家族で、郊外に住んでいるバンクス一家の朝の食卓に始まる。上品なお膳立てで物語を始めるというのも悪くないものである。この家の朝食の話題はいつもなら新聞記事なのであるが、この朝にかぎって、ご近所様のことが一同の話題をさらっていた。このような人たちは隣近所の人たちの噂ばかりしていると非難されることがあるものの、それはまったくの濡れ衣である。農村では、近所の人たちのことを真偽を問わず取り沙汰するのが盛んであるが、都市の郊外となると事情が違う。近代の郊外文化というのは妙なもので、その住民たちは、新聞に書いてあることでさえあれば、教皇の邪悪であろうと食人国の王様の殉教であろうと片はしから鵜《う》呑《の》みにし、興奮のあまり隣の家で何が起ころうと少しも気づかずにいるものである。が、この場合は、新聞報道と隣人の噂という二つの興味が偶然にも重なりあい、興味津々どころかぞくぞくするようであった。一同が住んでいる当の郊外の名前が愛読の新聞に出ていたのである。地名がちゃんと活字になって出ているのを見ては、一同、自分たちの存在が新たに確認された思いであった。これまでの生活は夢か幻のように影の薄いものだったのに、いまやそれが、食人国の王様の存在と同じくらいに現実感ゆたかな存在となったのである。

新聞記事の内容は、ひと昔前マイケル・ムーンシャインとかその他のおそらく本名でない名前で知られていた犯罪人が、数多《あまた》の夜盗行為の報いとしての長い刑期を終えて最近出獄した、ということだった。この人物が現在どこにいるかということは目下のところ不詳であるが、しかじかの土地――ここで当地の地名が出るのであるが、仮にチーシャムということにしておこう――に住みついたものと信じられるというのである。ムーンシャインの名を高からしめた数々の大胆不敵な犯行と逃走の物語のあらましも、同じ紙面にのっていた。読者はもう何も覚えてはいまいという、いかにもこの種の読者層を持つこの種の新聞らしい配慮である。農民がロビン・フッドやロブ・ロイというお尋ね者のことを何百年も忘れずにいるというのに、勤め人という手合いは、ほんの二年前に電車や地下鉄で論じあった犯罪者の名前さえろくに思い出せないのである。しかし、当のマイケル・ムーンシャインは、ロブ・ロイやロビン・フッドの侠気《おとこぎ》をまったく持ちあわせていないわけではなかった。ただのニュースで終わるには惜しい、伝説の主人公となるにふさわしい人物だった。この名泥棒は、決して人を殺さなかった。警官を十把《じっぱ》一絡《ひとから》げになぐり倒す、良民を気絶させる、縛る、猿ぐつわをかませる、といったことをやすやすとやってのける怖ろしい力の持ち主でありながら、人を殺したことは一度もない。そのためにかえって怪盗の怖ろしさと謎めかしさはつのるいっぽうだった。人殺しをしてくれていたらまだしも人間らしいのに、とさえ思われた。

ご当主のサイモン・バンクス氏は、家族の誰より学もあり昔風でもある人物だった。がっしりした体軀をしていて、ごま塩の顎鬚を短く生やし、額に皺《しわ》をきざんでいる。好んで逸話や昔話を語り、ロンドンっ子が怪盗バッタのジャックにおびえていたのと同じにマイクことマイケル・ムーンシャインが来はしないかと夜も寝ずに耳を澄ましていたころのことも、ありありと覚えていた。それからサイモンの細君がいたが、これはやせた色黒のご婦人だった。受けた教育こそ劣っていたが実家が夫の家より遥かに富裕だったので、お高くとまった気品ある顔をしておられる。おまけに、甚《はなは》だ高価なエメラルドのネックレスさえ、二階の部屋にしまって持っておいでだ。こと泥棒の話となると、人一倍発言権があろうというものである。お次は令嬢のオパールだが、やはりやせぎすで浅黒く、その上、神秘な女性である——と少なくとも本人は思っている。というのは、心霊現象だとか幻だとかいったことを、家人はあまり問題にしてくれないからだ。神秘に傾きすぎる性分の魂は、大家族の一員としてこの世に生まれないのが得策であろう。オパールの弟のジョンであるが、これは筋骨たくましい青年で、姉君の霊的向上にけちをつけようとする折にはことのほか騒々しくなる。それ以外に特徴があるとすれば、自動車に夢中になっていることくらいである。ジョンは年じゅう自動車を買いかえていたが、経済学者にはわかりかねるような方法で取り引きしているらしく、故障があったり評判の悪かったりする車を売っては、ずっと上等の車を買うことにいつも成功していた。その弟のフィリップは、ちぢれた黒い髪をした青年で、念の入った身なりをしているのが目につく。そうするのは株屋の店員としての義務の一部にはちがいないが、店主がよくほのめかすように、義務のすべてであるとは言えない。最後に一族にまじって、フィリップの友人のダニエル・デヴァインがいた。やはり身なりのよい浅黒い青年であるが、異国風の顎鬚を生やしているので、なんだか怖いと思う人も多かった。

新聞にのっていたムーンシャインの話題を持ちだしたのはこのデヴァインだった。姉弟喧嘩のようなものが始まりかけていたのをうやむやにもみ消すべく、この話を有効適切に持ちかけたのだ。というのは、かの神秘がかった令嬢が、自分の部屋の窓から青白い幻の顔がいくつも夜の闇に浮かんでいるのが見えるという話を始めたところ、令弟ジョンがいつもに輪をかけて熱心にどなりたて、もって超自然界の啓示を葬り去ろうとしたという次第だったのである。

しかし、新聞によれば近所に新しく越してきているはずの、おそらくは油断のならない人物のことが話題にのぼると、幻の顔をめぐる論争者たちはたちまち争いごとを取りさげてしまった。

「怖ろしいわ」バンクス夫人が言った。「ごく最近に越してきたのね。いったい誰でしょう、ムーンシャインって？」

「ごく最近に越してきた人と言えば」バンクス氏が言った。「ブナ屋敷のレオポルド・プルマン卿くらいだな、わたしに心当たりがあるのは」

「まあ、何てばかなことをおっしゃるんです——レオポルド卿だなんて！」夫人はちょっと黙ってからこう言った。「レオポルド卿の秘書が怪しいと思う人はいない？　ほら、あの頰髯《ほおひげ》なんか生やしている男よ。本当はうちのフィリップがもらえるはずだった椅子にあの男が収まってからというもの、あたしはいつも言ってたんです、あれは……」

「ぐうたらで」とフィリップが珍しく口をさしはさんで大儀そうに言った。「役立たずだってんでしょう」

「わたしが存じているのは」デヴァインが言った。「スミス爺さんの養蜂園に逗留《とうりゅう》している、カーヴァーという人だけです。ひっそり暮らしている人だが、話してみるとなかなかおもしろい人物ですな。あの人とはジョンも商売のことで会ってるんでしょう?」

「ああ、いくらか自動車のほうにジョンも心得のある男だね」とジョン。「あれでぼくの新しい車に一ぺん乗ったら、もっとよくわかるようになるんだが」

デヴァインは微笑した。ジョンは相手かまわず新しい車に乗せたがって、みんなを閉口させていた。

「それはわたしも気がついていました」デヴァインが思案深げに言った。「実際あの人は自動車の運転だとか旅行とかいったことには詳しいようだし、世の中の活動的な方面に通じているようです。そのくせ、外を出歩きもせず、スミス爺さんの巣箱のまわりをぶらぶらして時を過ごしているんですな。養蜂に興味があるからスミス爺さんのところに来ているのだと本人は言うのですが、養蜂だなんてどうもあの人物には柄に合わないおとなしい趣味だと思うんです。もっとも、ジョンの車に乗せてやったら、あの人だって少しは発奮するでしょうが」

その日の夕方、デヴァインは浅黒い顔に何か思いつめたような表情を浮かべてバンクス邸から出てきた。何を思案していたかということは、それはそれで関心の持てることであるが、ここではその思案の落ち着いた結論だけを述べておけば充分であろう。スミス氏の家に逗留中のカーヴァー氏に即刻会うべきだ、というのがデヴァインの結論であった。養蜂園におもむく途中で、デヴァインはブナ屋敷の秘書のバーナードに行きあった。際立ってひょろ長い人物で、顔の両脇に、バンクス夫人がこの人物の個人的欠点の一つとして数えている、大きな頬髯を生やしている。親しいつきあいでもなかったので、二人の会話は短くて通り一ぺんのものだった。しかし、デヴァインはその短い立ち話のなかにさえ思索の材料を見つけたらしく、ますます難しい顔になっていた。

「ときに」とデヴァインは不意に言いだした。「こういうことをお尋ねするのも何ですが、お屋敷のプルマン夫人が有名な宝石をご所蔵になっているというのは本当ですか。わたしは本職の泥棒じゃありませんが、本職がこのへんにうろついているという噂を聞いたものですから」

「用心するようにと奥様に申しあげておきましょう」と秘書は答えた。「しかし、実はもうそのことはわたしの一存でご注意申しあげてあります。気をつけてくださっている、とは思います」

二人が立ち話をしているうしろから、ただならぬ警笛の音がして、ハンドルを握り、顔を輝かせたジョン・バンクスが車を乗りつけてきた。そしてデヴァインが養蜂園に行くところだと聞くと、実は自分も、と言う。しかし、その口調は、しめたぞよい鴨だ、と言っているふうに取れないこともなかった。ドライブのあいだじゅうジョンは、愛車の長所をほめっぱなしだった。ことに、天蓋の開閉自在なことを大いに自慢した。

「箱みたいにきっちり閉まるんだ」ジョンは言った。「しかも開けようと思えば簡単に――そう、きみが自分の口を開けるのと同じくらい簡単に開くんだ」

しかし、デヴァィンの口は差し当たり簡単に開きそうもなかった。そこで二人を乗せた車は、もっぱらジョンだけが口を開けたり閉めたりしているうちに、スミス氏の養蜂園についた。表門を通りぬけるとすぐ、デヴァインは、家のなかに入るまでもなく面会の相手を見つけた。カーヴァー氏は、大きな麦藁帽をかぶり、両手をポケットに入れて、庭を歩きまわっているところだった。顔の長い、顎の張った男である。顔の上のほうが麦藁帽のつばの影になって、ちょっと仮面をかぶったように見えた。庭の向こうには、蜜蜂の巣箱が南向きに並んでいて、そのあたりを、スミス氏とおぼしき老人が、見ばえのしないちびの神父と並んでぶらぶらしていた。

「ひとっ走りいかがです」と始末に負えぬジョンがいきなりどなったので、デヴァインにはカーヴァー氏にあいさつする暇がなかった。「乗せてあげようと思ってわざわざ来たんですよ。なにしろごらんのとおり《サンダーボルト》級の車でしてね」

カーヴァー氏の口元がほころんだ。愛想のいいほほえみのつもりだったのだろうが、にが笑いのようにも見えた。

「働き者の蜜蜂さん」デヴァインが妙に謎めいたことを言いだした。「夜どおし稼ぐ蜜蜂さん。忙しい、なるほど。思うに……」

「思うに?」カーヴァーが、きっとなったように冷たく訊き返した。

「日のあるうちに乾草をつくれ、と申しますな」とデヴァインが言った。「月のあるうちに蜜を集めようというんですな、あなたは」

麦藁帽子のつばの陰で何かがきらめいたのは、カーヴァーの白眼が動いて光ったのだった。

「月の光ではうしろ暗いとでもおっしゃるのですか」カーヴァーが言った。「しかし、お断わりしておきますが、わたしの蜂は蜜をこしらえるだけじゃありませんぞ。うっかり手を出して刺されないようにするんですな」

「車に乗るんですか、乗らないんですか」目を丸くしてやりとりを聞いていたジョンが尋ねた。カーヴァーは、デヴァインとの問答でちらりと見せたすごみのきいた態度をもう捨てていて、丁重だったが、はっきりと申し出を断わった。

「本当にお供できないのです」カーヴァーが言った。「ちと面倒な調べものがありましてね。でも、よろしかったら、わたしの友人を連れていってくれませんか。こちらは友達のスミスさん。こちらはブラウン神父」

「いいですとも」バンクスが叫んだ。「みんな乗ってください」

「それはかたじけないが」ブラウン神父が言った。「わたしはご辞退しなくちゃなりません。もうすぐ聖別式に行かなくてはなりませんので」

「じゃあ、スミスさんがあんたのものだ」カーヴァーが妙にせきこんだように言った。「スミスさんときたらドライブに行きたくてうずうずしているんだから」

スミスは、ただにこにこしているだけで、とりわけうずうずしている様子もなかった。きびきびした小柄の老人で、ひと目でそれと知れる鬘《かつら》をかぶっている。よくある、帽子ほどにも自然でない、といった鬘である。スミス氏は、この鬘の黄色い色にそぐわない青白い顔をしていた。

スミスは頭《かぶり》を振って、愛想はいいが強情らしい口調で答えた。

「わしは十年ばかり前、そういう機械仕掛けに乗ってこの道を通ったことがあるんです。あれはホームゲートの姉の家から来るときだった。それからこっち自動車には乗らんことにしています。いや、揺れたのなんのって」

「十年前ねえ！」ジョン・バンクスが嘲《あざけ》るように言った。「これが牛車《ぎつしや》なら、十年はおろか二千年経っても以前に変わらぬ揺れようでしょうな。しかし、だからと言って、自動車ってものが十年間で変わらないとでも思うんですか。道路だってよくなっています。まあ、ぼくのかわいいバスに乗ってみてごらんなさい。車輪がまわっているとも思えないくらいですから。空中をすっとんで行くような気持ちですよ」

「スミスさんはすっとんでいきたいんですよ」とカーヴァー氏が言った。「それがこの人の生涯の夢なんだ。さあ、スミスさん、ホームゲートに行ってらっしゃい。お姉さんに会ってらっしゃい。行ってお姉さんに会ってあげなくちゃ。行って、なんなら泊まってらっしゃい」

「わたしはたいてい歩いていきますから、行けばたいてい泊まります」とスミス爺さんは言った。「なにも、今日この方の厄介にならなくちゃならんということはないんです」

「しかし、考えてもごらんなさい。あなたが車で乗りつけたら、お姉さんがどんなに喜ぶことか！」とカーヴァーが叫んだ。「行かなくちゃいけませんよ。そんな身勝手を言っちゃいけません」

「そうだとも」とバンクスもよい気持ちそうにたしなめた。「そんな身勝手を言っちゃいけませんな。悪いことは言わない、行きましょう。まさか怖がっているのじゃないでしょう?」

「なるほど」スミス氏は考え深そうに目をぱちくりさせながら答えた。「わしは身勝手なまねはしたくないし、怖がってもいないつもりだ。そうまでおっしゃるのなら、よろしい、お供しましょう」

二人を乗せた車は、歓送団よろしく一同が手をうち振るなかを遠ざかっていった。しかし、デヴァインと神父はお義理に手を振っただけで、内心では二人とも、歓送団名残りを惜しむの図になったのはカーヴァーがあまり仰々しくするせいだ、と思っていた。カーヴァーの強引な性格が妙に印象に残った遠征隊派遣の一幕だった。

車が見えなくなってしまうと、カーヴァーは、くるりと二人のほうに向き直って荒っぽい仕《し》種《ぐさ》で首をすくませ、「やれやれ!」と言った。あまりあけすけなあいさつなので、人づき合いがよいというのを通りこして変な具合だった。親愛の情の発露とはいうものの、これくらい無遠慮にやられるとかえって居心地の悪くなるものである。

「もうおいとましなくちゃ」とデヴァインが言った。「お忙しい蜜蜂さんの邪魔はしますまい。どうせぼくには蜜蜂のことはよくわからないのだから。蜜蜂と熊蜂のけじめさえはっきりしないことがあるくらいでしてね」

「熊蜂だって飼ったことがありますがね」と不思議なカーヴァー氏が言った。

二人の客人は連れ立って往来に出たが、何ヤードも歩かないうちに、デヴァインが、ふと何かに打たれたように言いだした。「どうも妙な具合でしたね」

「さよう」ブラウン神父が答えた。「どう思いますか、あれを？」

デヴァインはちびの神父を見た。大きな灰色の目がこちらを見つめている。デヴァインはあらためて胸を突かれたような気がした。

「カーヴァーは、今夜あの家で自分一人になりたがっているように思えますが」とデヴァインは言った。「神父さんはそうした疑いをお持ちになりませんか？」

「わたしも疑っていることがないではありません」坊さんは答えた。「あなたが疑ってらっしゃることと同じかどうかはわからないが」

その晩、バンクス邸の庭にすっかり宵闇《よいやみ》が立ちこめるころ、オパール・バンクスが、いつもよりひどい放心の体《てい》で、人のいない暗い部屋から部屋へと歩いていた。いつも青白いその顔がこの夜は一段と青く冴えているようだった。この屋敷は、俗な好みで飾りたててはあったが、全体として見ればそれなりにわびしい趣《おもむき》のようなものがあった。古さびたものとは別の、古ぼけたものの持つ生々しいわびしさが漂っていた。どの部屋も、歴史的な風俗ではなく、すたれた流行を物語るような調度品、たしかに大時代的ではあるが、時代がついているとは言えない、家具や装飾品に満ちていた。ここかしこに初期ヴィクトリア朝の色ガラスが黄昏《たそがれ》の光に染まっていた。高い天井が長い部屋を狭く見せていた。オパールは、この時代の建物によくあるような丸い窓が奥に開いている細長い部屋に入った。部屋のなかほどまで来てオパールは不意に立ちどまった。そして見えない手に顔を打たれでもしたかのようによろめいた。

ちょうどそのとき、何部屋もへだてた向こうの玄関からノックの音が鈍く聞こえてきた。家人がみんな二階にいるのはわかっていたが、自分でも分析できない気持ちに導かれてオパールは自分で玄関を開けに行った。玄関口には、ずんぐりした見ばえのしない黒衣の人が立っていた。見るとブラウンという名のローマ・カトリックの坊さんだった。オパールはこの神父をちょっと知っているだけだったが、好んでいた。心霊現象に凝《こ》っているオパールを支持してくれたからではない。事実はまったくその反対である。しかし、オパールの考えをしりぞけるにしても、ブラウン神父はこれを頭から問題にしなかったのではなく、立派に問題にしてくれた。オパールの考えに同情がなかったのではない、同情しながら同意しなかったのである。それがオパールにはうすうすわかっていたので、神父の顔を見るなり、あいさつすることも用件をうかがうことも忘れて、我知らずこう言っていた。

「いいところにお見えになったわ。わたし幽霊を見たんです」

「幽霊ならなにも気にやむことはありません」と神父は言った。「よくあることです。幽霊というものはたいてい本物じゃない。本物も少しはあるかもしれないが、あなたに害をすることはありますまい。なにか特別な幽霊でしたか?」

「いいえ」オパールはぼんやりした安心感を覚えながら答えた。「特に誰の幽霊だってこともないんです。でも、朽ちはてたような雰囲気がまといついていて怖かったんです。死んでしまったものが光っているような、そんな感じでしたわ。人の顔でした。窓に人の顔が出たんです。青い顔をして目をかっと見開いていました。絵で見るユダのような顔でした」

「ふむ。そういう顔をした人も世の中にはいますな」神父は小首をかしげた。「それに、そういう人だって、たまには窓からのぞいたりすることもあるでしょう。どこでそういうことがあったのか、ひとつ見せていただけませんか」

しかし、二人がその部屋に来てみると、そこには家族一同が集まっていて、オパールほどに心霊現象に熱心でない人たちが、電灯をつけたほうが便利であると判断して部屋を明るくしてしまっていた。ブラウン神父は、バンクス夫人がいるのを見ると、ちょっとあらたまったようにあいさつして不時の来訪の理由を話した。

「勝手にお邪魔にあがって、ご迷惑をおかけします」神父は言った。「しかし、いまご説明しますが、奥さんにとっても他人事《ひとごと》ではない用件でまかりこしました。わたしは先ほどまでプルマンさんの家に行っていたのです。すると電話がかかってきて、お宅である人に会うように、という依頼を受けました。その人は何か大事なことをみなさんに伝えに、おっつけこちらに見えるはずです。なにもわたしが出しゃばることはないようなものですが、なにぶん、どうしてもここに来ているように、ということでしたので。というのも、わたしがブナ屋敷で起こったことの証人だからでしょう。実を言えば、変事を知らせたのはわたしでした」

「いったい何があったのです?」バンクス令夫人があらためて尋ねた。

「ブナ屋敷で盗難がありました」とブラウン神父は厳粛に答えた。「泥棒が入ってプルマン夫人の宝石が盗まれました。そして秘書のバーナードさんが庭で倒れているのが発見されました。逃げようとする賊に撃たれたらしいのです」

「バーナードですって?」バンクス夫人が叫んだ。「だって、あの男は……」

言いかけて夫人は神父のおごそかな視線と目が合った。すると言葉が出なくなった。どうしてだかはわからなかったが。

「わたしは警察に連絡しました」と神父は続けた。「そして、この事件に関心を寄せている別の権威筋にも連絡しました。調査に来た人の話では、現場をちょっと調べただけで、ある有名な犯罪人の足跡や指紋やそのほかの特徴が出たそうです」

このときジョン・バンクスが帰ってきて、要談の気分がちょっと乱れた。自動車遠征は失敗だったらしい。スミス爺《おじ》さんは、結局のところ乗客としては落第らしかった。

「どたんばになって怖気づいちまったんだ」と、けたたましく報告するジョンの顔はいかにも不愉快そうだった。「パンと音がした途端に青くなりやがった。風穴を調べているうちにぼくはおいてけぼりさ。もう二度とああいう田舎者を……」

しかし、一同はブラウン神父とそのニュースのまわりに集まってすっかり興奮していたので、ジョンの不平に耳を傾ける者はいなかった。

「じきにある人が訪ねてまいります」ブラウン神父は控え目な重々しい口調をくずさずに語りつづけた。「その人が来れば、わたしは責任から解放されます。みなさんにその人に会ってもらえば、事件の証人としてのわたしの義務もおしまいです。ほかに申しあげることと言えば、ブナ屋敷の召使いが窓の外に人の顔を見たということだけで……」

「わたしも人の顔を見たんです」とオパールが言った。「この部屋の窓の外に」

「また始まった。姉さんはいつも顔ばかり見てるじゃないか」ジョンが邪慳《じゃけん》に言った。

「事実を見るというのはけっこうなことです。たとえ顔であろうと」ブラウン神父が穏やかに言った。「それに、ごらんになった顔というのは、思うに――」

またしても玄関からノックの音が聞こえてきた。やがて部屋のドアが開いて一人の男が入ってきた。デヴァインはその男を見るなり愕然《がくぜん》としたように椅子から腰を浮かせた。

入ってきたのは、頑丈な顎が端についた長い顔が青くてすごみのきいた、まっすぐな身体つきの大男だった。額がかなり禿《は》げあがり、明るい青い目をしていた。大きな麦藁帽のつばにかげらされていたのをデヴァインが見た、あの目である。

「どなたもどうぞそのままで」カーヴァー氏なるその人物が、はっきりした声で慇懃《いんぎん》に言った。しかし、デヴァインは、慇懃にピストルを突きつけて旅人を金縛りにかけてしまう追剝《おいはぎ》のことを、混乱した頭のなかで連想していやな気持ちになっていた。

「どうぞお掛けください、デヴァインさん」とカーヴァーは言った。「わたしもご免をこうむって掛けさせていただきます。まず、お邪魔にあがったわけをご説明しなくちゃなりませんな。わたしのことを、さる有名な大泥棒ではないか、と疑っていらっしゃる向きもあるようですが」

「そのとおりです」デヴァインが怖い顔をして答えた。

「蜜蜂と熊ん蜂とは」とカーヴァーが言った。「見分けがつきにくいこともあるものです、まったくの話が」

ちょっと間をおいてからカーヴァーは先を続けた。「うるさい蜂は蜂でも、わたしはこれで人様のお役に立つ蜂のつもりです。わたしは探偵です。マイケル・ムーンシャインと名乗る前科者が活動を再開したという噂を調査するために派遣されてまいりました。宝石泥棒がムーンシャインの専門でしたが、今日ブナ屋敷で宝石が盗まれるという事件がありまして、これが、どうやらあいつの仕業《しわざ》らしいのです。専門家がそう鑑定しているのです。指紋も足跡も符合しますし、それに変装が同じです。みなさんもご記憶なさっておいででしょう。御用になったときがそうだったし、その以前もこの手を使っていたということですが、ムーンシャインは赤い顎鬚に大きな角《つの》ぶち眼鏡という簡単な道具で効果的に変装していました」

オパール・バンクスが、はじかれたように身を乗りだした。

「それですわ」と興奮の体で叫ぶ。「それがわたしの見た顔ですわ。大きな目をかっと見開いてユダみたいな赤い鬚をもじゃもじゃ生やしていたんです。幽霊だと思いました」

「ブナ屋敷の召使いが見た幽霊もそうでした」とカーヴァーは気のなさそうに言った。

カーヴァーはテーブルの上に紙包みを置いて、注意ぶかくほどきはじめた。

「さきほども申しましたように」とカーヴァーは続けた――「わたしはムーンシャインの犯罪計画を探るためにこちらに派遣されてきたのです。で、養蜂に興味があるということにしてスミス老人の家に入りこみました」

ちょっと話が途切れたところで、デヴァインがぴくりと身体を動かして口をきいた。「まさかあなたは、あの好々爺《こうこうや》のスミスさんを、そのムーンシャインだと……」

「しっかりしてくださいよ、デヴァインさん」とカーヴァーは笑って言った。「あなたは蜜蜂の巣をわたしが世をしのぶ隠れ家だとお思いになった。どうしてそれがあの爺さんの隠れ家じゃいけないんです？」

デヴァインは憮然《ぶぜん》としてうなずいた。探偵は紙包みのほうに戻って話を続けた。

「どうも怪しいので、なんとか爺さんを追いだして持ち物をすっかり調べてみたいものだと思っていました。そこにバンクスさんが見えて、いざ楽しきドライブへ、とご親切におっしゃる。わたしはそのご親切を利用させてもらいました。そして家《や》さがしをしてみると、蜂のことしか頭にない正直爺さんの持ち物にしては妙な品物が見つかったのです。その一つがこれです」

カーヴァーは、ひろげた紙のなかから、ほとんど深紅に近い色をした長い毛の房のようなものをつまみ上げた。芝居で使うつけ鬚である。

そしてそのわきにあるのは、大きな角ぶちの眼鏡だった。

「まだこのほかに、お宅に直接関係のあるものも出てきました」とカーヴァーは続けた。「今夜お邪魔にあがったのもそのためです。というのが、このへんのお屋敷にある宝石の名称と推定価格を書きつけたメモを発見したのです。そのメモによると、プルマン夫人所蔵のティアラの次の項目が、バンクス夫人所蔵のエメラルドのネックレスだったのです」

これまで上品に眉をひそめて闖入者《ちんにゅうしゃ》どもを見おろしていたバンクス夫人が、それを聞いてきっとなった。顔がずっと利口そうになり、年も十くらいは老けて見えた。しかし、夫人が口をきく暇もなく、万事がだしぬけのジョンが、咆哮《ほうこう》する巨象よろしくすっくと立ちあがった。

「そしてティアラのほうはもうなくなったんだ」とジョンはどなりだした。「今度はうちのネックレスの番だ――そうだ、手遅れにならないうちに！」

「悪くない思いつきです」ジョンが走りでるのを見送りながらカーヴァーが言った。「むろん、もう警備の手配をしてはあるのですが。ところで、そのメモは暗号で書いてあって、解読にちょっと手間どりました。そしてもう少しで読みおえようというとき、ブナ屋敷の神父さんからの連絡を受けたというわけです。そこでわたしは、神父さんにお願いしてひと足さきにこちらに来ていただき、わたしもすぐあとを追う手はずにしたのです。そうすれば――」

と言いかけたカーヴァーの声が金切り声でかき消された。オパールが及び腰になって丸窓をぎごちなく指さしていた。

「また出たわ！」と叫ぶオパール。

一瞬、一同は見た――嘘つき、ヒステリー、と一再《いっさい》ならずそしられたオパールが身のあかしを立てるのを。黒く青い外の闇よりぬっと出ているその顔は青く白かった。それともガラスに強く押しつけられて白くなっていたのであろうか。かっと見開いたその目が眼鏡で丸く縁どられているのが、藍色《あいいろ》の海から立ち現われて舷窓に鼻をこすりつける大魚を思わせた。しかし、この魚の鰓《えら》や鰭《ひれ》は赤銅色だった。怖ろしげな赤い頬髯、顎鬚がそれだった。次の瞬間、その顔は消えうせた。

デヴァインが窓のほうに一歩踏みだした途端に家をゆるがすような怒号が響きわたった。あまりの大音声《だいおんじょう》で何を言っているのか聞きわけられない。しかしデヴァインは何ごとが持ちあがったかを了解して、はたと立ち止まった。

「ネックレスがない！」戸口に姿を現わしたジョン・バンクスが仁王立ちになってどなったか

と思うと、猟犬のようにまたとびだしていった。

「賊はいま窓のところにいたぞ」と叫びながらカーヴァーは戸口に突進し、庭に走りでた向こう見ずのジョンのあとを追った。

「気をつけて」と夫人が金切り声をあげた。「泥棒はピストルを持ってるわよ」

「ぼくだって持っている」暗い庭の向こうから怖いものなしのジョンの声がした。

実際、デヴァインは、とぶように走りでていくジョンが挑戦的にピストルを振りまわしているのを見て、これで身を守るようなことにならねばよいがと心配していた。折しも、撃ち合いでもしたのか二発の銃声の衝撃が相ついで伝わり、閑静な郊外の庭に轟々《ごうごう》とこだました。そしてそれきり静かになった。

「ジョンがやられたのかしら?」オパールが低い震え声で尋ねた。

ブラウン神父は早くも暗闇のなかを庭の奥に踏みこんでいたが、立ちどまると、一同に背を向けたまま足元の何かを見おろしているようだった。オパールに答えたのはブラウン神父だった。

「いいや、やられたのは相手のほうです」

荒れ模様の空に月がのぞいて庭がにわかに明るくなっていた。しかし、カーヴァーが神父のそばに寄ってきていて、のっぽとちびの二つの人影がしばらく立ちふさがった恰好になって、何があるのか一同には見えなかった。そして二人が片側に動いたあとに見えたものは、断末魔のあがきをとどめてか、ねじれたように横たわっている小柄な老人の身体だった。赤いまやかしの顎鬚が嘲るように天を指してさか立ち、月が月光《ムーンシャイン》と呼ばれた男の大きなまやかしの眼鏡を光らせていた。

「何という最期だろう」とカーヴァーがつぶやいた。「あれほど派手に暴れた男が株屋風情《ふぜい》のまぐれ当たりの一発で町はずれの庭のなかで往生するとは」

当の株屋はと見ると、いくぶん気が立っているようだったが、自分の勝利をもっと厳粛なものに考えていたことは言うまでもない。

「やむをえなかったのです」ジョンはさも苦しそうにあえぎあえぎ言った。「こんなことになってしまって。しかし、こいつが先に撃ちかけたのです」

「むろん検死はやらなきゃならないでしょう」とカーヴァーが重々しく言った。「しかし心配することはないと思います。スミスの手から落ちたピストルはすぐ見つかったし、これが一発だけ発射してある。あなたの一発を受けて手向かいができなくなったんですな」

そうこうするうちに、一同はもとの部屋に戻っていた。カーヴァーは紙包みを取っていとまごいをしようとしていた。その前に立ってテーブルを見つめながら、ブラウン神父は思案顔だったが、不意に口を開いた。

「カーヴァーさん。あなたは実に手際よく実にすっきりと事件をおまとめになった。あなた方本職の探偵がどういうふうに仕事を運ぶかということはわたしも承知しているつもりだった。しかし、これほどにも手っとり早く一切合切を結びつけてしまわれようとは夢にも思いませんでした——蜂や、鬚や、眼鏡や、暗号や、ネックレスといった一切合切をな」

「事件をすっきりとまとめあげるというのは、常に望ましいことです」とカーヴァーは言った。

「ごもっとも」とブラウン神父はテーブルの上に目を落としたまま言った。「いや、まったく恐れ入りました」

続けて神父は、遠慮がちに、しかし、苛立つ心を抑えかねたようにつけ加えた。「しかし、正直に申しあげますが、わたしにはお説がまるで信じられないのです」

デヴァインが不意に興味をそそられたように身を乗りだした。「スミスが大泥棒のムーンシャインだったということが信じられないとおっしゃるのですか？」

「あの大泥棒が実はスミスだということは承知しています。しかし今度の泥棒はスミスじゃない」とブラウン神父は答えた。「スミスは、この家にせよ、ブナ屋敷にせよ、宝石を盗んだり、逃げる途中で撃たれたりしに出かけてきはしなかった。盗まれた宝石はどこにあります？」

「こういう場合は、どこかに隠すか共犯者に渡すかするのが定石ですよ」とカーヴァーは言った。「これは単独犯行じゃありませんな。むろん、わたしの部下は庭を捜索中ですし、付近一帯を警戒中です」

「ムーンシャインが窓からのぞいているあいだに仲間がネックレスを盗んだのかもしれないわ」とバンクス夫人が言った。

「どうしてムーンシャインは窓からのぞいたのです？」ブラウン神父が静かに尋ねた。「どうしてまた窓からのぞきたいという気持ちなど起こしたのです？」

「神父さんはどうお思いになります？」ジョンが陽気な大声をはりあげた。

「ムーンシャインには窓からのぞきたいという気持ちなど少しもなかったのだ、と思いますな」とブラウン神父。

「ではどうしてのぞいたりしたのです?」とカーヴァーが難詰した。「いったい、こういう取りとめのない話をして何になるのです? みんな、わたしたちの目の前で演じられたことじゃありませんか」

「わたしは、これまでにも信じられないようなことが目の前で演じられるのを幾度も見ましたよ」と神父は答えた。「みなさんだって、芝居を見ながらときどきそうお思いになったことがおありでしょう」

「神父さん」デヴァインの声には敬意の響きがあった。「ご自分の目が信じられないとおっしゃるわけを聞かせていただけませんか」

「ええ。では聞いていただきましょうか」神父はこう前置きして穏やかに語りだした。「ご存じのようにわたしは司祭です。司祭がどういうものかということはご存じでしょう。司祭はあまり他人の邪魔はしません。司祭は隣人すべての友人たらんと心がけております。しかし、我我が何もしないでいるとお思いにはなりますまい。我々が何も知らずにいるとお思いにはなりますまい。我々は司祭の職務に勤《いそ》しんでいるのですし、教区の人たちのことをよく存じあげているのです。死んだスミスのことはわたしがよく知っています。わたしはあの人の聴罪師でしたし、友人でしたから。今日の夕方、スミスがどういう心を抱いて養蜂園を出ていったかということを、わたしはよく知っています。あの人の心は黄金の蜂に満ちたガラスの巣箱のようでした。あの人の悔悛《かいしゅん》が真摯《しんし》なものだったと言っただけでは言い足りない。あれは、ほかの人たちが美徳から生みだす以上のことを悔悛から生みだすことのできる、偉大な悔悟者でした。わたしはあの人の聴罪師だと申しましたが、あの人に会って慰めを得たのはわたしのほうでした。あのような善人のそばにいるというのはわたしのためになりました。そしてわたしは、あの人が庭のなかに倒れているのを見たとき、古い神秘な言葉が高らかに頭上に語られるのを聞いたような気がしました。いや、気のせいだったとばかりも言えません。天国にまっすぐに行った人があるとすれば、スミスこそその人なのでしょうから」

「そういうことが何になります」ジョンが落ち着きをなくしたように言った。「何と言ってもあいつは立派に有罪判決をくだされて服役した前科者じゃありませんか」

「さよう」ブラウン神父が言った。「立派に有罪判決に服しました。だからこそこの世であの保証の言葉を聞いたのです。『今宵《こよい》汝は我と共に天国に在るべし』（ルカ伝二十三章）」

誰にもどうしたらいいのかわからないような沈黙が続いた。ややあって、デヴァインが卒然と口を開いた。

「では、この事件をいったいどうご説明なさろうというのです？」

神父は頭《かぶり》を振った。「わたしにも説明がつきません。差し当たってのところは」と淡々と言った。「一つ二つ妙な点があることには気づいています。しかし、全体の見通しはまだ立っていない。いまのところ、スミスの人物を信じているということのほか、スミスの無実を証明する材料がない。しかし、わたしは間違っていないはずだ」

ブラウン神父はため息をついて、かぶっている大きな黒い帽子に手をやった。帽子を脱いで、素直な髪の丸い頭をかしげ直してじっとテーブルに見入る、そうしているとまるで顔が変わったように見えた。手品師の帽子から出てきた珍奇な動物さながらだった。しかし、ほかの人たちの目には、テーブルの上に見えるものといえば、カーヴァーの書類と、派手な古いつけ鬚と、眼鏡があるだけだった。

「これはしたり！」と神父はつぶやいた。「しかもスミスは顎鬚をつけ、眼鏡をかけて外で死んでいる」神父はいきなりデヴァインのほうに大きく身体を振り向けた。「謎を解く手がかりがここにありますぞ。スミスはなぜ顎鬚を二つ持っていたのか」

言い残してブラウン神父は威厳を欠いたいつもの足どりでせかせか部屋を出ていった。デヴァインはすっかり好奇心に取りつかれて、前庭までそのあとを追ってきた。

「いまはお話しできません」と神父は言った。「まだ確信が持てないし、どうしたらいいかということも考えなくてはなりません。しかし、明日わたしのところにおいでいただければ、すっかりお話しできるかもしれない。それまでには片がついているかも——や、あれが聞こえましたか？」

「自動車の出る音ですね」とデヴァイン。

「ジョン・バンクス君の自動車です」ブラウン神父が言った。「すてきに早く走る車だということだが」

「ジョンはそう言っていますね」デヴァインは微笑した。

「今夜は早く走りもするし、遠くに行きもするでしょう」

「とおっしゃいますと？」

「戻ってこないでしょう」と神父は答えた。「わたしの話を聞いて、感づかれたと気づいたと見える。ジョン・バンクスは行ってしまった。エメラルドや、そのほかの宝石と一緒にな」

次の日、デヴァインが養蜂園に行ってみると、ブラウン神父が清らかな目に一抹《いちまつ》の悲しみを湛《たた》えて、一列に並んだ巣箱の前を行ったり来たりしていた。

「蜂に話をしていたところです」と神父は言った。「蜂に話をする《テル・ザ・ビーズ》（お祈りをする《テル・ザ・ビーズ》）というのは大切なことでしてな。『工匠《たくみ》らは歌いつ黄金なす屋根葺きつ』――シェイクスピアにこんなのがあったな」それからだしぬけに――「スミスだって、蜂の世話をしてもらいたいと思っているでしょうし」

「だから人間様のほうはかまわずにおいてもらいたい、と思っているわけじゃありますまい。みんなわけがわからなくて、それこそ蜂の巣を突ついたように騒いでいるというのに」とデヴァインが言った。「ジョンが宝石を持って逃げたというのは本当でした。しかし、どうしておわかりになったのやら、何がおわかりになったのやら、わたしには皆目わからないのですが」

ブラウン神父はいとおしむように蜂の巣を眺めていたが、やがて語りだした。

「わたしどもがものを考えるとき、何かに引っかかって釈然としないということはよくあるものです。この事件には最初からそれがあった。ブナ屋敷のバーナード君がかわいそうなことになったということです。これがわたしには腑《ふ》に落ちなかった。いったいスミスは、名うての大泥棒だったころさえ、人を殺《あや》めずに盗みを働きおおせるのを名誉とも見栄とも心得ていた男です。それが聖人のようになったいまになって、罪人であったときにさえ潔《いさぎよ》しとしなかったような罪を犯したというのはいかにも妙でした。そのほかのことにしても、この事件はわたしにはずいぶん納得のいかないことばかりでした。何かごまかしがあるということだけはわかりましたが、何がそのごまかしなのかはまるで見当がつきませんでした。それでもやっとおぼろに分別が働くようになったのは、あのつけ鬚と眼鏡を見て、賊が別のつけ鬚、別の眼鏡をつけて侵入したという事実に思い当たってからのことでした。むろん、つけ鬚と眼鏡の予備があったということが考えられないわけじゃない。しかし、古いほうの眼鏡とつけ鬚はちゃんと手入れがしてあったのだし、そのどちらも使わなかったということは、少なくとも不審をそそる。また、つけ鬚と眼鏡を持たずに出たのでやむなく新品を買い求めたということも考えられないじゃないが、これはどうもありそうにないことです。スミスは都合が悪ければドライブを断わることだってできたのだし、本当に泥棒に行くつもりだったのなら変装道具をちょいとポケットにほうりこんで行ったはずですからな。それに、つけ鬚などというものは、ここにもある、あそこにもあるといった代物《しろもの》ではない。ああいう品物を行き当たりばったりに手に入れようというのは無理な相談です。

そういうわけで、考えれば考えるほど、スミスが新品の変装道具を持っていたのはおかしいという気がしました。そこでようやく、真相が理詰めでわかりはじめました——直観ではとうにわかっていた真相が。スミスはバンクスと出かけたとき、変装するつもりなど毛頭なかった。

スミスは変装などしなかった。誰かほかの人間が、あらかじめ変装道具を用意しておいて、それをスミスにつけたのです」

「誰かほかの人間がスミスにつけたのですって?」デヴァインがおうむ返しに訊き返した。

「どうしてそんなことができたのです?」

「話を戻して、別の窓から事件を見直してみましょう。つまり、オパールが幽霊を見た窓から」

「幽霊!」相手はぴくりと身を震わせた。

「オパールはあれを幽霊と呼びました」ちびの神父は落ち着いた声で続けた。「しかも、それはそんなに見当はずれでもなかったようです。オパールが幻想に取りつかれやすい人だということは事実です。しかしそれは別に異常でもなんでもない。ただ、あの人は幻想の不思議を霊魂の神秘と取り違えてしまった。それが間違っていただけです。幻想に現われるくらいのことは霊魂のない動物にだってできることですのに。それはともかく、オパールの感受性は、甚だ鋭敏ではあっても狂ってはいなかった。窓に現われた顔を見たとき、亡《ほろ》んだものを蔽《おお》う光芒《こうぼう》のようなものを感じてぞっとした、とあの人は言いました。それはまったく正しかったのです」

「と、おっしゃいますと――」デヴァインはここまで言いかけて息をのんだ。

「窓からのぞいたのは死んだ人間でした」ブラウン神父が言った。「あちらの屋敷からこちらの屋敷へ、あちらの窓からこちらの窓へとさまよった、死んだ人間でした。どうです、ちょっと寒気がしませんか。しかし、ある意味では、あれは幽霊とは反対のものでした。肉体から解放された霊魂のいたずらではなくて、霊魂から解放された肉体のいたずらだったのですから」

神父はしばらく巣箱を見つめて目をぱちくりさせていたが、ややあって――「しかし、この幽霊騒ぎを説明するには幽霊を操った人間の立場から見るのが一番の早道でしょう。誰がその人間だかはご存じでしょう。ジョン・バンクスです」

「わたしにはまず思いつきそうもない人物です」デヴァインが言った。

「わたしがまず思い当たった人物です」とブラウン神父。「いくらかでも知っている人のうちから心当たりをさがすとなれば、ほかに誰がいます？　本当はね、デヴァインさん、社会的なタイプや職業に善悪の別があろうはずはない。どのような人間でも、かわいそうなジョンのように人殺しになれるのだし、どのような人間でも、ジョンのような人間でさえ、かわいそうなスミスのように聖人になれるのです。しかしもし世の中に、ほかの人たち以上に神を忘れてしまう傾きのあるタイプがあるとすれば、それはあの荒稼ぎをことする実務家のタイプでしょうな。あの種の人間には、宗教はさておき、社会的な理想が一つもない。紳士の伝統もなければ、労働組合員の階級的忠誠もない。うまい取り引きをしたという手柄話を聞いてみると、何のことはない、人をだましたという自慢話ばかりだ。それに、お姉さんがせっかく一生懸命に神秘説を唱えるのを笑いものにしようとするあの態度は何です。なるほどオパールの神秘説というのも怪しげなものだった。しかし、ジョンが神秘ということを嫌っていたのは、それが人間の霊性に関わりあいのあることだからでした。とにかくジョンが、芝居で言えば悪玉になることに疑問の余地はなかった。ただ、その悪玉ぶりが変わっていましたな。殺人の動機が類例のない新機軸だった。

この悪玉は、死体を怖ろしげな操り人形に仕立てて芝居の小道具に使おうというもくろみで人を殺したのです。初めはスミスを車のなかで殺したら、死体を家に運んで庭で殺したように見せかけよう、という計画だった。ところがいざ凶行に及んでみると、車の天蓋を箱みたいにきっちり閉めてしまえば、夜分のことでもあり、誰にも見られずに名うての前科者の死体をどこにでも運ぶことができる。そのことから、いろいろな幻想劇じみた小細工がすらすらとできあがった。指紋を残すこともできたし、足跡を残すこともできた。窓に顔をのぞかせては引っこませることもできた。お気づきでもありましょうが、ムーンシャインが出現したのは、あたかもジョンがエメラルドを見にいくと称して部屋を出ていったあいだのことでした。最後にジョンは死体を芝生に転がして、両方のピストルから一発ずつ撃ちさえすればよかった。それでお芝居も一段落というものです。しかし、こういう裏話も、顎鬚が二つあることの意味を見すごしていたら、遂に露見しなかったかも知れませんな」

「どうしてスミスは古い顎鬚などしまっていたのでしょう」とデヴァインが考え深そうに言った。「それがわたしには不思議です」

「あの人のことをよく知っているわたしには、それが当然のように思えます」とブラウン神父は答えた。「あの人の鬘を見ましたか。あの人の生活全体があのとおりだったのです。変装が変装じゃなかったのです。ムーンシャイン時代の変装道具ですが、あれはもう不必要だった。けれどもスミスは昔のことを怖れてもいませんでした。スミスとしては、まやかしの鬚を捨てることもまやかしになるという気持ちだったのでしょう。何か隠しごとをするように思えたのでしょう。しかし、スミスは何も隠しだてする気はなかった。神から隠れようともしなかった。自分自身から隠れようともしなかった。すでにして青天白日の生活に入っていたのです。仮にいま一度牢屋に連れもどされたとしても、あの人は幸福な生活を続けたことでしょう。あの人は潔白をよそおっていたのではない、潔白に清められていたのです。さればこそあの人は常人とは違った感じを漂わせていました。死んでから引きまわされたあのグロテスクな死の舞踏と同じほどにも不思議な感じを漂わせていました。この蜂の巣のあいだをにこやかに歩きまわっていたスミスは、生きながらにして輝かしい死をとげていたのです。この世の裁きをすませてしまって」

しばらく二人は黙っていた。やがてデウァインが肩をすくめて言った——「つまりすべての問題は、この世では蜜蜂も熊蜂もよく似ているという事実に立ち返るというわけですな」

飛び魚の歌

　ペリグリン・スマート氏は、一つの持ち物と一つの冗談にひどくご執心で、氏の魂はいつもそこに蠅《はえ》のように彷徨《ほうこう》している観があった。それは冗談としては罪のないほうであったと言えるかも知れない。わたしの金魚をごらんになりましたか、と人に尋ねるだけのことだったからである。しかしそれは、冗談にしては金のかかるものだったとは言えるかもしれない。もっとも、冗談そのものよりも、金のかかった冗談の種のほうに当人が愛着を持っていたというわけでもなかったようである。

　古くからある村の共有地をかこんで新しく建った住宅の一つにスマート氏は住んでいたが、隣人たちと話をする折には、時を移さず話題を自分の趣味のほうに引っぱりこんだ。相手がドイツ風に頭髪をオールバックにして、頑固そうな顎をしたいまをときめく生物学者のバードック博士だと、話題を切り替えるのに何の造作もなかった。「博士は博物学に興味をお持ちでしたね。わたしの金魚はもうごらんになりましたか?」バードック博士のような正統の進化論者にとって生きとし生けるものが一つの進化の系列で関係づけられるというのはむろんのことである。しかしこの場合は、一見、関係づけが飛躍しているようであった。なにぶんにも博士はキリンの祖先のことだけを専門に研究していたのである。これが隣の町の教会のブラウン神父が相手だと、スマート氏はすらすらと連想をたどって、「ローマ――聖ペテロ――漁夫――魚――金魚」と話を進めた。また、イムラック・スミス氏――これは、やせて黄ばんだ顔をした身だしなみのいい銀行家であるが――このスミス氏と話をする際には、スマート氏は強引に話題を金本位制のほうにねじ曲げた。ここまで漕ぎつければ金魚まではほんの一歩である。それから、かの令名高き東洋学者で旅行家のイヴォン・ド・ララ伯爵（肩書はフランス貴族であるが、ご面相はあえてダッタン人風と言わないまでもロシア人じみている）と話した折には、能弁のスマート氏はガンジス川やインド洋についての深甚《しんじん》かつ知的な興味を示した。すると話はおのずと該水域における金魚の存在の有無という問題に触れようというものである。しかし、最近ロンドンから来たばかりの青年紳士、ハリー・ハートップ氏を相手にしたときには、この人がずいぶん金持ちではあるが、ずいぶん内気で無口であるため、スマート氏も苦労したようである。それでも、困ったような顔をしている相手を問い詰めて釣りに興味がないという返事を得たスマート氏は、ついにこう持ちかけることができた――「釣りといえば、わたしの金魚をもうごらんになりましたか？」

スマート氏の金魚について変わっているのは、それが金でできているということだった。ある富裕な東洋の王様が気まぐれにこしらえさせたものという、この奇抜で高価な玩具《おもちゃ》は、スマート氏が競売会だか骨董店《こっとうてん》だかで手に入れたものである。そういうところへは、氏は自分の家を役に立たぬ珍品でいっぱいにするために、しげしげ通っていたのだった。部屋の戸口からは、並みはずれて大きな金魚鉢のなかに並みはずれて大きな金魚が何匹も泳いでいるように見えた。そばに寄ってよく見ると、鉢はかすかに玉虫色を帯びた薄手の美しいヴェネチアン・ガラスで、そのなかに、かすかに色づいた光を浴びて、大きなルビーを目にはめたグロテスクな金の魚がいくつも吊りさげてあるのだった。これは、つぶしても相当な値打ちのものに違いなく、収集狂たちの熱の浮かされかげんによってはどれだけの値がつけられるかわかったものではなかった。スマート氏の新任の秘書であるフランシス・ボイル氏は、アイルランド出の青年で、それだけに万事に慎重を期するといった性質《たち》ではなかったが、主人が秘蔵の品を相手かまわず自慢するのにはいささか驚いた。スマート邸を訪れる人たちは、隣人とはいっても、たまたまこの土地に逗留《とうりゅう》しているだけの、いわば流れ者ばかりである。それに、そもそも収集家というものは、用心深いか猜疑心《さいぎしん》が強いかして、秘蔵の品を人に見せたがらないというのが本当ではないか。ボイル氏は、秘書の役目に身を落ち着けるまでのうちに、そう考えるのが自分だけでないこと、同僚たちがいささか驚くというのを通り越してご主人様に深刻な非難を浴びせていることを知った。

「だんなが寝首をかかれずにいるのが不思議ですな」とスマート氏の従者のハリスは言うのだが、その口調には、妄想をたくましゅうしておもしろがっているという節がなくもなかった。まるで「惜しいですな」と、抽象的にではあるが残念がっているように聞こえた。

「何でもうっちゃらかしにして平気でいらっしゃる」当家の事務主任で、新入り秘書の面倒を見に事務室から来ていたジェームソンはこう評した。「玄関のがたぴしの古いドアに、がたぴしの古い門《かんぬき》をかけようとさえなさらない」

「ブラウン神父とバードック博士は信用してもいいと思うけど」と言ったのは、いいかげんなことをきっぱり断言するのが得意の家政婦、ロビンソン夫人である――「でも異人さんとなると、あれでは誘惑しているのと同じね。伯爵だけじゃありません。あの銀行の方にしたって、イギリス人にしては黄色すぎるわよ」

「なるほど。しかしあのハートップという人はちゃんとしたイギリス紳士のようですがね」雄弁の国アイルランド出のボイルが快活に言った。「ろくに口をおききあそばさないじゃありませんか」

「つまり陰険なのよ」とロビンソン夫人。「あの人は外国人じゃないけど油断はできないわ。異なる事を行えばこれすなわち異人なり。行いが問題よ」と夫人はうたぐり深そうに結んだ。

ロビンソン夫人の外人不信の念は、その日の午後、主人の居間でかわされた、金魚を主題とし、不良外国人の疑いある伯爵を主役とする会話を聞いたとすれば、いよいよ深められたに相違ない。ド・ララ伯爵が大いに語ったというのではない。しかし伯爵は、黙っていてさえも一座を圧していた。どっしりしたクッションの上にどっしりと腰をおろしたその姿はいかにも重々しく、迫りくる宵闇《よいやみ》のなかにあってその蒙古《もうこ》型の幅広の顔が月のように幽玄にほの輝いていた。東洋的な雰囲気を漂わせているようだったのは、一つには背景のせいもあったのだろう。その部屋は多少なりとも値の張った骨董品で混沌とし、数知れぬ東洋渡来の武器や煙管《キセル》や容器や極彩色の写本の装飾的な曲線と燃え立つ色彩がかすかに見分けられるばかりだった。いずれにしても、ボイルには、会話が進むにつれて、暮れなずむ光を背に黒々とクッションの上に鎮座まします伯爵の姿が大きな仏陀《ぶつだ》の像そのままの輪郭を描いていると思えたことであった。

居間には近所の面々が顔を揃えていて、当たりさわりのないことを話しあっていた。この人たちはお互いの家を訪問しあうのがいつか習わしとなって、このごろでは、共有地をめぐる四、五軒の家のご当主たちのクラブのようなものができあがっていた。四角な共有地のまわりに並んだ住宅のうち、一番古くて造りが派手で大きいのはペリグリン・スマート氏の家で、四辺形の一つの辺の大半にわたってだらだらと延びている。その隣に窮屈そうに建っている小さな別荘は、退役陸軍大佐ヴァーニー氏の家であるが、大佐は病身ということで、外出するのを見た人はなかった。スマート邸とヴァーニー邸を右に折れた並びには、日用品を売る店が二、三軒建っていて、角は青竜亭という宿屋だった。ロンドンから来たハートップ氏の泊まっている宿屋である。向かいあわせの並びには、三軒の貸別荘があり、その一つにド・ララ伯爵が、いま一つにバードック博士が住んでいて、残りの一軒は空き家である。そして残る左側の並びには、銀行とそれに付属した支配人スミス氏の家があり、その隣は建築用地の囲いこみになっていた。このようにひとかたまりの住宅が独立の集落のようになっているうえに、そのまわり数マイルが大方畑で、そんなに家もなかったので、住人たちはしだいにお互いのつきあいを深めていた。しかしこの日は、このお伽《とぎ》の村に、とがった顔に毛虫眉とすごい口髭《くちひげ》を生やしたよそ者が闖入《ちんにゅう》していた。この人物は、服装がいかにもみすぼらしいところを見ると、もしスマート老と骨董品の取り引きをしにきたという噂が事実なら、百万長者か公爵様に違いあるまいと思われた。

しかし、少なくとも青竜亭では、この人物はハーマーという変哲もない名前で呼ばれていた。ハーマー氏もこの土地に着くと早速、金の魚の見事なことと、その保管法に手落ちのあることを聞かされていた。

「いやあ、それはしっかり鍵をかけておいたほうがいいということは、みんなからもうるさく言われております」とスマート氏は言いながら、事務所から書類を持ってきたジェームソンのほうを肩越しに振り向いて、ちょっと待っているようにと目で合図した。スマート氏は丸い頭と丸い身体つきをした小柄の老人で、禿《は》げたおうむの風貌がある。「ジェームソンもハリスもみんな、玄関のドアにはせっかく閂がついているのだから、ちゃんと戸締まりをするとよいと言うのです。中世の城か何ぞのようにね。しかし中世の遺物じみた錆びて腐った閂などかけても、人が入れないようにする役には立ちそうもない。わたしはむしろ運と田舎の警察を信頼しますな」

「どんな頑丈な閂をかけても人が入れないとはかぎりません」と伯爵が言った。「閂が役に立つかどうかは、入りこもうとする人間しだいです。昔、洞穴《ほらあな》に裸で住むヒンズー教の行者《ぎようじや》がいました。この行者はムガール皇帝を取り巻く警固の三軍のあいだを通り抜けて、皇帝のターバンから大きなルビーを抜きとると、見とがめられることなく影のように戻ってきました。行者は、空間と時間の法則がいかに小さなものであるかということを皇帝に教えようと思ったのです」

「その空間と時間の小さな法則を本当に研究するならば」とバードック博士がそっけなく言っ

た――「そういう手品の種あかしがたいていできるものです。西洋の科学は東洋の魔術の大半に解明の光を当てました。たしかに催眠術や暗示を使えば、いろいろなことができますな。小手先の芸当は申すに及ばず」

「そのルビーは皇帝のテントのなかにあったのではありません」いつもに変わらぬ夢うつつの声で伯爵が言った。「しかるに行者は百のテントのうちよりそれを見つけだしました」

「そうしたことはみんな精神感応現象として説明できるのではないですかな?」バードック博士が語調鋭く反問した。

高名の東洋旅行者はしばらく無言だった。礼儀にもとる居眠りでも始めたかと思えるほどの深い沈黙のなかに、博士の語調の鋭さだけがいたずらに尾を引いた。

「や、失礼をいたしました」伯爵はふと我に返ったように微笑して言った。「わたしたちが言葉で話していたということを忘れていました。東洋ではわたしどもは心で話しあいます。ですから、お互いが誤解することもありません。しかし、みなさんは言葉を崇拝なさっている。言葉で満足なさっている。不思議なことです。昔は、でたらめと称していたことをいま精神感応現象と名づけたところで、どれほどの違いがあるのです。人がマンゴーの樹から空に昇ったとします。それを、ホラと呼ぶかわりに浮揚現象と呼ぶというのがそれほど代わりばえのすることでしょうか。中世の魔女が杖をひと振りしてわたしを青いヒヒに変えたとしても、それは隔世遺伝現象にすぎぬ、とでもみなさんはおっしゃりたいのでしょう」

いかにも、しかし、と進化論者にして科学者たる博士は言いたそうに見えた。しかし、博士が腹のうちをぶちまけるより一瞬早く、ハーマーを名乗る人物が粗暴な調子で言いだした。

「インドの手品使いどもに妙な芸当ができるというのは事実に相違ない。しかし、わたしの気づいたところでは、どうもあの手合いは自分の国でしか仕事をしないように思う。相棒が必要なのかもしれんし、群集心理を利用しているだけなのかもしれん。イギリスの田舎で不思議なことをしてみせたという話はまだ聞きませんな。ご当家の金魚はまず心配ありますまい」

「こういう話があります」ド・ララ伯爵が眉一つ動かさずに言った。「これはインドであったことではありません。カイロの町でも最もひらけた地区にあるイギリス軍の兵舎であったことです。一人の衛兵が、鉄格子の門の内側に立って格子のあいだから街路を見ていました。すると門の外に、地元民の着るぼろをまとった裸足《はだし》の乞食が現われて、驚くほど明瞭で洗練された英語で、兵舎に保管されているある公文書を取りに来たと申しました。兵士はむろん門の内に入ってはならんと言いました。すると乞食は微笑して尋ねました――『内とは何ぞ。外とは何ぞ』そういう乞食を兵士は小馬鹿にしたように鉄格子越しに見ていたのですが、気がつくといつのまにか外の街路に立っているのが自分で、門の内に静かに立って笑っているのが乞食ということになっているではありませんか。兵士が歩みでたのでも、門が開いたのでもないのです。兵士は乞食が兵舎のほうに進んでいくのを見て、我に返ってその男を捕えるようにとなかの兵士たちに叫びました。『貴様はもう外に出られぬぞ』と、地団太《じだんだ》踏みました。すると乞食は前と同じ涼しげな声でこう尋ねました――『外とは何ぞ。内とは何ぞ』兵士が格子越しに目を見開いているうちに、再び自分が門の内側にいるのに気がつきました。そして外の街路には、書類を手にした乞食が捕えられもせずにこにこと立っていたのです」

銀行家イムラック・スミス氏は、黒い素直な髪の頭を垂れて絨毯《じゅうたん》に目を落としていたが、このとき初めて口をきいた。

「そのために何か面倒が持ちあがりましたか」

「そのとおりです。さすがは銀行の方でいらっしゃる」と伯爵は無表情のままお世辞のようなことを言った。「公文書は財政上の重要書類でした。国際的な影響を及ぼしました」

「そのようなことが度々あっては困りますな」とハートップ氏が眉をひそめた。

「わたしは政治的な面には触れません」伯爵は淡々と言った。「哲学的な面だけを問題にしたいのです。この事件が物語るのは、賢人が時間と空間の裏側にまわって、いわばその挺子《てこ》を操ることができるということです。そのとき全世界がわたしどもの目の前で旋回するということです。みなさんとしては霊の力が物質の力よりも強いというのは信じがたいことでもありましょうが」

「そういうものですかな」スマート老がはしゃいだように言った。「わたしは霊の力といった方面の権威じゃない。これはいかがしたものでしょう、神父さん」

「うかがっておりますと」ブラウン神父が答えた――「お話の不可思議な業《わざ》というのがどうも盗みを働くことばかりのようです。そこで思うのですが、やり方が霊的であろうと物質的であろうと、盗みはやはり盗みではありませんかな」

「ブラウン神父はペリシテ人（形而上学の高尚を認めない実際家の代名詞）でいらっしゃる」とスミスが笑って言った。

「わたしはペリシテ人には同情しています」神父が言った。「ペリシテ人（聖書に描かれるペリシテ人は、堕落したイスラエルの民を摂理によって苦しめた古代の勇猛な異教民族）というのは、わけもわからないままに正義を行う人のことにほかなりません」

「なんだか難しい話になってまいりましたな」ハートップ氏が降参したように言った。

「みなさん、伯爵がおっしゃったように言葉を使わずにお話しになりたいのかもしれないな」ブラウン神父が笑いながら言った。「まず伯爵が鋭い沈黙で何かお言いになる。みなさんは滔《とう》々《とう》たる沈黙で応酬する。そういうことになすったらいかがです」

「音楽を使えば何とかなるかもしれない」夢のなかの人のように伯爵がつぶやいた。「こうして言葉で話しあうよりはそのほうがいいでしょう」

「そうですね。音楽のほうがわたしなどにはわかりやすいと思います」ハートップ氏が低い声で言った。

そんなやりとりをボイルはどこか変だと思いながら気をつけて聞いていた。どうもみんなの様子が妙に意味あり気で面妖《めんよう》な気がしたのである。それから話が音楽に移って、身だしなみのいい銀行家のスミス氏（素人音楽家としてなかなかの腕前である）が一曲所望されたりした。そのうちにボイルはふと秘書としての職務に気がついて、事務主任のジェームソンが書類を手に辛抱強く待っていることを主人に注意した。

「あ、それは別にいますぐでなくてもいいんだ、ジェームソン」とスマート氏は早口に言った。「あとでスミスさんとご相談するのに必要な数字がほしかっただけなんだ。つまり、その、何ですな、スミスさん、チェロという楽器は――」

しかし商売の野暮な風のひと吹きで折角の夢物語めいた雰囲気が吹き飛ばされてしまい、客は一人、また一人といとまごいをしはじめた。ただ銀行支配人で音楽家であるイムラック・スミス氏だけが残り、一同が辞去したあと、当家の主と一緒に金魚のしまってある奥の間に入ってドアを閉めた。

スマート邸は狭くて長い建物で、二階には屋根のついたバルコニーがついている。二階はだいたいご当主の専用で、化粧室と寝室と奥の間がある。この奥の間には、夜間用心のため階下の部屋から宝物類が持ちこまれることがある。二階のバルコニーは、その真下の錆びた閂のついた玄関口と同様に、主人の不用心を嘆く家政婦や事務主任の心配の種だった。しかし実は、スマート老はなかなか抜け目のない紳士で、見かけよりは用心深くしていた。家政婦がせっかくの閂が使われずに錆びているのを嘆いているのに、スマート老は古い家の古い閂など信用できないと公言してはばからなかったが、それも実は、玄関などより重要な戦略上の要衝を確保したうえでのことだったのである。つまりスマート老は、夜になると大事な金魚を寝室の奥の間に運びこみ、自分はいわばその正面にピストルを枕におやすみになるのだった。そういう次第で、ボイルとジェームソンが待っているところへ、銀行家との密談を終えてようやくドアから出てきたスマート老は、聖人の遺品でも捧げ持つようにうやうやしく大きなガラスの鉢を抱えていた。

外では夕日の名残りが草の茂る共有地のあたりに漂い、部屋にはすでにランプがともされていた。その二つの光の混じりあうなかに、色ガラスの鉢が宝石のお化けのように照り映え、そこに透けてきらめく金魚の姿は占い師が運命の水晶玉に見すかす妖《あや》しい影のように異様で、呪術めいた神秘な趣《おもむき》を呈していた。そしてスマート老の肩の上には、イムラック・スミスのオリーブ色の顔がスフィンクスのように目を見開いていた。

「わたしは今夜ロンドンに行かなくてはならん、ボイル君」スマート老はいつにもなく重々しい声で言った。「これからスミスさんとご一緒に六時四十五分の汽車で発つ。ジェームソン、きみは今夜わたしの部屋でやすむようにしてほしい。そして金魚をいつものように奥の間にしまっておけば心配がないというものだ。別に変なことが起こる気づかいもないけれども」

「変なことは変なところで起こるものでしてな」と言うスミス氏はにやにやしていた。「あなたはいつもピストルをベッドにお持ちになるのでしょう。この際、それも置いていらしたら？」

ペリグリン・スマートはそれには相手にならず、連れ立って玄関から共有地をめぐる往来に出ていった。

その夜、秘書と事務主任は指図どおりに主人の寝室で寝た。もっと正確に言えば、事務主任ジェームソンは化粧室で寝たのであるが、寝室とのドアは開け放しておいたので、通りに面して並んだ二つの部屋は一つの部屋も同然だった。寝室のほうにだけ、幅の広いフランス窓があって、そこからバルコニーに出られるようになっている。奥の間に入る入口も寝室にだけついていて、その向こうに金魚が安置されてある。ボイルはベッドを引きずってこの奥の間の入口をふさぐように置き、ピストルを枕の下に入れてから、着替えをして寝た。これで不測のことに備えて万全の措置を講じたつもりである。普通の泥棒については、今夜にかぎって押し入ってくる危険があるとは思えなかった。ド・ララ伯爵の東方奇談に登場するような神変摩訶《しんぺんまか》不思議の泥棒については、ボイルがそれを考えながら眠りに落ちたというのは、由来、妖術などというものがシェイクスピアも言うように夢と同じ材料でできているからである。そして本当にそれはじきに夢になって途切れ途切れにボイルの眠りを騒がした。事務主任の老人はいつものように落ち着きがなく、しばらくは部屋をあちこち歩きながら、困ったものだ、見ていろ、いまに、などと例の繰り言《くごと》をつぶやいていたが、やがてこれも着替えてベッドにもぐりこんだ。広々とした緑地と灰色の建物の上に、起きて見ている人があろうとも思われない静けさのなかを、月がひっそり明るくなってまた暗くなった。事件が起こったのは、灰色の空の端に暁《あかつき》の白い光がさしはじめたころのことだった。

ボイルは若かったので当然ジェームソンより眠りが深かった。ひとたび目を覚ませば敏活《びんかつ》このうえないのだが、目を覚ますまでがいつも大変だった。しかもこの朝は、覚めかかる心に蛸《たこ》の足のようにまといついてくる類《たぐい》の夢を見ていたので、それがなおさらだった。その夢のなかには実にいろいろなものが見えたが、寝る前にバルコニーから眺めた緑の公有地と四つの灰色の道の景色などもその一つだった。ところでこの夢の景色は、押し殺したようなガリガリという音を伴奏に、目まぐるしく移り変わるのだった。それは地の底を流れる川のせせらぎかとも思われたが、あるいは化粧室で就寝中のジェームソン氏の鼾《いびき》にすぎなかったのかもしれない。しかし夢見る青年の心のなかでは、夢景色の移り変わりとガリガリの音が、時間と空間のレバーを操って世界を旋回させるという賢人の物語と、ぼんやり結びつけられていた。夢のなかでは、地の底に巨大な機械が唸《うな》りをあげて地上の眺めを、あちらへこちらへと実際に移動させているのかと思われた。あるいは世界の果ての景観を目の前の玄関先に現出させ、あるいはこちらの玄関先の庭を海のかなたに移してしまう、そういった具合にである。

うつらうつらのボイルが初めてしかととらえたのは、か細い金属性の楽の音に合わせて吟《ぎん》ずる歌の言葉であった。聞き覚えのあるような、ないような外国なまりのある声で歌っている。しかし、まだボイルは半分は自分が夢のなかで詩を作っているような気持ちでいた。

陸を越え、海を越え
我が飛び魚は我に来たらん
この世の調べに覚めず眠れる
魚よ覚めよ、我が歌の調べに——

ボイルが夢中ではね起きたときには、ジェームソンはもうベッドにはおらず、フランス窓の外のバルコニーから表の往来にいる誰かを言葉鋭くとがめていた——「誰だ、そこにいるのは？」

それから興奮したようにボイルのほうに振り向いて言った。「表に誰かうろついている。やっぱり無事じゃすまなかった。とにかく玄関に門をかけてきます」

言い捨ててジェームソンはあたふたと階段を駆けおりた。すぐに階下で門ががたがた鳴る音がした。ボイルはバルコニーに出て、表の長い灰色の道を見た。そして、おれはまだ夢を見ているのかなと思った。

あの荒れはてた草地を横切り、あのちっぽけな英国の村落を貫く灰色の道の上に、ジャングルか東洋の市場から抜けでたような人の姿が現われていたのである。それは伯爵の夢物語の主人公もかくやと思われるアラビアン・ナイト風の姿であった。暁《あかつき》の色が東の空に広がるにつれておどろおどろしく明けそめる青白い光が、物どもの形をしだいに分明にしながらも色褪せて見えさせるという頃合いであった。その灰色に明るむ光が異国の装束をまとった怪《あや》しの人影を薄ぎぬのヴェールを剝《は》ぐようにあらわにしていた。神秘な海の色の大きなスカーフがターバンのようにその頭を巻き、顎を包んでいた。そのさまは頭布を巻きつけているか、覆面をしているようにも見えた。額を巻く布の端がヴェールのように目深《まぶか》に前に垂れていたからである。その顔は曲がりくねった提琴《ていきん》のような銀か鋼の楽器の上にうつむいていた。そして、銀の櫛《くし》のような撥《ばち》でそれを弾じ、細く鋭い音色を奏《かな》でていた。ボイルが思わず声をあげようとしたとき、夢うつつに聞いたあの異国なまりの声が頭布の陰から前と同じような歌をうたった──

金の鳥の樹に帰るとき
我が金の魚は我に帰る
帰り来よ──

「おい、おまえは何の権利があって――」ボイルはほとんど何を言っているのか自分でもわからずに途方に暮れたようにどなった。

「わしは金の魚の主じゃ」青衣の怪人は裸足の乞食坊主というよりは、むしろソロモン王のように口をきいた。「金の魚はわしのもとに戻ってくるのじゃ。戻ってこい！」

怪しい男は鋭くそう叫んで異様な楽器をかき鳴らし、胸を刺すような激しい調べを奏でた。と、それに応えるように、かすかなトレモロが家のなかにこだました。しかもそれは金魚のしまってある暗い奥の部屋から響いてくるようであった。

ボイルはそちらを振り向いた。奥の間のこだまが、電鈴のように尾を引いて響く澄んだ音色に変わり、器の砕けるようなかすかな音で終わった。ボイルと怪人のやりとりがあってからほんのつかの間のことだった。ようやくジェームソンが、年は争えないもので、あえぎあえぎ階段をのぼってきた。

「とにかく玄関に閂をかけてきました」ジェームソンは寝室に入りながら言った。

「丈夫な扉だのになあ」と暗い奥の間からボイルの声がした。

ジェームソンが奥の間に入ってみると、虹のかけらのような色ガラスの反《そ》った細片の散らばった床を見おろしてボイルが茫然《ぼうぜん》と立っていた。

「丈夫な扉だのにって、あなた――」ジェームソンが言いかけた。

「金魚は盗まれてしまった」とボイル。「とんでいってしまった。曲芸の犬でも呼ぶように表のアラビアさんが口笛を吹いたら、ぞろぞろ出ていってしまった」

「そんな、ばかな！」老事務主任は、犬の曲芸などあまり重んじていないらしく、即座に一喝した。

「だって、なくなっています」ボイルは簡潔に言った。「金魚鉢の割れたのがあるばかりです。ちゃんと開けるにはよほど時間もかかるでしょうが、粉みじんにするには一秒ですむ。とにかく金魚は消え失せてしまった。どうしてかは神ならぬ身の知る由《よし》もなし。もっとも、あのアラビア紳士に尋ねてみる必要があるとは思いますね」

「何を悠長《ゆうちょう》なことを言ってるんです」ジェームソンはあわてふためいた。「すぐ追跡しなくちゃ」

「すぐに警察に電話をしたほうがいいでしょう」ボイルが言った。「警察なら自動車や電話を使って、あっというまに追いつくでしょうから。我々が寝巻き姿で右往左往するよりはそのほうがずっと早い。しかし、警察の車や電話にだって追いつけないものがあるのかもしれないな」

ジェームソンが興奮した声で警察に電話をかけているあいだ、ボイルはバルコニーに戻って夜明けの青白い風景に忙しく目を走らせた。ターバンの男は影も形もない。あたりは死んだように静まり返り、ただ刑事だけが気がつくほどのかすかな人の気配が、青竜亭に動いているだけである。しかしボイルは、これまで暗々裡《あんあんり》に気づいていた一つの事実をこのとき初めて明瞭に意識した。それは本人の知らないうちに胸の奥底にわだかまりを結ぶといった類のことであった。その事実とは、この灰色の風景が実はまったくの灰色ではなかったということにほかならない。薄墨を刷《は》いたような夜明けの景色のなかに一点の金の光がともっていた。草地の向こうの並びの家に、一ヶ所だけ、明かりがついているのだった。気のせいかも知れないが、それは一晩中ともっていたのが夜明けとともに薄れかかっているようにも見えた。ボイルはその灯が何軒目の家なのかを数えてみた。するとその結果は、よくわからない何かにぴったり符合するように思われた。いずれにしてもその家はイヴォン・ド・ララ伯爵の家であった。

やがてピンナー警部が数人の警官を引き連れて到着した。盗まれた品というのが高価でとっぴな玩具なので、新聞が黙っているはずがなく、それだけに大張りきりのピンナー警部は、迅速果敢に仕事に取りかかった。そして、あらゆるものを調べ、あらゆるものを測定し、みんなの証言を記録し、みんなの指紋を採り、みんなを怒らせた結果、警部は信ずべからざる事実に直面しているということを思い知った。アラビアの砂漠から来たとおぼしき人物が街道を歩いてきて、ペリグリン・スマート邸の門前に立ちどまり、短い詩のようなものを放歌ないし高吟した。すると、邸内の奥の間で、金細工の魚の入った鉢が爆弾のように破裂し、なかにあった金の魚が宙に消えた。警部が困惑しているところへ、外国人の伯爵が、人間の経験の領域は拡大しつつあります、と優しい声でなだめるように言ってくれたが、これも大して慰めにはならなかった。

かかわりあいになった一同のふるまいは各人各様に個性的なものだった。当のペリグリン・スマート氏は次の朝にはロンドンから帰ってきて盗難のことを聞かされた。さすがに愕然《がくぜん》としたようではあったが、いつも雄雀のようにそり返って歩く姿がきびきびと威勢のいいこの小柄の老紳士は、災難に落胆した様子は見せず、潑剌《はつらつ》と事件の究明にのりだした。ハーマーを名乗る人物は、金魚を買い取りたいばかりに当地を訪れていたのであるから、買い入れ物件が消失したと聞いてお冠をまげてしまっていたのも、むしろ許すべきことであったかもしれない。しかし、この紳士の怖ろしげな眉毛や口髭の逆だちようは、ただの遺憾の意などよりはもっとはっきりした気持ちを表明しているようであり、一同を睨《ね》めまわすその目も、探るがごとく怪しむがごとく爛々《らんらん》と光っていた。そして、そのよく動く光る目は、遅れてロンドンから帰ってきた銀行家スミス氏の黄色い顔の上に、磁石にでも吸い寄せられるように、しばしば注がれているようだった。また、前夜スマート邸に集まった残りの人たちのうち、ブラウン神父は話しかけられないかぎりは大旨口をきかず、ハートップ青年はただ呆然《ぼうぜん》とするばかりで、話しかけられてもろくに口をきけずにいた。

ひるがえってド・ララ伯爵は、自分の意見を押しとおすのに都合のいい機会を黙って見逃すような人物ではなかった。伯爵は、愛想よくすることで相手を苛立たせるこつをのみこんだやり方で、論敵たる合理主義者バードック博士にほほえみかけた――

「ありうべからざることと、昨日お思いになったことが、今日はいくらか現実味を帯びてまいりましたね。それは少なくともお認めでしょうな。わたしのお話ししたようなぼろをまとった人間が一言口をきいただけで、四つの壁に囲まれた奥の間でちゃんとした器がばらばらになってしまったのです。これこそ、物質の障害など霊の力の前には、あってなきがごとしとわたしの申したことの実例と称して差し支えありますまい」

「わたしの申したことの実例であると称しても差し支えありますまい」と博士はとがった声でやり返した。「ほんのちょっとした科学的知識さえあれば、ああしたからくりを見破るのは造作もないことです」

「ほう、すると」スマート老が勢いこんだように尋ねた――「あの神秘な出来事に科学の光を当てることができるとでも？」

「伯爵が神秘とおっしゃることに科学の光を当てることならできますな」博士が答えた。「なぜなら、あれは神秘でも何でもないからです。事件のこの部分は簡単明瞭です。音というものは振動波の一種にすぎない。ガラスは一定の振動を受けると割れる性質がある。すなわち一定の音は一定のガラスを割ることができるのです。伯爵のおっしゃるには東洋人が少し話をしたいときには黙って心のなかに意のあるところを念ずるそうだが、曲者はお宅の玄関先で黙って心に念じたりはしませんでしたな。曲者は出まかせを声高《こわだか》にわめきました。楽器で鋭い音をたてました。するとガラスの鉢が割れました。特殊のガラスに振動波をぶっつける実験の場合と似たようなことが起こったわけですな」

「つまり、ガラスが割れた途端に」と伯爵が少しも動せずに応酬した。「金のかたまりが消滅するという実験ですな」

「ピンナー警部がこちらにまいります」ボイルが言った。「ここだけの話ですが、あの人は博士の自然科学的なお説も伯爵の超自然的なお説と同じようにお伽話だと思うのじゃないでしょうか。懐疑的な、冷たい人ですからな、あのピンナーという人は。ことにわたしに対してそれが甚《はなは》だしい。どうもわたしに疑いをかけているようです」

「いや、我々みんなに疑いをかけているようです」と伯爵が言った。

ボイルがブラウン神父に個人的な助言を求める気になったのは、このようにして自分の身の上に嫌疑が振りかかっていたためである。その日、何時間か経って、二人は肩を並べて村の共有地を歩いていた。ボイルの話に耳を傾けていたブラウン神父は、考えこむように眉をしかめて地面に目を落としていたが、不意に足をとめた。

「あれをごらんなさい」神父が言った。「誰かこの舗道を洗いましたな。ヴァーニー大佐の家の前だけきれいになっている。昨日洗ったのかな」

ブラウン神父はしげしげとその家を見た。きらびやかな縞模様《しまもよう》の、それでも色の褪せかかった日除《ひよ》けがいくつもついた、高くて長い家である。窓のすき間から見える屋内が黒々と暗い。実際、朝日を浴びて派手に輝いている玄関や日除けとは対照的に、家のなかはほとんどまっ暗に見えた。

「ヴァーニー大佐の家でしょう、これは?」神父が尋ねた。「たしか大佐もアジアから戻ってきた人でしたな。どんな人物です?」

「まだ会ったことがないんです」ボイルが答えた。「バードック博士のほかは誰も会った人がないようです。博士にしても会う用のあるとき以外はそんなに会っていないようです」

「では、わたしがちょっと会ってきましょう」

玄関の大きなドアが開いてちびの神父をのみこんだ。ボイルは目を丸くしてそのうしろ姿を見送りながら、このドアは二度と再び開かないのかもしれない、などと、あっけにとられながらもそんな理屈に合わないことを考えていた。しかし、そのドアはほんの二、三分で再び開き、相変わらずにこにこしているブラウン神父が姿を現わした。二人はまたもとのように広場をめぐる道をゆっくり歩きはじめた。神父は歴史上の問題や社会の情勢や当地の発展の見込みなどをあれこれ話すばかりで、当面の問題を忘れてしまったようにも見えた。それから銀行の横から始まる新しい道路の土の質について一席弁じていたかと思うと、今度はとらえどころのない表情で昔からの村の共有地を見わたしているのだった。

「入会地《いりあいち》というやつだ。豚や鵞鳥《がちょう》を飼うのが本当です。しかし、ここには豚も鵞鳥もいなくて、イラ草やアザミがはびこるにまかせてあるようだ。実にもったいない。広々とした草飼い場であってしかるべきところが、ひねこびた荒れ地になり果てている。向こうはバードック博士の家ですな？」

「そうです」だしぬけの質問に驚いたようにボイルが答えた。

「ふむ」とブラウン神父はうなずいた。「では、お邸に戻るとしましょうか」

スマート邸の玄関を入って二階にのぼっていきながら、ボイルはもう一度、ここで夜明けに演じられた劇的事件を詳しく神父に話して聞かせた。

「あなたが一度起きてから、また居眠りをしたというようなことはないのでしょう？」神父が訊いた。「そういうことがあったのなら、ジェームソンが玄関の門をかけに行っていたあいだに誰かがバルコニーをよじ登って入ってくるすきがあったわけですが」

「居眠りはしません」ボイルが答えた。「ちゃんと起きていました。わたしは目を覚まして、バルコニーからジェームソンが曲者をとがめている声を聞きました。それからジェームソンが階段を駆けおりて閂をかける音を聞きました。それからふたまたぎでわたしはバルコニーにとびだしたのです」

「それとも別の方角から侵入して、あなたとジェームソンのあいだをすり抜けることができたのかな。玄関口のほかに入口は？」

「ほかには一つも入口はありません」ボイルは、きまじめな顔で答えた。

「それを確認しておいたほうがいい――とあなたもお思いでしょう？」ブラウン神父は言いわけじみた声でそう言い残して、階下に急ぎ足で降りていった。ボイルは変な顔をしてそのあとを見送って、二階正面の寝室に居残った。すると案外早く、神父の頭が再び階段口に現われた。何となくひなびた趣のあるその丸っこい顔が出現するところは、顔じゅうに笑みを浮べた蕪《かぶら》のおばけが出てくるようであった。

「いや、おっしゃったとおりでした」と蕪のおばけは陽気な声を出した。「入口の問題はこれで片づきました。さて、こうなると万事が箱のなかに閉じこめられたようなものだ。あとは中身を吟味すればよい。なかなか変わった事件です」

「で、どうお考えになります」ボイルが尋ねた――「伯爵だか大佐だか、東洋旅行家の誰かがこれに関係しているのでしょうか。これは超自然的な事件なのでしょうか」

「それについては一つだけはっきり申しあげられることがある」神父は静かにきっぱりと答え

た。「伯爵にせよ大佐にせよ、ご近所の誰かがアラビア人に変装して闇のなかをこの家に忍び寄ったものとすれば――それこそ超自然的な出来事ですな」

「それはどういうことです？　どうしてです？」

「あのアラビア人が足跡を残していないからです」神父は答えた。「ご近所で一番近いのは、一方では銀行、もう一方では大佐の家です。銀行とこの家のあいだには柔らかい赤土の道があって、裸足で歩けば石膏《せつこう》で型を取ったように跡が残るはずだし、点々と赤い足跡がつきもしたはずです。また大佐の家の前の舗道だが、これはカレーのきいたような大佐殿の癇癖《かんぺき》をものともせずわたしが自分で確かめてきたことですが、あれを洗ったのは今日ではなくて昨日のことです。あそこはいまでも濡れているくらいだから、今朝あの舗道を歩いた者があれば濡れた足跡が残ったはずです。むろん向こう側の並びの家に住んでいる伯爵か博士なら、道を歩かずに草地を横切ってくることもできないじゃない。しかし、さっきも申したとおり、あれはイバラとアザミとイラ草のかたまりみたいなところで、裸足で歩いてくるのは容易な業じゃない。そんなことをすれば怪我もしようし、跡も残りましょう。もっとも、あなたの言われるように賊が超自然的な存在であったというのなら話は別ですが」

　ボイルは神父の引きしまった顔をまじまじと見たが、その表情は読みとれなかった。

「賊は超自然的な存在であった、とおっしゃるのですか？」と、やっと尋ねた。

「灯台もと暗しということは」としばらく黙っていた神父が続けた。「いろんな場合に当てはまる真理で、覚えていて損はありません。たとえば、人は自分を見ることができない。目に虫がとまっているのに気づかずに望遠鏡をのぞいた男は、世にも不思議な竜が月に住んでいるのを発見する。また、話に聞くところでは、自分の声の正確な再生は知らない人の声のように聞こえるそうです。それと同じように、わたしどもの生活であまり身近にあるものはなかなか目に留まらないもので、それが目に留まると異様なものに見えるものです。また、目の前のものが半ば遠ざかると、それが遠方から来たもののように思われるものです。ちょっと家の外に出てみましょう。立場を変えると物事がどんなふうに見えるものか、それをひとつお目にかけよう」

神父はもう立ちあがっていた。そして階段を降りながら、ボイルを相手に考え考えしゃべった、というよりは声に出して考えを進めた。

「伯爵の神秘趣味や東洋の雰囲気がこの事件に入りこんでいるということに不思議はない。このような場合、受け入れる心理状態が準備されてしまえば、何でも受け入れられるものだから。実際、心理状態いかんによっては、頭に落ちてきた煉瓦《れんが》がバビロンの空中庭園からとんできた楔形文字入りの煉瓦のように思われることだってあるだろう。よく見れば、自分の家のと同じ煉瓦ということに気がつくはずなのに、そんなときには見えるものが見えなくなっている。ところで、あんたの見たアラビア人だが――」

「おや、これはどういうわけなんだ?」といきなり叫んだボイルは大きく目を見開いて玄関口を指さしていた。「いったい、これはどういうわけなんだ? ドアにまた門がかかっている」

ボイルは、少し前に二人が入ってきたばかりの玄関のドアをまじまじと見つめていた。そこには黒い大きな錆びた鉄の棒がきちんとかかっていた。今朝は、かけて手遅れだった古い閂がいま一人でに動いて二人を閉じこめたのかと思われた。黒い、無言の皮肉を漂わせるような眺めだった。

「ああ、これですか」ブラウン神父は事もなげに言った。「これなら、さっきわたしが自分でかけました。音が聞こえませんでしたか?」

「いいえ」ボイルは目を丸くして答えた。「なんにも」

「ふむ。わたしもまあ聞こえないだろうと思っていました」と神父は落ち着きはらって言った。「閂をかける音が二階まで聞こえないというのは実はあたりまえのことなのです。この鉤《かぎ》のようになっている部分を穴のようなところに入れるだけで、簡単なものだ。そばで聞けば、にぶくコトリと音がするが、それだけのことです。二階まで聞こえる音を出すには、こうするのです」

言いながら神父が閂を受け金から持ちあげて落とすと、ドアの腰板のところで大きくガタンと鳴った。

「ドアの閂をはずすときに音がするのです」ブラウン神父は荘重に言った。「かなり慎重にやっても」

「つまり、その——」

「つまり、あなたが二階で聞いた音というのは、ジェームソンがドアを開けた音で、閉めた音ではなかったのです。さあ、我々もドアを開けて表に出てみましょう」

二人は往来に出てバルコニーの下に立った。ちびの神父は化学の講義でもするように淡々と説明を続けた。

「さきほど言いかけたことですが、人はよく目の前にあるものを遠方のものと勘違いして、ごく身近のもの、たぶんご当人によく似たものに気がつかないことがあるものです。あなたがバルコニーから往来を見おろしたとき見えたのは、奇妙な外国風のものでした。ところであなたは、その男がここからバルコニーを見あげて何が見えたのか、それをお考えにならなかったのではないですかな」

ボイルがバルコニーをぼんやり見あげるばかりで返事をしないので、神父は言葉を続けた。

「あなたは、アラビア人が文明国イギリスを裸足で歩いてきたのを奇怪で野蛮なこととお思いになった。しかし、そのときあなたは忘れていたのです、自分も裸足でいるということを」

ボイルはやっと口がきけるようになって、さっきの言葉を繰り返した。

「ジェームソンがドアを開けた」と機械的に言った。

「そうなのです」神父がうなずいた。「ジェームソンはドアを開けて、寝巻きのまま、つまりあなたがバルコニーに出たのと同じ恰好で往来に出ました。ただし、あなたが百ぺんも見たことのある品物を二つ、かっさらってきていました。一つは青い大きな古カーテンで、これは頭に巻いた。もう一つは東洋の楽器、これもあなたが東洋渡来の骨董品の山のなかで何度もお目にかかっている代物《しろもの》です。あとは雰囲気と演技。たいそう見事な演技でしたな。犯罪芸術の名人でしてね、あの男は」

「あのジェームソンが？」信じかねるようにボイルが叫んだ。「気のきかないぐずだと思って気にも留めずにいたのに」

「そう、あのジェームソンです」神父が言った。「あれは芸術家ですよ。六分間のあいだ魔法使いや吟遊詩人に化けていられるのだったら、六週間のあいだ事務員になりすましていられることに不思議がありますかな」

「でも、何が目的で……」

「目的はもう果たしていました。あるいは、もうほとんど果たしていました。金魚はむろんあなたが寝ているうちに手に入れていたのです。ジェームソンには盗む機会はいくらもありましたからな。しかし、ただ盗んだのでは、盗む機会がいくらもあったのはジェームソンだとみんなに感づかれてしまう。そこで地の果てから来た怪しの魔法使いを作りあげて、みなさんの心をインドとアラビアの荒野にさまよわせたのです。おかげであなたなども、いっさいが家のなかの出来事であるということが信じられなくなっておしまいになった。灯台もと暗しというわけです」

「おっしゃるとおりだとしますと」ボイルが言った。「ずいぶん危うい芸当をやってのけたものですね。よほど手際よくやらないと、ああはいかない。バルコニーのジェームソンがしゃべっているあいだ往来の男の声がしなかったのも道理、あれは一人芝居だったのですな。そう言えば、わたしがちゃんと目を覚ましてバルコニーに出るまでには、やっこさんが表に出るくらいの時間もありました」

「どんな犯罪でも、誰かがあまり早く目を覚ますとだめになってしまうものです」ブラウン神父が言った。「ところが、我々が目を覚ますのは、たいていの場合、名実ともに遅すぎる。たとえばわたしなども、目を覚ますのが遅すぎました。犯人を逃がしてしまいましたからな。警察がみんなの指紋を検《あらた》めている直前だか直後だかにジェームソンはどろんをきめこんだらしい」

「いずれにしても、神父さんは誰よりも先に目をお覚ましになりました」ボイルが言った。「わたしなど、そういう意味では、こんりんざい目が覚めなかったことでしょう。謹直いっぽうで影の薄いジェームソンなど、まるで念頭にありませんでした」

「念頭にないような男に用心なさい。あなたをひどく不利な立場に陥《おとしい》れたのがまさにその男です。しかしわたしも、閂をかける音がしたという話をうかがうまでは、あの男を疑ってもみませんでした」

「とにかく何もかも神父さんのおかげです」ボイルは心をこめて礼を言った。

「いやいや、何もかもロビンソン夫人のおかげです」ブラウン神父は笑顔で言った。

「ロビンソン夫人ですって？」ボイルはいぶかしそうに尋ねた。「まさか、あの家政婦のロビンソンさんでは——？」

「念頭にないような女性に用心なさい。それも男以上にな」相手は答えた。「ジェームソンは非常に高級な犯罪者です。前には役者をやったこともあるし、人間の心理をよく知っています。世の中には、ド・ララ伯爵のように自分の言っていること以外は何も耳に入らないという人もいます。しかしジェームソンはそうじゃない。座談の席に居あわせているのかいないのか人が気にも留めずにいるうちに、聞くだけのことはちゃんと聞き、夢物語を捏造《ねつぞう》する材料を集めていたのです。そして、どの調子を鳴らせばみんなをたぶらかすことができるのか、そのへんも心得たものだった。しかしさすがのジェームソンも、家政婦の心理ばかりは計算違いしていました」

「わかりません」ボイルがいぶかった。「ロビンソンさんがどうしたんです?」

「よもやドアに閂をかける人がいようとはジェームソンも考えおよばなかったのです」ブラウン神父が言った。「男というものは、ことにあなただとかあなたのご主人のようなのんきな男というものは、何とかしなきゃいけないとか、何とかしたほうがいいと言い言いして暮らしても、幾日も何もしないでいるものです。そこが取りもなおさずジェームソンのつけ目だった。しかし、何とかしなきゃいけない、ということが女性の耳に入ってしまえば、これほど危険なことはない。女性というものは、だしぬけにものごとを実行するものでしてな」

俳優とアリバイ

劇場支配人のマンドン・マンドヴィル氏は、舞台裏というよりは舞台の真下の通路を急ぎ足に歩いていた。瀟洒《しようしや》な晴れ着を着用に及んでいて、それが見るからに晴々しい。胸にさした花も晴れやかなら、靴のエナメルも晴れやかに光っている。しかし、その顔はいっこうに晴れやかではなかった。マンドヴィル氏は黒い眉をした猪首《いくび》の大男である。見れば、その黒い眉はいつもよりさらに暗くかげっているようだった。

むろん、劇場の支配人ともなれば心配ごとが絶えないのはあたりまえで、マンドヴィル氏なども、大小、新旧さまざまの悩みを山ほど抱えて暮らしている。古いパントマイムの大道具がまとめて置いてある廊下を通り抜けるのさえ、マンドヴィル氏には胸の痛む思いがした。いまでこそ氏は余儀なく芸術的な古典劇を手がけて損ばかりしているけれども、この道に入った当座は、この劇場に大衆的なパントマイム狂言をのせて大いに儲けていたものなのである。だから、蜘蛛《くも》が巣を張り鼠が穴をあけている《青髭《あおひげ》の君まします青い館のサファイアの門》や《金のオレンジたわわにみのる魔法の森》が通路の壁に立てかけられているのを見ても、普通ならそういうお伽《とぎ》の国をひと目見れば幼い素直な気持ちがよみがえり、心のなごむのを覚えるはずなのに、マンドヴィル氏は怏々《おうおう》と楽しまなかった。それに、差し当たっては、金をむだに使った古典劇に一掬《いっきく》の涙を注いだり、このピーター・パンの楽園の夢に遊んだりしている暇はなかった。夢どころか実際的な問題が、過ぎた昔でなく今日唯今この劇場で突発したのであり、これを処理すべく氏は急行しているところだったのだ。

起こった問題というのは、舞台裏の不思議な世界では珍しくもない種類のことながら、放っておけない程度には重大なものであった。イタリア人を両親に持つ才能ある若い女優のマローニ嬢が、その日の午後稽古をして当夜上演する芝居の重要な役を引き受けていたのに、いよいよとなって、稽古はいや、出演もいやと激越でさえある調子でいきなり言いだしたのである。マンドヴィル氏はまだこの面倒な女優に会ったことがない。それればかりか、先方は楽屋の個室に入ってドアに鍵をかけ、世をすねているという状態なので、まだ当分は面会できる見込みもない。しかし、マンドヴィル氏は、実に英国的な英国人であったから、その知らせを受けても、外国人はみんな頭がおかしい、と割りきったようにつぶやいたことであった。とは言っても、地上唯一の正気の国に生まれた身のしあわせを思ってみたところで、この際大して慰めにならないことは、お伽の森の思い出に氏の心がなごまないのと同じであった。要するに、こういうことは煩《わずら》わしいのである。しかも、マンドヴィル氏には同じような煩いが他にいくつもあった。しかし、人あって親しく氏を観察していたなら、この人は並みの煩いごとよりもっと深刻な悩みに苦しんでいるのではないか、と思ったことであろう。

頑健な男がやつれて見えるということが世の中にあるとすれば、マンドヴィル氏こそはその状態にあると言ってよかった。頬は肉づきがいいのに目がくぼみ、ひきつったように動く口元は、短すぎて嚙《か》めるわけのない口髭をしきりに嚙もうとしているようであった。麻薬患者もかくやと思われる様子なのだ。しかも、麻薬患者は麻薬患者でも、わけあって薬をのんでいる患者のように――すなわち麻薬が悲劇の原因なのではなくて、悲劇が麻薬の原因であるように――見受けられた。秘められた深い子細がどのようなものであるかは知らず、その秘められている場所は、氏が通過中の長い廊下の反対側の端の暗がりのようであった。支配人室のドアがそこにある。マンドヴィル氏は落ち着きのない目でちらちらそちらを振り向きながら、人気のない廊下を歩いていった。

しかし、仕事は仕事である。マンドヴィル氏は廊下をずんずん歩いて支配人室とは反対の端までやってきた。そこに無表情に閉ざされている緑色のドアこそは、問題のマローニ嬢の個室である。そのドアの前にはすでに一団の役者その他の関係者が集まっていて、破城槌《はじようつい》を使うべきやいなやを論議でもしているのか、がやがや騒いでいた。ここにいる人たちのうちの少なくとも一人は、すでにその名、世に隠れもなく、そのブロマイドは、そこかしこのマントルピースに飾られ、サインも多くの人たちのサイン帳に採録されている。すなわち当マンドヴィル座の一枚看板とうたわれるノーマン・ナイトであって、いまはこの場《ば》末《すえ》の時代遅れの劇場の主役俳優にすぎなくとも、前途は洋々たるものがある。ナイト丈《じよう》はなかなかの男前で、顎の切れこみが深く金髪が額に垂れているところなど皇帝ネロを彷彿《ほうふつ》たらしめるものがあるのであるが、身のこなしのほうはそれに似つかわしくなく、ちょこまかと落ち着かない。そこにはまた、ラーフ・ランドールがいた。これは老け役が専門の俳優で、油化粧で色の褪せた頬のあたりを青々と剃りあげた、ユーモラスな馬面《うまづら》の男である。さらにもう一人、当マンドヴィル座の次席一枚看板とうたわれる、オーブリー・ヴァーノンもいた。巻き毛の、浅黒い、鼻がユダヤ式のヴァーノンは、いまなお英国に消えやらぬバッキンガム公型美青年（チャールス一世の美貌の寵臣）の伝統を継ぐ二枚目である。

またそこには、マンドヴィル夫人の小間使いないし衣装方のサンズという婦人がいた。赤毛の髪をきっちりと束ねて木彫りのように無表情な顔をした、がっしりした女性である。さらに、マンドヴィル夫人その人も、たまたまそこに居あわせていた。一人不幸を耐え忍ぶといった青白い顔をして、みんなのうしろにひっそりと立っている。目鼻だちはまだ古典的な均整ときびしさを失っていないが、瞳の色が薄いうえに薄黄色の髪を大昔の聖母像のように二本の地味な紐で束ねているので顔がますます青ざめて見える。夫人は、知る人ぞ知る、かつてはイプセンなどの知的な劇で成功した本格派の女優である。しかし、夫君のマンドヴィル氏は、そのような深刻な問題劇には大して興味を持っていない。少なくとも目下のところは、高尚で知的な芝居よりは新版「美女消失」の奇術劇のほうに、イプセンばりの問題劇よりは密室の外国女優を室外に出す問題のほうに、はるかに大きな興味を寄せているのだった。

「まだ出てこないのか?」マンドヴィルは細君にというよりも、事務的な顔をして細君に付き添っているサンズ夫人に尋ねた。

「そうなんですよ」サンズ夫人はつまらなそうに答えた。

「どうも心配なことになってきました」ランドール老が言った。「ひどくのぼせている様子だったのです。無分別なまねをしでかしてくれなきゃいいが、といまも話し合っていたところです」

「ふん、いまいましい」マンドヴィルは持ち前の単純率直なものの言い方をした。「宣伝もいいがこういう宣伝はやめてもらおう。誰かここに友達はいないのか。あの子と話のできる人間は誰もいないのかね？」

「ジャーヴィスの言うには、マローニ君をうまく扱えそうなのは角を曲がった教会の坊さんだけだそうです」ランドールが言った。「そういう人がいるのなら、なかで帽子掛けに首を吊るようなことになる前に、来てもらったほうがよかろう、というわけでジャーヴィスが迎えにいきました——と言っているうちに、ほら、もう見えたようです」

見ると、なるほど舞台下のこの地下通廊に二人の人影が現われていた。その一人はアシュトン・ジャーヴィス、敵役《かたきやく》が専門だった陽気な男であるが、いまはその立派な役をユダヤ鼻と巻き毛の青年俳優に譲り渡している。いま一人は全身黒ずくめのずんぐりした人物で、これが角を曲がった教会のブラウン神父であった。

ブラウン神父は、その預かる羊の群れの一匹が挙動不審なのは性悪の黒羊だからなのか、それともただ迷える子羊だからなのかを判定するために呼びだされたのを、ごく自然に、気さくに受けとっているらしかった。しかし、自殺するかもしれない、という意見はそれほど問題にしていないようだった。

「マローニさんがこんなに聞きわけがなくなったということには、なにか理由があるのだろうと思いますが」神父は一同に尋ねた。「そのわけをどなたかご存じですか」

「役が気に入らないらしいのです」ランドール老が答えた。

「いつもそれだ」マンドヴィル氏が唸《うな》った。「そういうことは家内がうまくまとめてくれると思っていたのですが」

「あたしに申しあげられますことは」マンドヴィル夫人はうんざりしたように言った——「あの人には一番よいはずの役を持たしてあるということですわ。降るような花束と大向こうの喝采を浴びて若い美青年とめでたく結ばれる若い美しいヒロインの役ですのよ。華やかな舞台に憧れる若い人がやってみたいと思う役柄じゃございませんこと？　女もあたしくらいの年になれば、こちらから遠慮して年配の奥様の役でも務めるようにしなくちゃなりませんから、あたしは自分にはそんな役を決めたのですけど」

「しかし、こう話がこじれたんじゃ、いまさら役を取り替えるというのも難しいですな」ランドールが言った。

「取り替えるなんてとんでもない」ノーマン・ナイトが断固として反対した。「そういうことをすればぼくは芝居がまるで——いやとにかく役替えするには手遅れだ」

ブラウン神父はいつのまにか一同のあいだをすり抜けてドアの前に立ち、なかの気配に耳を澄ましていた。

「なにか聞こえますか」とマンドヴィル氏は心配そうに尋ねてから、声を低めてこうつけ加えた――「まさか、やったんじゃないでしょうね？」

「なにか音がしています」ブラウン神父は静かに答えた。「音の具合から察するに、窓か鏡を壊している、それもたぶん足を使って壊しているところのようです。自殺する怖れはまずなさそうです。窓を足で蹴破るのが自殺の前触れだなどということはあまり聞きませんからな。これで籠城しているのがドイツ人で、形而上学や人生苦について沈思黙考するために引きこもっているのだったら、ドアを叩き破ってでも押し入らなくてはなりますまい。しかし、イタリア人というのは、そうたやすく死にはしません。腹だちまぎれに自殺するようなこともまずない。誰かほかの人なら、たぶん……そう、おそらく……まあ、この際、ひょっこり出てきてもあわてないようにしておくだけでよろしいでしょう」

「では、ドアを押し破るのは望ましくないとおっしゃるのですね」マンドヴィルが尋ねた。

「マローニさんに芝居に出てほしいとお思いなのなら、望ましくありませんね」ブラウン神父は答えた。「いま押し入ったりしたら、あの人は駄々をこねて、こんなところにはいたくないと言うでしょうからな。そっとしておけば、向こうから出てくると思います――外はどんな具合だろう、と先方のほうで心配になったりしましてね。わたしなら、誰かにそれとなくドアの番だけさせておいて、一時間か二時間、様子を見ることにしますな」

「そうと話がきまれば」マンドヴィルが言った。「マローニ君の出ない場面の稽古をしていればいいわけだ。背景は家内が手配しているから、じきに準備ができる。大切なのは何といっても第四幕だ。第四幕から始めるんだな」

「衣装なしの稽古よ」マンドヴィル夫人がほかのみんなに言った。

「衣装なし、けっこうですね」ナイトが言った。「どうもこの芝居の大時代な衣装は面倒でしようがない」

「何のお芝居です？」神父はちょっと好奇心を起こしたように尋ねた。

「シェリダンの『醜聞学校』ですよ」マンドヴィルが答えた。「こいつは文学かもしれませんが、本当はわたしは文学より芝居をやりたいんです。しかし、家内は古典喜劇なるものが好きなんです。つまり、喜劇である以上に古典であるといった代物《しろもの》ですな」

ちょうどこのとき、サム爺さんで通っている門衛、これは休場中は当劇場の留守番役を一人で担当している人物であるが、この男が一枚の名刺を手によたよたと支配人のそばにやってきて、ミリアム・マーデン令夫人の来訪を告げた。支配人はつと出ていったが、相変わらず目をぱちくりさせながら支配人の細君をじっと見守っていたブラウン神父は、彼女の青白い顔に陰気な薄笑いが浮かぶのを見てとった。

ブラウン神父は、来たときと同じように、ジャーヴィスと連れ立ってその場を離れた。この男は、舞台人には珍しいことでもないがカトリック信者で、神父の友人である。歩きかけたばかりの神父の耳に、開かずのドアの番をしているように、とサンズ夫人に命じるマンドヴィル夫人の静かな声が聞こえてきた。

「マンドヴィルの奥さんは知的な婦人のようですな」と神父はジャーヴィスに言った。「つとめて表面に出ないようにしてこそおいでだが」

「あの人も昔は非常に知的な女性だったのですが」相手は悲しそうに答えた——「マンドヴィルのようながさつ者と一緒になったばかりに、言ってみれば、まあ、踏みつけにされるわ、洗いざらしにされるわという目に遭わされてしまいました。あの人は女ながら演劇はいかにあるべきかということについても実に高尚な理想を持っている人なんです。しかし、もちろん、あのご亭主をその理想の光に導くのがいつもうまくいくとはかぎりません。ご存じですか、あのマンドヴィルはあれほどの女性にパントマイムの少年役をやらせようとしたことだってあるんですから。そりゃあ立派な女優には違いなかろうが、パントマイムのほうが儲かるからな、こういう言い種《ぐさ》です。やっこさんの心理的洞察と感受性の程度はざっとこんなものですよ。しかしあの人は決して愚痴をこぼしません。いつかも、わたしにこんなことを言ったことがありましたっけ——『不平は世界の果てにこだまして我が身に戻ってくるばかり。それに対して、沈黙はあたしをしっかりさせてくれるわ』あれで理解のある男と結婚していたら、当代の名女優になれたのかもしれませんのに。実際、高級な批評家のなかにはいまでもあの人を高く買っている人もいるんです。しかるに現実にはこんなやつと」

言いながらジャーヴィスは、呼びだされて玄関のホールでご婦人方と話しているマンドヴィルの黒い大きな背中を指さした。ミリアム令夫人は、すらりと背が高く、影の薄そうなあえかな貴婦人で、エジプトのミイラをもっぱらモデルにした最新流行型の美人であった。黒い髪をおかっぱに切り揃えたところはヘルメットをかぶっているようであり、真っ赤に塗った唇がちょっと突きでているところは四六時中軽蔑の念を表明しているようであった。連れの女性は、顔の造作はだいぶお粗末だが魅力のある、元気にあふれたような婦人で、髪には銀の粉など振っておいでになる。これはテレサ・タルボットとかいう老嬢で、連れの令夫人が疲れてろくに口もきけないらしいのにひきかえ、一人でのべつ幕なしにしゃべっているようだった。それでも、二人がそばを通りかかった折には、ミリアム令夫人が元気を振りしぼってこう言っているところだった――

「お芝居って退屈。でも、普段着のままの立ち稽古って見たことがないの。ちょっとおもしろそうね。どういうわけだか、いまの世の中には目新しいものが少しもないんだから」

「さあ、マンドヴィルさん」タルボット嬢は勢いこんだように相手の腕をこつこつ叩きながら言った。「その立ち稽古ってのを見せてくださらなきゃいけませんわ。今夜は来られないし、来るつもりもないんですから。風変わりな人たちがあたりまえの恰好をして出揃っているところを見たいのよ」

「むろん、お望みとあらばボックスでごらんなさってもけっこうです」マンドヴィルはいそいそと答えた。「では、ご案内いたしましょう」マンドヴィルはご婦人方の先に立って別の廊下に入っていった。

「いくらマンドヴィルでも」ジャーヴィスは考えこんだように言った。「ああいう女を好きになれるものなのでしょうか」

「とおっしゃると」神父は訊き返した。「そういうふうに考えられる節があるとでも?」

ジャーヴィスはすぐには答えず、しばらくじっと相手に目を注いでいた。

「マンドヴィルは不思議な男です」ジャーヴィスはひどくまじめな顔で言いだした。「それはちょっと見にはあの男には何の変哲もありません。ピカデリー界隈《かいわい》にごろごろしている下司《げす》っぽい手合いの誰にも負けないくらい平々凡々な男のようです。それでいて、どうも不思議なところがある。良心にやましいところでもあるみたいなのです。生活に暗い影があるようなのです。ひょっとするとこれは、かわいそうに奥さんがかまわれずにいることと関係があるのかもしれません。それとも、このほうが可能性が大きいのですが、浮気をするのが当世の流行みたいになっていることと関係があるのかもしれません。もしそうだとしたら、何か人目に触れないでいることがあるんだと思います。実を言いますと、わたしはふとしたことから人の知らずにいるようなことを少し知っているんです。でも、わたしにも、どうも不思議だということのほか、せっかく知っていることの意味が皆目わからないのです」

ジャーヴィスはホールを見まわして、あたりに人がいないのを確かめてから、声を低くして話を続けた——

「神父さんは他人の秘密をお洩らしになるような方じゃありませんから申しあげます。実はわたくし、先だってある妙なことに気がついたのです。しかも、その妙なことというのが、その後も繰り返して起こっているのです。ご存じのように、マンドヴィルはいつも舞台下の廊下の突き当たりの部屋で仕事をしています。先日わたしはあの部屋の前を通りかかったのですが、そのとき、あの部屋はマンドヴィル一人きりのはずでした。そのうえ、考えてみると、一座の女たちはみんな、それにマンドヴィルに用のありそうな女たちはみんな、その時間には持ち場た。

「女たちはみんな？」ブラウン神父は問うとはなしに独りごちた。

「なのに、あの部屋で女の声がしていたのです」ジャーヴィスはほとんどささやくように言った。

「マンドヴィルにしょっちゅう会いにきている女がいるのです。誰か、我々の知らない女がいるのです。その女は廊下を通ってあの部屋に行ったのではありませんから、どういうふうにして入りこんだのかということさえわたしにはわかりません。しかしわたしは、一度だけ、ヴェールをかぶるか外套《がいとう》の襟を立てるかした人影が、幽霊のように、裏口から外の夕闇に消えていくのを見たような気がします。しかし、幽霊だなんてはずはありません。ただの浮気の相手でさえもないと思います。わたしはあれは、あいびきではない、恐喝だと思うのですが」

「どうしてです？」相手は尋ねた。

「と言いますのが」ジャーヴィスのまじめな顔が苦々しげな顔に変わっていた。「言い争いらしきものを洩れ聞いたことがあるのです。そのとき女は、刃物のようにひやりとする声で、おどすように『あたしはあなたの妻です』と言っていました」

「マンドヴィルが重婚者だとおっしゃるのですな」ブラウン神父は小首をかしげた。「なるほど重婚が恐喝を伴うというのは珍しいことじゃない。しかしその女性は、恐喝をすると同時に虚勢を張ってもいるのかもしれませんな。少し頭の変な女性なのかもしれない。舞台人が偏執狂の患者に追いまわされるというのはよくあることでしてな。実際あなたのおっしゃるとおりなのかもしれないが、わたしとしてはひとっとびに結論を出すのはつつしみたい……ときに、舞台人と言えば、あなただって舞台人じゃありませんか。そろそろ稽古でしょう?」

「わたしはこの幕には出番がないんです」ジャーヴィスは苦笑して言った。「ご存じのように、イタリアのお嬢さんが出てくるまでは第四幕だけを練習することになっているんです」

「イタリアのお嬢さんと言えば」神父が言った。「もう分別を取り戻したかどうか、知りたいものだが」

「じゃあ、お供してあの部屋に戻ってみましょうか」とジャーヴィスが言って、二人はまた地下室に降りて長い廊下を歩いた。その廊下のこちらの端にマンドヴィルの部屋があり、あちらの端にシニョーラ・マローニの固く閉ざされたドアがある。そのドアはまだ開いていない模様で、そばにサンズ夫人が無愛想な顔をして木像のようにひっそりと座っていた。

二人がふと振り向いて眺めたのは、廊下の向こうのほうで階段を登って真上の舞台に出ていく出番の俳優たちであった。ヴァーノンとランドール老は駆け足で階段を登っていったが、マンドヴィル夫人は威厳のある足どりでしずしずとお出ましであり、二枚目のナイトは夫人に話でもあるのかぐずぐずしている様子であった。そして、立ち聞きするつもりは毛頭なかった神父とジャーヴィスの耳に、二言三言やりとりが聞こえてきた。

「現にあいつのところに女が通ってきているじゃありませんか」と激したようにナイトが言っていた。

「やめて」マンドヴィル夫人は、響きのよいこと銀のようでもあるが、その冷たいこと鋼のようでもある声で制した。「あんな男でもあたしの夫です。それを忘れないで」

「ああ、そいつさえ忘れられる人だったら！」言い捨ててナイトはとぶように舞台に駆け登った。

相変わらず青白い顔のマンドヴィル夫人は、もの静かな態度を崩さずにあとに続いた。

「一件に気がついているのはあなただけじゃないようですな」神父は静かに言った。「誰が何に気づいていようと大きなお世話だが」

「おっしゃるとおりです」と相手はちょっと間を置いて答えた。「誰もが気がついていながら、みんな何も気がつかないふりをしているみたいです」

二人は廊下を歩きつづけて、固い顔をしたサンズ夫人がイタリア娘のドアの見張りをしているところまで来た。

「まだ出てこないんです」サンズ夫人は独特の無愛想な口のききかたをした。「でも、まだ死んではいないらしいわ。さっきもなかを動きまわる気配がしていたから。何をしているのかわからないけど」

「いまマンドヴィルさんがどこにおいでだかご存じでしょうか、奥さん」ブラウン神父は何を思ったのかにわかに丁寧になって尋ねた。

「知ってます」サンズ夫人はしかし相変わらず木で鼻をくくったような口のきき方だった。「たったいま向こうの支配人室に行きましたよ。そう、上で幕開きの合図が出たすぐあとだったわね。それきり出てくるのを見ないから、まだあそこのはずですね」

「ほかに支配人室の出口がないということですね」ブラウン神父はいくらかぶっきら棒に言った。

「ところで、稽古のほうはこれほどマローニさんが頑張っているのに盛んに進行中のようですな」

「ええ」ジャーヴィスはちょっと黙ってから答えた。「舞台の声がここからでもよく聞こえますね、ランドール爺さんの声は実によくとおるな」

二人はしばらく聞き耳を立てる形でじっとしていた。なるほど遠い雷のように、舞台の声が階段を抜け、廊下を伝わって響いてくるのが聞こえる。二人が口をつぐんでそのままの姿勢でいたとき、別の物音が二人の耳を打った。重い、鈍い、何かが倒れるようなその音は、マンドン・マンドヴィルの部屋の方角から聞こえてきた。

ジャーヴィスが我に返ってそちらに走りだしたときには、もう弓弦を放れた矢のようにとんできたブラウン神父がドアのノブと取っ組んでいた。

「鍵がかかっている」振り向いた神父はいくらか顔色が変わっていた。「押し破るなら、このドアですぞ」

「例の女がまた入りこんだとでも？」ひきつったような顔をしてジャーヴィスが尋ねた。「なにか……なにか大変なことが起こったのでしょうか？」一瞬言葉を切ってあとを続けた。「こじ開けられるかもしれません。こういう錠前の仕掛けはよく知っています」

ジャーヴィスは床に膝をつくと、ポケットから取りだしたナイフの細長い刃を起こして鍵穴にあてがった。すぐに支配人室のドアはゆらりと開いた。一瞥《いちべつ》したところ、部屋にはほかにドアも明かり取りの窓もなく、机の上に大きな電気スタンドが立っているばかりだった。しかし、そのようなことを見てとるよりも早く二人は別のものに目を注いでいた。部屋の真ん中にうつぶせに倒れているマンドヴィルの姿である。血が、顔の下のあたりから流れだしていた。地下の密室の人工の光を浴びて邪悪な色を湛《たた》えた血が、深紅の蛇紋を形づくってうねうねと床を這っていた。

二人は時間の経つのも忘れて、顔を見合わせて棒立ちになっていたが、やがてジャーヴィスが、長いこと詰めていた息を吐きだす音とも、呻《うめ》き声ともつかぬ声でこう口を切った――

「もしあの女がどうにかして外から入りこんできたのなら、どうにかしてまた出ていってしまったのです」

「我々は外から入ってくる人間のことを考えすぎているようだ」神父が言った――「この不思議な劇場には不思議なことがありすぎて、劇場内部の不思議がかえって忘れられやすくなっている」

「どんな不思議です?」

「山ほどある。たとえばこの部屋のほかにも一つ鍵のかかったドアがある」

「でも、あちらの部屋のはいまでも鍵がかかっています」ジャーヴィスは目を丸くして言った。

「しかし、あなたはやっぱりあれを忘れていた」

それきりブラウン神父は口をつぐんでいたが、やがて思案深げに言いだした。

「あのサンズという人は、突っけんどんで陰気な人ですな」

「とおっしゃると?」相手はひそひそ声になって尋ねた。「イタリア娘がまだ出てこないと言ったのは嘘だとでも?」

「いやいや」神父は落ち着きはらって首を振った。「わたしはただ、客観的な性格研究のつもりで言っただけです」

「性格の研究?」ジャーヴィスはあっけに取られたように尋ねた。「まさか下手人はサンズだとおっしゃるのではないでしょう?」

「サンズさんの性格の研究だとは言いませんよ」ブラウン神父が言った。

こんな突拍子もないことを言いかわしながらも、ブラウン神父はマンドヴィルのわきに跪《ひざまず》いて、もはや生き返る望みもなく、明らかに死んでいることを確かめた。死体のそばには、戸口からすぐには見えずにいたのだが、芝居に使う短剣が転がっていた。傷口からか、それとも下手人の手から落ちたものにちがいない。その短剣にはジャーヴィスが見覚えがあって、専門家が指紋でも検出しないかぎりは大して手掛かりになりそうもないと言うことだった。これは劇場の所有品であって、つまり誰の所有品でもなく、誰にだって拾えるように前から楽屋にごろごろしていた代物なのだった。ブラウン神父はやおら立ちあがって、部屋のなかを荘重に見わたした。

「警察を呼ばなくちゃ」神父は言った。「それに、もう手遅れながら、医者も。ところでこの部屋の模様だと、これがあのイタリア娘の仕業《しわざ》だとはどうしても思えない」

「イタリア娘ですって？」ジャーヴィスは頓狂《とんきょう》な声をあげた。「そりゃあ、そうでしょう、アリバイのある人間が一人でもいるとすれば、それはあの娘《こ》ですよ。こちらの部屋とあちらの部屋、どっちも鍵がかかっていて、あいだには長い廊下があって、おまけにあっちのドアにつききりで番をしている証人だっているんです」

「いやいや」ブラウン神父は言った。「そうとも言えません。問題は、入ろうと思えばあの人がこの部屋に入れたかどうかということです。もう向こうの部屋にはいないかも知れませんかららな」

「どうしてです？」

「さっきはマローニさんが窓だか鏡だか何かガラスを壊しているところらしいと申しあげました。あのときわたしは迂闊《うかつ》にも、自分が百も承知のはずのことを忘れていたのです。あれは縁起をかつぐ人だということです。マローニさんは鏡を割るというようなことをする人じゃない。してみると、割っていたのは窓らしいということになる。なるほど、あの部屋もこの部屋も地下室に相違はないが、地下室といえども明かり取りの窓から建物の外に抜ける道が通じていることがある。ところがこの部屋には、明かり取りの窓もなければ抜け道もありませんな」それなりブラウン神父は黙りこんでじっと天井をにらんでいた。

いきなり神父は目が覚めたようにぴくりと身体を動かした。「上に行って電話をかけたり、みんなに知らせたりしなくちゃならん。辛い役目だ……聞こえますか、舞台で役者連中がどなっているのが？　下で何があったのかも知らずに上ではお芝居三昧《ざんまい》。こういうのを悲劇的アイロニーと言うのでしょうな」

劇場変じて喪中の家となるという悲運によって、役者連中は劇場の君子としての真の美徳の数々を発揮する好機に恵まれた。すなわち彼らは、芝居っ気を忘れずにふるまっただけでなく、君子らしくふるまいもしたのであった。亡きマンドヴィルは一座の敬慕と信頼を一身にあつめていたわけでは決してなかったのに、故人について穏当を欠くようなことを口走るような者は一人もいなかったし、未亡人に対してはこぞって同情を惜しまなかったのみならず、その複雑微妙な心中を察して気をつかいもした。未亡人はいまや名悲劇女優というかつての肩書とはまるで違った意味での悲劇の女王となり、その片言隻句《へんげんせっく》は一同にとってそのまま法律も同然であった。そうしたわけで一同は、悲しげに静々と歩を運ぶマンドヴィル夫人のご用をうかがってはまめまめしく走りまわったのであった。

「いつもながら実に気丈だな、奥さんは」としゃがれ声で言っているのはランドール老だった。「頭のいいことも我々とは段違いだ。教養ということにかけては死んだ大将は足元にも及ばなかったんだ。しかしこれまで奥さんは実に立派にやってきたたな。もっと知的な生活がしたいなどと言うこともたまにはあったが、あれには聞くほうでも辛い思いがしたもんだ。ところがマンドヴィルときたら――いやいや、死んだ人の悪口を言うのはよそう」

「自分で言いだしたくせに」とジャーヴィスは苦笑して神父にささやいた。「しかしランドールは怪しい女のことを知らずにああいうことを言っているんでしょうね。そういえば神父さん、下手人は例の怪しい女かも知れないとはお思いになりませんか」

「それは」神父は答えた。「怪しい女とは誰のことを言っていられるのか、それしだいですな」

「そ、そりゃ、イタリア娘のことじゃありません」ジャーヴィスはあわてて言った。「マローニ君のことは神父さんのおっしゃったとおりでした。連中があの部屋に入ってみると、本当に明かり取りの窓が粉々になっていて、マローニ君は姿を消していました。そして、警察にわかっているかぎりでは、脱出したあとは別に人に危害を加えずにまっすぐ家に帰ったのだそうです。いや、わたしが言いますのは、内緒でマンドヴィルを訪ねては恐喝していた女のことです。あたしはあなたの妻です、と彼に言っていた女のことです。あれは本当に結婚していたのでしょうか」

「ありうることです」ブラウン神父はぼんやり虚空を見つめながら答えた。「本当に結婚していたのかもしれませんよ」

「すると二重結婚で踏みつけにされた怨恨《えんこん》という動機が考えられる」ジャーヴィスは思案顔になった。「別に持ち物はなくなっていなかったのだから物盗りじゃない。手くせの悪い使用人は誰か、金回りの悪い役者は誰だ、と内部の人間を調べあげる必要はないわけだ。内部の人間といえば、この事件では際立って目につく妙なことが一つありますね。とっくにお気づきのことでしょうが」

「この事件に妙なことがいくつかあるということには、わたしも気がつきました」ブラウン神父が言った。「だが、あなたは何のことをおっしゃっているのですかな」

「共同アリバイが成立するということです」ジャーヴィスはしかつめらしく言った。「関係人の全部にこのように明白なアリバイがあるというのは珍しいことです。みんなが明るい舞台の上にいて、お互いがお互いの証人になっています。マンドヴィルの計らいで有閑夫人が二人ボックスから見物していたというのも、いまにして思えば役者連中には運のよいことでした。あの二人の証言で、稽古が一幕ぶっとおしでとどこおりなく進み、その間ずっと役者が舞台の上にいたことが認めてもらえるわけです。しかもその稽古たるや、支配人室に入る前のマンドヴィルをサンズさんが見たときよりも前に始まっています。わたしたちが死体を発見したときにはもう稽古が始まってから五分か十分は経っていました。マンドヴィルの倒れる音をわたしたちは実際に聞いたのですが、そのとき役者たちはみんな舞台にあがっていました」

「実際そのことは非常に重要だし、万事を簡単にしてくれますな」ブラウン神父は同意した。「ひとつ、そのアリバイが当てはまる人間を数えあげてみましょう。まずランドール。あの人は支配人をかなり嫌っていたようだが、いまは自分の感情はちゃんと抑えている。しかし、あのとき雷のようにどなる声が舞台から聞こえていたのはランドールの声だったのだから、これは大丈夫。それから二枚目のナイト君だが、この人物はマンドヴィルの奥さんに恋をしていて、しかもその恋情をそんなに隠そうともしていなかったと思われる節がある。しかし、あのときランドールにどなりつけられていたのはナイトだから、これも大丈夫。それからオーブリー・ヴァーノンとかいうユダヤ系の好青年、これも問題外。マンドヴィルの奥さんも問題外。この人たちの共同アリバイは、あなたのおっしゃるように、主としてボックスにいたミリアム夫人とそのお友達のおかげで成立している。もっとも、これには常識という補強証拠がある。今日は立ち稽古を一幕とおしてやる必要があった、慣れた連中がきまった手順ですることに邪魔が入る余地はあるまい、そういうふうに考えるのは常識にかなったことですからな。しかし法律上の証人はミリアム夫人とそのお友達のタルボット嬢です。このご両人は大丈夫でしょうな?」

「ミリアム夫人ですか?」ジャーヴィスは驚いて訊き返した。「もちろんですとも!　ふうむ……あの人が妖婦じみた、はしたない恰好をしているものだから、そういうことをおっしゃるんだな。でも、神父さんはご存じないんです。今日日《きょうび》じゃ良家の令夫人と言われるような人だってそりゃ大変な恰好をしているんですから。それとも、あの二人を証人として認めるのは不都合だという何か、特別の理由でもおありなんですか?」

「なに、それを認めると、我々が八方ふさがりになるという不都合があるだけです」ブラウン神父は言った。「この共同アリバイは、まったくの話が関係人の全部に当てはまるじゃありませんか。一座の役者であのときこの劇場にいたのは舞台の上の四人だけです。それ以外の使用人だってごくわずかで、実際、表玄関の番をしていたサム爺さんとマローニさんのドアの番をしていたサンズさんの二人しかいない。そのほか劇場をうろついていた人間と言えば、あなたとわたしだけだ。ことに我々は死体を見つけたのだから、殺人罪で訴えられるかもしれません。ほかに訴えられそうな人間は一人もいないようですからな。わたしがよそ見しているすきにあなたがやったのではありますまいな?」

　ジャーヴィスは一瞬ぎくりとして目をむいたが、やがて浅黒い顔をにんまりほころばせた。

そして頭《かぶり》を振った。

「あなたがやったのではないのですな」ブラウン神父は言った。「では、ただ議論の便宜上のことだが、わたしがやったのでもないとさしあたってのところは仮定しておきましょう。そして舞台にいた連中も大丈夫だとすると、残るのは、鍵のかかったドアの奥にいたイタリア娘、その張り番をしていたサンズさん、それからサム爺さんということになる。それともあなたは、ボックスで見物していたご婦人方が怪しいとお思いですかな？　あのお二人がこっそり席を抜けだしたのかもしれませんぞ」

「いや、怪しいのは」ジャーヴィスが言った——「マンドヴィルのところに通ってきては妻だと言っていた、例の得体《えたい》の知れぬ女だと思います」

「彼女がそう言っていたのは嘘じゃなかったのかもしれない」ブラウン神父が言った。このときの神父のしっかりした口調にはある奇妙な響きがこめられていた。ジャーヴィスはまたもや戦慄《せんりつ》のようなものが身体を走るのを覚えた。そしてテーブル越しに身を乗りだした。

「さきほどもお話ししたことですが」とジャーヴィスは声を低めて熱心に言いだした。「初めに結婚した女がもう一人の妻を嫉妬していたのかもしれません」

「いやいや」ブラウン神父は答えた。「その女はイタリア娘に嫉妬していたのかもしれないし、ミリアム・マーデン夫人に嫉妬していたのかもしれない。しかし、もう一人の妻を嫉妬してなどいなかった」

「どうしてです？」

「もう一人の妻などいないからです」ブラウン神父が言った。「死んだマンドヴィルさんは、重婚者どころか、徹底した一夫一婦主義者だったようにわたしは思う。いまの奥さんだけでもあの人には手に余っていた。あまりうるさくするので、あなた方はご親切にも妻以外の女だと思ったほどです。しかし、ご主人が死んだ時間に、どうしてあの部屋に入りこむことができたのか、それがわたしにはわからない。さきほど意見の一致を見たように、マンドヴィルの奥さんはずっとフットライトを浴びて芝居をしていたはずだ。しかも重要な役を引き受けて……」

「では亡霊のようにマンドヴィルにつきまとっていた怪しい女が実は」ジャーヴィスが叫んだ――「わたしたちのよく知っているマンドヴィル夫人だったとでもおっしゃるんですか？」

しかし返事はなかった。見るとブラウン神父は、少しも表情のないたわけた顔で虚空を見据えていた。一番頭の働いているときに一番間の抜けたように見えるのがブラウン神父の常である。

やがてブラウン神父はよろよろと立ちあがった。甚《はなは》だしく心を乱された模様で、にわかにやつれたように見えた。「これはひどい」とつぶやいた。「こんなにひどい仕事は初めてかもしれない。しかしやり通さなくてはならん。ジャーヴィスさん、マンドヴィルの奥さんのところへ行って、わたしが内々でお話ししたいと言っていると伝えてくださらんか」

「承知しました」と言ってジャーヴィスはドアのほうに行きかけた。「でも、どうなすったのです？」

「いや、わたしが生まれながらのうつけだというだけのこと」ブラウン神父は答えた。「涙の谷である現世ではごくありふれた悔やみごとだが。わたしは演目《だしもの》が『醜聞学校』だったというのをすっかり忘れていたほどのうつけ者でした」

ジャーヴィスが出ていったあと、ブラウン神父は落ち着かぬ様子で部屋をあちこち歩いていた。やがてジャーヴィスが、変な顔をして、ほとんど蒼白になって戻ってきた。

「奥さんはどこにもいません」とジャーヴィスは報告した。「どこにいるのか誰も知らないようです」

「ノーマン・ナイトの行方もわからないのでしょうな?」ブラウン神父はそっけなく言った。

「やれやれ、これでわたしは一世一代の苦痛な会見をしないですみます。神様には申し訳ないが、わたしもあの女にはほとんど怖れをなしていました。でも、あの女のほうでもわたしに怖れをなしていたようです。わたしの見たこと、しゃべったことに何か思い当たったのでしょう。ナイトはいつもあの女に一緒に逃げてくれと頼んでいました。しかし、女があういうことをしでかしたいまとなっては、わたしはナイトが気の毒でなりません」

「ナイトが?」ジャーヴィスが尋ねた。

「ええ。人殺しをした女と駆け落ちするのはそんなに楽しくないでしょうから」神父は淡々と言った。「しかし実を申すと、あの女はただの人殺しよりもっと悪い人間でした」

「と申しますと?」

「自分本位の人間」ブラウン神父が答えた。「あれは窓の外を見る前に鏡のなかを見るような人間でした。これこそ人生最大の禍《わざわ》いです。鏡があの女の禍いだった。それも、あの鏡が割れなかったからこそなのだ」

「何のことやら、わたしにはさっぱりわかりません」ジャーヴィスが言った。「奥さんは高尚な理想を持っている人だとみんなに言われていました。我々などよりは一段高いレベルのインテリだと……」

「当人も自分でそう思っていました」神父は言った。「そしてみんなにそういうふうに思いこませる暗示をかけるこつも心得ていました。わたしは近づきになってから長くないので、そのおかげで間違った目であの女を見ないですんだのかもしれない。しかし、わたしには、あの女の姿を目にして五分後にはおよそどういう人間なのかがわかりました」

「でも」とジャーヴィスは抗議した。「マローニ君に対する態度はきれいなものだったじゃありませんか」

「いつもきれいごとでしたな」神父は答えた。「奥さんは洗練されている、繊細な心の持ち主だ、ご亭主が足元にも及ばないくらい高尚な人柄だ、こういったことをわたしはここに来て誰からも聞かされました。しかし、そういう高尚だとか洗練だとかはすべて、煎《せん》じつめれば奥さんが確実に淑女なのにご亭主は確実にまったく紳士でないという簡単な格付けに帰着することらしい。しかし、ジャーヴィスさん、そういった類《たぐい》の格付けをですぞ、天国の門をお守りになる聖ペテロが認めてくださるとでもお思いですか？

仮にそれは別としても」とブラウン神父はますます熱したように続けた。「あの女が話すのを聞くと、ひややかな度量を見せて立派なことを言っているようでも、その実マローニさんを公正に扱ってはいないらしいということに、まず気がつきました。聞けば演目は『醜聞学校』だと言う。そこでわたしはその感じが正しかったことを悟りました」

「おっしゃることが、どうもわたしには目まぐるしいばかりでよくわかりません」ジャーヴィスは途方に暮れたように言った。「演目がこれと何の関係があるんです?」

「あの女はこんなことを言いましたな」神父は答えて言った。「美しいヒロインの役はマローニさんに譲り、自分は年配の奥様という控え目な役で遠慮しよう、と。そう聞かされると、いかにもこれはどんな演目の場合にも当てはまる立派な口上のように聞こえる。しかし実は、この『醜聞学校』の場合にかぎって、そういう文句は事実を偽るものなのです。美しいヒロインの役を進んで譲ったというと聞こえはいいが、その実、マリヤという娘の役を押しつけたというだけのことで、これはこの芝居では取るに足らん端役《はやく》です。そして自分で取った目立たぬ奥様役とかいうのは、ティーズル夫人の役のことに相違ないが、これはどの女優もほしがるような、『醜聞学校』のなかでぴか一の派手な役柄です。もしあのイタリア娘が第一級の役を約束されていた第一級の女優だったのなら、ああいうふうにイタリア人特有の憤慨を爆発させたというのも、筋が通っているとは言えないまでも、理由のあることです。イタリア人が憤慨するときにはたいてい理由があるものでしてな。ラテン人種というのは論理的だから、激昂《げっこう》のあまり我を忘れるようなことがあっても、それにはちゃんとした理由があってのことなのです。

とにかくわたしは、こういう些細《ささい》なことから、あの女の度量なるものの意味がはっきりしてきました。もう一つ、こういうことがあります。さっきわたしが、サンズさんの仏頂面《ぶっちょうづら》は性格の研究になるが、サンズさんの性格が問題なのではない、と申したとき、あなたはお笑いになりました。しかし、あれは本当のことです。ある女がどういう人物なのかを知りたいと思ったら、本人を見てもいけません。上手に本性を隠していて見破れないかもしれない。まわりの男たちを見てもいけません。男たちはその女に甘すぎるかもしれない。見なくてはいけないのは、その女の身近にいる別の女性、ことに目下の女性です。そういう立場の人こそが、女の素顔の映っている鏡なのだから。そして、サンズ夫人という鏡に映っていたマンドヴィル夫人の素顔は非常に醜いものだった。

して、そのほかの印象は？　わたしはマンドヴィルというのは値打ちのない男だという話をさんざん聞かされました。しかしそれはどれもこれも、あれではせっかくの賢夫人がかわいそうだという話ばかりで、どうやら出所《でどころ》は賢夫人ご本人らしいと察しがつきました。問わず語りというやつですな。それからみんなの話を聞くと、あの女は知的な孤独とかいうたわごとを相手かまわず打ち明けていたようです。あなたも、奥さんは決して愚痴をこぼさない、沈黙があたしを力づけてくれると言っていた、とわたしに申された。そういう態度が、そういう見えすいたポーズが問題なのです。愚痴をこぼす人ならわたしは大して気にしません。そういう人は人間味のあるよきキリスト教徒で、まあ、少々世話が焼けるというだけのことですからな。しかし自分は決して愚痴をこぼさないということを愚痴の種にしている人間、これは悪魔です。正真正銘の悪魔です。そういう克己《こっき》主義を気どった空いばりこそバイロン流の悪魔崇拝の要諦なのでしてな。

とにかく、わたしはいろんなことを聞かされました。しかし、あの女が愚痴をこぼさなくてはならなくなるような具体的な話はついぞ聞いたためしがなかった。マンドヴィルが飲んだくれているとか、細君をなぐったとか、金を渡さないとか、そういうことを言う人は一人もいませんでした。浮気をしているというようなことさえ、例の内緒のあいびきの噂が立つまでは誰も言いませんでした。しかもそのあいびきたるや、ただあの女の芝居がかりの癖が高じて、寝床での小言を事務室に持ちこんだというだけのことでしたな。そして、あの女が自分でこしらえあげた《虐げられた妻》という悲劇的な雰囲気を抜きにして事実を見ますに、真実はみなの思っているのとまるで反対でした。マンドヴィルは細君を喜ばせたいばかりにわりのよいパントマイムを諦めたのです。細君を喜ばせたいばかりにわりに合わぬ古典劇を始めたのです。いっぽう細君のほうは、自分の好きなように舞台装置を整えさせました。シェリダンの芝居をしたいという気を起こし、そのとおりにさせました。ティーズル夫人の役をほしいと思い、その役を手にいれました。今日の立ち稽古のときには、衣装なしの稽古にしようと言いだして、そのとおりにさせました。そういうことを言いだしたという奇妙な事実、これは注目していいことかもしれない」

「でも、そういうお話をいつまでもお続けになって、どうなさろうというんです?」ジャーヴィスはこれまでブラウン神父がこれほど長い話をするのを聞いたことがなかった。「そういう心理分析をいくらしたところでマンドヴィルが殺されたという要点から話がそれるばかりのような気がします。奥さんはナイトと駆け落ちしたかもしれません。ランドールを一杯くわせたかもしれません。わたしを一杯くわせたかもしれません。しかし亭主殺しの下手人だなんて、そんなはずはありません。稽古のあいだずっと舞台にあがっていたことは、みんなが認めているじゃありませんか。奥さんは悪い女かもしれないが、魔法使いじゃありません」

「下手人でないと言いきれますかな」ブラウン神父はかすかに笑っていた。「別に魔法はいりませんでしたよ。あの女がやったということがいまではわたしにはわかっています。それも、造作なくやってのけたのですよ」

「どうしてそう言いきれます?」ジャーヴィスは狐につままれたように相手を見ながら尋ねた。

「演目が『醜聞学校』だったからです」ブラウン神父が答えた。「しかも『醜聞学校』の第四幕だったからです。いまも言ったように、あの女は舞台装置を自分の好きなように整えさせたということを、ここで思い出していただきたい。また、この劇場がパントマイム専用として建てられ、使われていたということ、従って舞台にはパントマイム用の切り穴や隠し戸がいくつも設《もう》けてあるはずということを思い出してください。あなたは役者たちがみんな舞台にあがっていたということには証人があるとおっしゃるが、『醜聞学校』のあの幕では一人の女優が舞台の上にいながらずいぶん長く観客から姿を隠しているということを思い出してください。そのあいだティーズル夫人は形式的には登場中だが、実質的には退場中というのに等しい。ティーズル夫人が隠れる窓のカーテン、これがマンドヴィル夫人のアリバイです」

二人はしばらく口をつぐんでいた。やがてジャーヴィスが言った。「カーテンのうしろの切り穴をくぐって地下の支配人室に行ったとおっしゃるのですね」

「どこから出たのかはわかりませんが、とにかく抜けだしました」神父は答えた。「しかし切り穴から抜けだしたと考えるのが一番当たっていると思います。衣装なしの稽古の最中を利用したのだし、衣装なしということに決めたのは当人なのだから、なおのことそう考えるのは当を得ています。これは想像だが、あれがちゃんと衣装をつけた稽古だったのなら、十八世紀風の大きなスカートといういでたちですから、切り穴くぐりはそう楽でなかったはずです。もちろん、これで事件の全貌が明らかになったわけではないが、その他の些細な問題は、調べが進めばおいおい解けてくると思います」

「わたしにはどうしても解けない、大きな問題が一つあるんです」ジャーヴィスは頭を手で支えて唸るように言った。「あれほど頭の冴えた立派な人が、ものの考え方のうえで邪道に堕ちたということはさておき、実際に行いのうえで邪《よこしま》を働いたということが何としても腑《ふ》に落ちないのです。それだけの動機があったのでしょうか？　それほどナイトに夢中だったのでしょうか？」

「せめてそうであってくれたら、と思います」と相手は答えた。「恋慕の一念だったのなら、まだしも人間味があるというものです。だが、残念ながらわたしにはそうは思えない。あの女は金儲けさえろくにできない野暮な田舎紳士を夫にしているのがいやになったのです。人気がぐんぐん伸びている華やかな俳優の華やかな妻の座に収まりたかったのです。しかし、いくら『醜聞学校』の主演女優でも醜聞《スキャンダル》はいやだった。男と駆け落ちするのも、それが最後の手段でもないかぎりは、まっぴらだった。あの女を動かしたのは人間らしい情熱ではない、外道じみた名誉欲だったのです。だからいつもひそかに夫につきまとっては、離婚か別居か、と詰めよって夫を苦しめていました。しかし、夫は同意を与えない。それでは、というので一命を奪ってしまった。もう一つ覚えておいてほしいことがある。あなた方はよく、ああいう知識人の芸術は高尚で、その演劇は哲学的だというようなことをお話しになる。しかし、その哲学がどういう運命をたどったかを思ってもみるがいい！　知識人なる手合いがどういうことをしたがるものか、思ってもみるがいい！　権力への意志、生きる権利、経験する権利、そういったたわごとばかり……たわけたナンセンスだ。たわけたナンセンスどころか、世を滅ぼすナンセンスだ」

ブラウン神父は苦々しげに眉をひそめていた。そういうことは滅多にないことだった。帽子をかぶって夜陰のなかに立ち去る神父は、まだ眉を寄せて、表情をけわしく曇らせていた。

ヴォードリーの失踪

アーサー・ヴォードリー卿は、薄いグレーの夏服を身にまとい、グレーの頭に愛用の白い帽子をかぶり、屋敷を出ると川沿いの往来を颯爽《さっそう》と歩いて、卿の屋敷から見れば納屋の寄せ集めも同然の近くの村落に入ったが、それきり妖精にさらわれでもしたように忽然《こつぜん》と消えうせてしまった。

この失踪は、場所柄に何の変哲もなく、状況がまた実に単純なものであったので、まことに唐突かつ完全な失踪であるという感じが強かった。その村落というのは、とぼけたようにまわりから孤立した少々の家が往来沿いに並んでいるというだけのもので、とても一村をなすとは言えない小ぢんまりしたものだった。広々とした野原と畑のまっただなかに、近在の人たちの生活になくてはどうしても困る小店が四、五軒、数珠《じゅず》つなぎになっているだけなのである。近在の人たちと言っても、このへんに住んでいるのは、アーサー卿一家のほかは農家がちらほらあるだけである。店並びの端の家は角の肉屋で、卿が最後に姿を見せたのがこの店ということだった。それを見たのは卿の屋敷に厄介になっていた二人の青年で、一人はアーサー卿の秘書を務めていたエヴァン・スミス、いま一人はジョン・ドールモン、これは噂によると卿が後見をしているシビル嬢の婚約者らしいということであった。肉屋の隣は田舎によくある何でもこいの雑貨屋で、小柄な老婆が菓子やステッキやゴルフ・ボールや糊や紐や古色蒼然《こしよくそうぜん》たる文房具を売っていた。その隣はたばこ屋で、スミスとドールモンはこの店めざして屋敷から来る途中、アーサー卿が肉屋の前に立っているのをちらりと見たのである。たばこ屋の隣は、二人の婦人が店を張っている煤《すす》けた小さな仕立て屋であった。その隣にある、大きなコップが人待ち顔に並んでいる白っぽい明るい店は、気の抜けたような緑色のレモン水を飲ませる家で、これで家並みはおしまいになっていた。そのほかあたりでただ一軒のれっきとした宿屋があったが、これは往来を少しさがったところに離れて立っていた。レモン水の店を過ぎて宿屋のほうに行くと、途中に十字路があって警官と制服姿の自動車クラブ会員が立っていたが、その二人の言うところでは、その日アーサー卿はこの十字路を通っていないということだった。

アーサー卿がステッキを振り振り、黄色の手袋をひらひらさせてこの往来をいい気持ちそうに闊歩《かつぽ》し、そして失踪したのは、よく晴れた夏の日の朝早くのことだった。卿は身だしなみにかけては相当の凝《こ》り性だったが、男性的でたくましいところのある人物で、年のわりには老けていなかった。もういいお爺さんのくせに、腕っぷしも強そうだし、身のこなしも軽々としているのである。巻き毛の髪が白いと言っても、金髪が白く褪せたというよりは薄色の金髪が白く見えるというような感じだった。いつもきれいに当たってある顔はなかなかの男前で、ウェリントン公のように鼻が突出していたが、特に突出しているのは目だった。しかも突出しているというのは誇張でも何でもなく、実際に出目なのであって、そのほかの点では顔かたちの調和はほとんど申し分なかった。唇なども多感そうなよい形で、意識して引き締めてでもいるのか、いつもきっちり結ばれていた。アーサー卿はこの地方一帯の地主だった。例の小店の集落なども卿の持ちものである。このような土地では、みんながほかのみんなを知っているだけではなく、誰がいつどこにいるというようなこともみんなに大体の見当がついている。その大体の見当から言えば、アーサー卿は集落まで歩いていって、肉屋にでも誰にでも言いたいことを言ったら、あとは歩いてまた屋敷に戻ってきているはずだった。屋敷を出て三十分もしたら、たばこを買いに出たスミスやドールモンのように、屋敷にちゃんと帰っていたはずだった。しかし、スミスもドールモンも、屋敷に帰る途中の道では誰の姿も見かけなかった。もっと正確に言えば、これもアーサー卿の客人のアボット博士とかいう人が、広い背中をこちらに向けて川岸で根気よく釣り糸を垂れているのを見かけただけだった。

二人が屋敷に戻るあとを追ってアボット博士も帰ってきて、みんなは朝食の席についたが、そのときはアーサー卿が姿を見せないというのを誰もべつだん気にしなかった。しかし、朝が昼になり夕方になっても卿がいっこうに食事に出てこないということになると、屋敷の主婦役を務めるシビル・ライ嬢は本気で心配しはじめた。繰り返し集落に向けて捜索隊が派遣されたが、消息は杳《よう》として知れなかった。とうとうその日も夜となって、屋敷うちはもうごまかしようもなく憂色《ゆうしょく》にとざされてしまった。シビル嬢は、親しくしているブラウン神父に、この人にはこれまでにも困ったときに助けてもらったことがあるので、使いを出してきてもらうことにした。ブラウン神父は事態が予断を許さないのを見てとって、その夜は屋敷に泊まってみんなの力になってくれという頼みを承諾した。

そういうわけで、何の消息もないままに一夜が明けると、これから何ごとが持ちあがろうともあわてることのないよう、ブラウン神父は朝早くから起きて庭に出ていた。ヴォードリー邸の庭のはずれは川に沿う土手になっていた。その土手の道を、近眼の目を凝《こ》らし、とらえようのないまなざしであちこち眺めまわしながら、神父はそのずんぐりした黒い姿を運んでいた。

ブラウン神父は、もう一つの人影が土手の道を動いているのに気がついた。神父に輪をかけて落ち着かなげな様子である。神父はそれが秘書のエヴァン・スミスと知って、名前を呼んであいさつした。

エヴァン・スミスは明るい髪をした、すらりと背の高い青年だった。少々やつれているように見えるのは、みんなが心を千々に乱しているときなのだから、むしろあたりまえのことかもしれない。しかし、スミスが面《おも》やつれしているようなのは、実は何も今日に始まったことではない。そしてそれは、スミスのような青年には不似合いなことなので、ことさら人目についていた。身体つき身のこなしはスポーツマンのようにすっきりしているし、髪の毛とちょび髭《ひげ》は、明朗活発な《英国青年》が（小説では必ず、現実にはときどき）生やしているような、ライオンのように立派なブロンドである。このような金髪長身の好青年は、どんな恋愛小説の場合でもいかにも幸福そうにしているものなのに、このスミスの場合は頬は落ち目はくぼみといった状態なのだ。悲しい傷心の物語でもあるのかもしれない。それはとにかく、ブラウン神父はにこやかにほほえみかけると、ふと真顔になってこう言った——

「辛い思いをしますな」

「シビルさんがかわいそうです」スミスは苦しそうに言った。「それがわたしには一番辛いんです。あの人はドールモンなどと婚約してしまいましたが、わたしは自分の気持ちを隠そうとは思いません。あきれたやつだとお思いでしょうが」

ブラウン神父はそんなにあきれたふうでもなかった。もともと感情をあまり顔に出さない人なのである。ただ、穏やかにこう言っただけだった。

「わたしたちは誰だってシビルさんには同情しています。当然のことです。ところで、この事件についてのニュースかご意見でもあればうかがいたいが、何もありませんか？」

「ニュースは別にありません」スミスは答えた。「少なくとも外部からのニュースはまだ何も聞きません。意見のほうは……」言いかけてスミスはむっつり黙りこんでしまった。

「それをぜひおうかがいしたいものですな」神父は愛想よく言った。「失礼ながら、お見うけしたところ、何か胸に秘めていることがおありのようだ」

青年秘書はかすかに身体を震わせた。眉を寄せ、くぼんだ目を曇らせて、じっと神父の顔を見つめた。

「おっしゃるとおりです」とやっと言った。「どうせ誰かに打ち明けなくてはならないことなんです。神父さんなら安心して打ち明けられるような気がします」

「アーサー卿がどうなったのか、ご存じなのですか？」ブラウン神父は、それが世にもたわいのない質問でもあるかのように、もの静かに尋ねた。

気がします」

「ええ」スミスは荒々しく答えた。「アーサー卿がどうなったのか、わたしにはわかるような

「いい天気ですな」とそのとき二人の耳元に柔らかい声がした。「こういううららかな朝に憂《ゆう》鬱《うつ》な寄り合いをしなくちゃならないというのは実に残念です」

青年秘書は鉄砲に撃たれでもしたようにとびあがった。朝の陽ざしが強くなった土手の道に影を落として現われ出たのは、アボット博士だった。まだガウンを羽織ったままで、しかもそのガウンたるや、百花乱れ咲く熱帯の花園から抜け出たような、極彩色の花や竜がいっぱい描いてある絢爛《けんらん》たる東洋風のものだった。大きなスリッパをはいていて、二人のそばに近寄るまで少しも足音がしなかったのはそのせいにちがいない。しかし、アボット博士は背丈といい、肩幅といい、体軀といい、実にずばぬけた偉丈夫で、普通なら空気のように軽やかにそっと近くまで忍んでくるというのは意外だったはずだ。たくましい、しかし、情け深そうな、日焼けした顔をしていて、それを銀白の房でふちどるように、頰には古風な頰髯《ほおひげ》、顎にはふさふさした顎鬚《あごひげ》、学識の詰めこまれていそうな頭には長い巻き毛の髪……。目は細く長く、眠そうにも見えるが、眠そうなのはこの人の地の目つきで、年が年だけにこれくらいの早起きは平気である。しかし、その顔だちには雨風に打たれて鍛えられたような頑健なところがあって、昔はどんな天気の日でも外に出ていた老いた農夫か、船頭を思わせるものがあった。このアボット博士は、屋敷に顔を揃えて関わり合いになっている人たちのうち、行方不明のアーサー卿とはただ一人の同年配の昔なじみだった。

「ただごとじゃありませんぞ、これは」と博士は首を振り振り言った。「集落の小店はままごとの家みたいに裏まで素通しのちゃちな家ばかりで、人間一人隠そうにも隠す場所さえろくにありません。そして実際、あそこの連中が隠していないのはたしかだと思う。昨日わたしとドールモン君と二人ですっかり調べあげましたからな。しかも、どの家でも家にいるのは蠅一匹殺せないような婆さんがほとんどだった。男はたいていの家で取り入れに出て留守でしてな。いや、そうそう、肉屋がいましたな、アーサーはその肉屋の店から出てくるところを見られているのだが。それから、あの川のあたりでは何ごとも起こらなかった。これはわたしがずっと釣りをしていたからたしかだ」

そう言ってアボット博士はスミスを見た。そのときの博士の目つきは、眠そうなだけでなく少しずるそうに見えた。

「きみたちが集落まで行って帰ってくるまでわたしがずっと川のところにいたということは」博士はスミスに尋ねた。「きみとドールモン君で証人になってくれますな?」

「ええ」とエヴァン・スミスはぶっきら棒に答えた。ブラウン神父と話があるのに、いつまでも邪魔されているのがじれったくなったものらしい。

「わたしが怪しいと思うのはですな……」と悠々《ゆうゆう》と邪魔を続けようとする博士の話に邪魔が入った。見ると明るい花壇のあいだの緑の芝生をこちらに、がっしりしているが、きびきびしている男の姿が足早に近づいていた。一枚の紙きれを手に三人のそばに来たその男は、ジョン・ドールモンであった。これは身なりのきちんとした、浅黒いナポレオン型の角顔が苦味ばしったいい男で、憂《うれ》いの色の濃い――と言うよりは憂いが度を過ぎて生色をなくしたような目をしている。まだ若そうなのに、黒い髪のこめかみのあたりには年に似合わぬ白い毛がまじっていた。

「警察から電報が来ました」ドールモンは言った。「昨晩連絡しておいたその返事です。すぐに係官を派遣すると言っています。アボット先生、この際連絡しておいたほうがいいという人を誰かご存じですか？　アーサー卿の身寄りの人だとか、そういった人を誰か？」

「ええと、まず、甥のヴァーノン・ヴォードリーだな」博士は答えた。「一緒に来てくださらんか。ヴァーノンの住所をお教えしましょう――それから、ヴァーノンについてちょっと説明したいこともある」

アボット博士とドールモンは母屋《おもや》のほうに歩み去った。話が聞こえなくなるところまで二人が行ってしまうと、ブラウン神父は、邪魔が入ったことなど忘れたように、さりげなくこう尋ねた。

「で、それから？」

「冷静な方ですね、神父さんは」スミスが言った。「きっと告白をお聞きになっていらっしゃるからですね。わたしは自分が告白をしているような気がします。あの象みたいな変物の爺さんに蛇みたいにこっそり這い寄られたんじゃ、内々で打ち明けようという気持ちはいいかげんぶち壊しです。でもやっぱり聞いていただきます。もっとも、これはわたしの告白じゃなくて、他人の告白なんです」

スミスは口をつぐむと、顔をしかめて口髭を引っぱったりしていたが、突然こう言いだした――

「アーサー卿は逃げたんだと思います。その理由もわかっているつもりです」

ちょっと間をおいて、また爆発するように口を切った。

「わたしは実はいやな立場に立たされているんです。下劣なことをするやつだと人は言うでしょう。しかし密告屋とでも陰口叩きとでも言わば言えです。隠さずにしゃべるのがわたしの義務だと思うんです」

「それはご自分で判断なさらなくてはなりますまい」ブラウン神父は荘重に言った。「あなたの義務がどうしましたか?」

「実に汚い立場に立たされているんです」スミスは吐き捨てるように言った。「これをしゃべれば、わたしは恋敵《こいがたき》を中傷することになるんです。しかも、思いを遂げようとしている恋仇をです。しかし、そうするよりほかしようがないんです。ヴォードリーの失踪はどういうわけかとお尋ねでしたね。ドールモンがそのわけだとわたしは思います」

「と言いますと」神父は穏やかに尋ねた。「ドールモンがアーサー卿を殺したのだとおっしゃるのですかな?」

「それは違います!」スミスは意外なほどの激しさで打ち消した。「断固として違います! あの男がこれまでにどんなことをしているにしてもそれだけはしていません。どんな人間であるにしても人殺しではありません。憎んでいる男がそう言うのですから最上のアリバイがあるというものです。実際わたしはドールモンが大嫌いです。しかし、だからと言って偽証するつもりはありません。わたしはどの法廷ででも証言できますが、昨日ドールモンは何もしませんでした。昨日はあの男とずっと一緒だったのです。少なくともあの時間はずっと一緒にいました。集落であの男はたばこを買うほか何もしていません。屋敷でもそのたばこをふかして書斎で本を読むほか何もしていません。わたしはあれは悪党だと思っていますが、ヴォードリーを殺してはいません。いや、悪党だからこそ殺さなかったのだと言ってもよろしいです」

「ふむ」ブラウン神父は辛抱強く尋ねた。「どういうことです、それは？」

「ドールモンがほかに悪事を働いている悪党で、その悪事というのがヴォードリーを生かしておかないと成り立たないということです」

「ああ、なるほど」ブラウン神父は言った。

「わたしはシビルさんをよく知っているつもりですが、この場合大きく事情を左右しているのがあの人の人柄なんです。シビルさんは名実ともに上品なお嬢さんです。つまり心ばえが気高《けだか》い上に繊細な方なんです。少し繊細すぎるくらいです。世の中には繊細な良心を持っている人はいくらもいます。しかし、そういう人でもたいていは、いざとなると温かみのない処世の常識を楯に取って自分に怪我のないようにするこつを心得ています。ところが、シビルさんの場合は繊細な良心がむきだしになっているのです。病的と言っていいくらい感受性が鋭いのに、心に感じたことを自分の都合のいいようにごまかすということをぜんぜん知らない人なんです。あの人の身の上は変わっています。シビルさんは小さいときに捨て子同然に、一文なしで孤児になったのでした。それを自分の屋敷に引きとったのがアーサー卿です。そして大切に育てたのですから、これにはみんなが驚きました。悪口を言いたくはありませんが、アーサー卿はそんなことをあまりやる人じゃないんです。ところが、シビルさんは十七になったころにそのわけを知って肝をつぶしました。後見人たるアーサー卿が求婚したのです。このへんから話が妙な具合になってまいります。求婚される前にシビルさんは、アーサー卿が血気盛んな青年時代に罪を犯したことがある、あるいは少なくとも他人に危害を加えて警察沙汰になったことがある、こういうことを誰からか——アボット博士からじゃないかと思うんですが——聞かされていたんです。その事件の詳しい内容は、わたしも知りません。しかし、ものに感じやすい盛りのシビルさんにはこの話は悪夢でした。アーサー卿が鬼のように見えてきたのです。少なくともそんな怖ろしい人を夫に持つというのは、考えるだけでもいやなことだったのです。で、求婚されてシビルさんがしたことというのが、いかにもあの人らしいことでした。絶望的な恐怖におののきながらも英雄的な勇気をふるって、あの人はアーサー卿に自分の気持を震える唇で正直に話しました。そういうふうにアーサー卿を怖ろしがるのは病的なのかもしれないが、と自分で認めました——まるで内緒にしていた精神異常を告白でもするみたいに。ところが、シビルさんがほっとし、また驚いたことに、アーサー卿はそういうふうにはねつけられても、相手の言うことを静かに礼義正しく聞いてやって、その後は二度とその話は持ちださなかったのです。シビルさんはアーサー卿の心の大きいのに感じ入りました。そしてその次に起こったことのためにますますその感じを深めました。と言いますのは、その後シビルさんの孤独な生活に、これも孤独なある男が近づいてきたのです。

この男は川の中州で隠者のようにテントを張って暮らしていました。そういう神秘めいたところがこの男に魅力を添えたようです。もっとも、そうでなくても魅力のある男だということはわたしも認めます。紳士だし、なかなか才気煥発な男なのです。それに深い憂愁の影のようなものがあって、これがまたロマンスを強めたようです。言うまでもなくこれがあのドールモンでした。シビルさんがどれほど本気でドールモンを受けいれたかということはいまもってわたしにはよくわかりません。しかし、とにかくあの男は、シビルさんに頼んで後見人に引き合わせてもらうところまで漕ぎつけました。シビルさんがどんな気持ちでこの会見を待ったかということは察するにあまりがあります。若い恋敵の出現をアーサー卿がどのように受けとるだろうか、とさぞや不安な思いをしたことでしょう。しかし、またしてもそんな心配はシビルさんの思い過ごしだったのです。アーサー卿は暖かくドールモンを迎えいれてくれました。そして若い二人が結ばれるのを喜んでいるようでした。アーサー卿とドールモンは、連れ立って釣りに行ったり狩りに出かけたり、親友のようになりました。

しかしある日、シビルさんはまたしても肝をつぶすようなことを聞くことになったのです。話のはずみで、ドールモンがうっかりこう口をすべらしたのです――『アーサー卿は三十年前と少しも変わっていない』そこで二人が妙に仲のいいことのわけが突然はっきりしました。アーサー卿とドールモンは前々からの知り合いだったのです。はじめましても、ようこそも、あいさつはみんなお芝居だったのです。ドールモンが人目に立たぬようにこの土地に来たのはそういうわけだったのです。アーサー卿が二人の仲をあと押ししたのもそういうわけだったのです。神父さん、こういうことをどうお考えになります？」

「あなたがどう考えていられるのかはわかります」ブラウン神父は微笑した。「それもなかなか理路整然としたお考えのようだ。ここに脛《すね》に疵《きず》持つアーサー卿がいる。見慣れぬ怪しい男が現われて卿につきまとう。そしてほしいものは何でも手に入れる。はっきり言ってドールモンは恐喝を働いている、こういうお考えでしょう」

「そのとおりです」スミスは答えた。「いやな考えですが」

ブラウン神父はちょっとのあいだ何かを思案しているようだったが、やがてこう言った。

「わたしは母屋に行って、ちょっとアボット博士と話をしてこようと思います」

一時間か二時間経ってブラウン神父はまた庭に出てきた。そのあいだ、アボット博士と話をしていたものらしい。しかし、出てきたとき、神父はシビル・ライと一緒だった。白く冴えた顔に赤い髪をしたこの少女の横顔は震える花びらのように華奢《きゃしゃ》だった。スミスの話していた純心一途《いちず》の人柄も、この顔をひと目見てはさてこそとうなずけた。その清冽《せいれつ》な美しさはゴダイヴァ伯夫人の伝説や処女殉教者の物語を思い起こさせた。そして、はじらいの心の初々《ういうい》しい女だけが我が身の恥を忘れて良心の声に従い抜くことができたということを。二人の姿を認めてスミスが近づいてきた。そして、三人は庭の芝生でしばらく立ち話をした。陽が昇るときからうららかに晴れあがっていた空は、このころにはもう燃えるように明るい光にあふれていた。しかし、ブラウン神父は、手には愛用の黒い蝙蝠《こうもり》をしっかと持ち、頭には黒い帽子をレインハットのようにちゃんとかぶり、全体の感じが嵐に立ち向かうべく堅固に身じたくをしているといったふうだった。しかし、そのような決然とした身がまえは、このときの神父の気がまえが我知らず態度に表われたというだけのことらしく、嵐は地上のお天気とは関係のない嵐らしかった。

「本当にいやですわ」シビルは小さな声で言っていた。「もうみんなして変なことを言いあってるんです。怪しまれてない人はないみたい。ジョンとエヴァンはお互いに保証できるんでしょう。でもアボット先生は肉屋とひどい言いあいをしたそうですわ。肉屋は自分が訴えられると思ってやたらに人を訴えようとしているんですって」

エヴァン・スミスは困ったような顔をしてそれを聞いていたが、だしぬけに言いだした。「シビルさん、いますっかりご説明はできませんが、そういうことはあまり気になさらなくてもいいんです。この一件は厄介なことは厄介ですが、我々は、その何です、暴力沙汰があったとは思っていないんです」

「じゃ、何かまとまった考えがおありなのね?」と言ってシビルはブラウン神父を振り向いた。

「そのまとまった考えというのを、わたしはうかがいました」ブラウン神父が言った。「筋の通った考えだとわたしは思いました」

ブラウン神父は茫洋《ぼうよう》とした目つきで川のほうを見ていた。スミスとシビルは何やら小声で早口にしゃべりあっていた。そんな二人を残して、神父は思案顔でぶらぶら歩きだし、川べりの細い木の茂みのなかに分けいった。そこでは強い陽ざしを浴びた薄い木の葉が、緑の火のように一面に躍っていた。小鳥がしきりにさえずって、まるで樹木が百の舌で歌っているようだった。一分か二分経って、エヴァン・スミスは、茂みの向こうから、用心しいしい、それでもはっきりと、自分の名前を呼ぶ声がするのを聞いた。急いでそちらに行くと、ブラウン神父が向こうからやってくるのに出会った。神父は声をひそめてこう言った。

「シビルさんをここに来させないでください。うまく追っぱらってくれませんか。電話か何かを頼んでください。そして、あなたはまたここに来てください」

エヴァン・スミスは一生懸命に何でもない顔をつくってシビルのほうに行った。幸いシビルは他人の小さな用事を気さくに引き受ける気立てのいい娘だった。やがてシビルが母屋のほうに行ってしまったので、スミスが引き返すと、ブラウン神父はまた茂みのなかに消えていた。茂みのすぐ向こうで、芝生は小さな絶壁をなして切れ、その下は川の中州になっていた。ブラウン神父はその芝生の崖のふちに立って川を見おろしていた。そしてわざとか偶然か、強い陽ざしもかまわず、神父は脱帽していた。

「これはあなたにも見ていただいたほうがいいと思う」神父はおごそかに言った。「のちのちの証拠となるものですから。しかし、お断わりしておくが、どうか覚悟をきめておいでになるように」

「なんの覚悟です？」相手は尋ねた。

「わたしにも生まれて初めてという、怖ろしい情景を見る覚悟です」ブラウン神父が言った。

エヴァン・スミスは芝生の崖のふちまで来て金切声を出しそうになるのをあやうくこらえた。

アーサー・ヴォードリー卿がにやりと目をむいてこちらをにらんでいた。すぐ足元に、白っぽいブロンドの鬘《かつら》をつけたアーサー卿が、頭の上下が逆さに見える具合に顔をのけぞらせているのだ。さらでだに我が目を疑いたくなるような情景なのに、逆さに頭のついた男という妄想の恐怖まで加わり、スミスはまるっきり悪夢にうなされているような気持ちだった。いったいアーサー卿はこんなところで何をしているのだろう？　アーサー卿ともあろう者が、川岸を這いまわったり、こういう不自然な姿勢で崖に隠れてこちらをのぞいたりというのは、これは本当に現実のことなのだろうか？　それに首から下の体軀が妙に縮みこんでいるようである。しかしこれは、よくよく見ると手足が蟹のように曲げ縮められているための目の錯覚と知れた。アーサー卿は頭がおかしくなったのだろうか？　本当にそうなのだろうか？　見れば見るほどスミスにはアーサー卿の姿勢がぎごちないものに見えた。

「そこからはよく見えませんか」ブラウン神父が言った――「この人は喉を切られています」

スミスは愕然《がくぜん》となって戦慄《せんりつ》した。「生まれて初めての怖ろしい眺めとおっしゃるのも無理はありません」と言った。「顔が逆さになっているからだと思います。わたしは十年この方この顔なら毎朝毎晩見ていますが、いつも人当たりのいい立派な顔に見えました。しかし、逆さにしてみるとまるで鬼のようです」

「その顔は笑っています」ブラウン神父は動じたふうもなく言った。「それがこの謎の容易ならんところでしょうな。にっこり笑って喉を切られるなんて人は滅多にいるものじゃない。たとえ自分でやるとしてもです。しかるにこの人は、口元と言い、かねてから出目気味だったスグリのような目と言い、たしかに笑っている。しかし、ものを逆さにすると違って見えるというのは事実ですな。絵描きは正確さをためすためによく絵をひっくり返したりします。ときには描こうとする相手をひっくり返すことが難しい場合もあるが——たとえばマッターホルンですな——そういう折には絵描きのほうで逆立ちをするか、あるいはせめて股のあいだからのぞくということです」

神父は相手の気持ちをしっかりさせるためにそういう無駄口をきいていたが、ここで真顔になってこう結んだ——「あなたが動転なすったのは無理もないことです。しかし、遺憾ながらほかにもひっくり返ったものがありますな」

「何のことをおっしゃるんです？」

「我々の完璧な仮説がひっくり返りました」と言いながら神父は、低い崖を降りて川岸の狭い砂地に立った。

「自分でやったのかもしれません」スミスがだしぬけに言った。「脅迫から逃げだすために自殺したと考えても少しも無理はないじゃありませんか。我々の仮説とくい違いはしません。この人は静かな場所を求めてここまで来て喉を切ったのです」

「アーサー卿はここに来たのではない」神父が言った。「少なくとも生きているうちに来たのではないし、陸づたいに来たのでもない。ここで死んだのではないのです。ここにはそんなに血が流れていません。それに、今日は陽ざしが強いからもう着物も髪もすっかり乾いているが、ごらんなさい、砂の上に水の垂れた跡が二筋ついています。このあたりでは満潮のときに海から潮があがってきます。そのついでに死体がここに流れついて、潮が退《ひ》くとそのまま置きざりにされたのです。しかし、死体はまず川上から流れてきたのに相違ない。そしてこの川はあの小店の並びの裏を流れているのだから、たぶん集落から流れてきたのでしょう。わたしには自殺とは思えない。あそこで誰かに殺されたのだと思います。しかし、そうすると、あのちっぽけな集落で誰がこの人を殺したのか？　あるいは殺すことができたのか？　それが問題だ」

神父は太くて短い蝙蝠傘の先で、砂の上に集落の見取図を描きはじめた。

「こうっと、あそこは店がどういうふうに並んでいるんでしたっけ？　まず肉屋でしたな。ふむ、なるほど肉屋なら庖丁さばきの手並みにかけては右に並ぶ者はあるまい。しかし、あなたはアーサー卿が肉屋の前にいるのをごらんになったのだが、『いらっしゃい！　お喉をひと切りいかがで？　へえ、かしこまりました。ほかにご用は？』などということを言われてあの人がおとなしく店先に立っていたとはちと考えにくい。わたしの見るところ、アーサーという人はそういうことを言われてもただにこにことおとなしくしていそうな人物じゃなかった。腕力も元気も人並みすぐれた、気の短そうな人でしたからな。しかし、肉屋を別にすると、アーサー卿に太刀打ちできそうな誰がいるだろう？　隣の店はお婆さんが一人きり。その隣のたばこ屋、これはたしかに男だが、聞くところによると小男でしかも小心者だということだ。次の仕立て屋には二人の未婚の婦人がいるだけだし、その次のラムネ屋はたまたま主人が入院中で、店番しているのは奥さんだった。ほかに走り使いの若い者が二、三人いるけれども、昨日はみんな仕事があって集落にはいなかった。このラムネ屋で店続きはおしまいになって、それから先には宿屋が離れて一軒。そしてその中間にはお巡りさんが頑張っていた」

神父は蝙蝠傘の先で砂に穴をあけて警官を表わした。そして浮かぬ顔で川にじっと見入っていたが、ふと、胸に小さく十字を切ると、足早に死体のそばに寄ってかがみこんだ。

「そうだった！」と、再び立ちあがった神父は深々と吐息をついた。「たばこ屋か！　どうしてたばこ屋がそうなのを思い出せなかったんだろう！」

「どうなすったんです？」神父が目玉をぐるぐる回しながら、そういうわけのわからぬことをぶつぶつ言いだしたので、スミスが業《ごう》を煮やしたように尋ねた。それに神父が「たばこ屋」という言葉を怖ろしい呪文のように節をつけて言ったのが気になった。

「アーサー卿の顔について」神父が言った――「少々おかしなところがあるのに気がつきませんでしたか？」

「おかしなところ……冗談じゃありません！」エヴァン・スミスは思い出して身震いした。「喉が切られていました」

「喉ではなく、顔について」神父は静かに言った。「それからもう一つ、手に怪我をして小さな包帯をしているのに気がつきませんでしたか？」

「あ、あれは関係ないんです」エヴァンはすぐに答えた。「手の怪我は行方不明になる前のことで、それもまったくの偶然でした。わたしと一緒に仕事中、インク瓶の破片で切ったのです」

「そうかもしれぬが、多少の関係はあります」ブラウン神父が言った。

二人はしばらく黙っていた。神父は沈痛な面もちで蝙蝠傘を引きずりながら砂地をぶらぶら歩いた。そして思い出したように口を開いては「たばこ屋」とつぶやいた。スミスはだんだん心配になって、しまいにはその言葉が出るたびにひやりとした。突然神父は蝙蝠傘を上げて、藺草《いぐさ》の茂みのなかのボート小屋を指した。

「あれはお宅のボートですな」と言った。「あれにわたしを乗せて川上に漕いでくださらんか。集落を裏から見たいのです。もうぐずぐずしてはいられない。そのあいだに変な人間にこの死体を見つけられても困るが、そういうことになってもやむをえません、とにかく行ってみましょう」

スミスが櫂を操って集落のほうに遡《さかのぼ》るボートのなかで、ブラウン神父は話しはじめた――

「ときに、わたしはアボットさんからアーサー卿の前科とやらの真相を聞きだしましたよ。いっぷう変わった事件でしてね、昔あるエジプトの官吏がアーサー卿を侮辱したのです。よき回教徒は豚と英国人を避けるものだが、まだしも豚のほうが我慢できるとか、そういった気のきいたことを言ったのですな。そのときにどういうことがあったのかはわからないが、何年かたってそのエジプト官吏が英国に来た折にその喧嘩がぶり返したのです。アーサー卿は、激情に駆られて、その官吏を別荘の庭に引きずって行って豚小屋に投げこむという挙に出た。投げこまれたほうは、はずみで手足を折ったりしたのだが、朝まで出してもらえなかった。むろんひと騒動持ちあがりましたが、大方の意見は、乱暴はいかんが愛国心に駆られてのことだから許すべき点がある、というようなことだったらしい。しかし、いずれにしても、何十年ものあいだ甘んじて恐喝を受けなくてはならないような、そんな大それた前科ではありませんな」

「では、アーサー卿の前科が、我々の考えている問題とは関係がないとおっしゃるのですか？」とスミスは首をひねった。

「わたしの考えている問題と大いに関係がありそうです」ブラウン神父が言った。

ボートはいま集落の裏手にさしかかっていた。川岸は低い石垣になっていて、そこから急な斜面が家々の裏口まで続いている。その斜面の土地は家ごとに区切られていて、それぞれの家の菜園になっているらしい。ブラウン神父は蝙蝠傘の先で家の数を注意ぶかく数えた。そして、三軒目の家にさしかかったとき、再び口を開いた。

「たばこ屋だ！　このたばこ屋がひょっとすると……？　しかし、本当のことがわかるまでは自分の推理に頼ってやってみなくちゃならん。ところで、わたしがアーサー卿の顔が妙だと申したのはどうしてなのかをお聞かせしよう」

「何だったのですか？」スミスは櫂を持つ手をちょっと休めて尋ねた。

「アーサー卿は大層お洒落《しゃれ》な人でした」神父が言った。「しかるにあの顔は半分髭が剃り残してあった……や、ここで止めてくれませんか？　あの棒杭にもやいを掛けよう」

一分か二分ののち、二人は石垣を越えて上陸し、斜面を区切る野菜畑や花畑のあいだの砂利道を登っていた。

「ははん、たばこ屋がじゃが芋を作っている」ブラウン神父が言った。「ウォルター・ローリー卿（初めて英国にたばことじゃが芋を伝えた）から思いついたな。じゃが芋がたくさん、じゃが芋の袋もたくさん。こういう田舎の人たちは百姓の習慣をすっかり失くしてはいません。副業の一つや二つ、誰だって持っています。しかし、田舎のたばこ屋というものは、特別の副業を持っているものです。そのことをわたしは、アーサー卿の顎を見るまで、うっかり忘れていました。田舎のたばこ屋というものは、名前こそたばこ屋ということで通っているが、実際には客が来れば床屋に早変わりもするのです。アーサー卿は手に怪我をして、自分で顔を当たることができなかった。だからこの店にやってきました。そう言われると、何か思い当たることがあるでしょう?」

「ないことはありませんが」スミスが答えた――「神父さんはわたしなどよりもっといろいろなことを思い当たっていらっしゃるのでしょう?」

「たとえば」ブラウン神父が言った――「こういうことに思い当たりませんか――床屋の椅子に収まっているときにかぎって、気の短い乱暴者といえども、にっこりうれしそうに喉を切られるものだという事実に?」

次の瞬間、二人はたばこ屋の裏口をくぐり、暗い廊下を一つ二つ抜けて、店の奥部屋に入った。表から洩れ入る淡い光と、ひびの入った煤けた鏡の輝きのほかに明かりのない、薄暗い部屋である。何というのか、緑色の光の淀む水槽のなかに入りこんだような具合だった。しかし、なかの様子が何とかわかるくらいには明るくて、粗末なつくりの整髪用の椅子や、愕然と色を失ったらしい床屋の青い顔などがちゃんと見えた。

最近に掃除でもしたのか、部屋は妙に片づいていた。ブラウン神父はじっと部屋のなかを見まわしていたが、やがて、ドアの陰の埃《ほこり》っぽい片隅にある品物を認めた。帽子掛けに掛かっている帽子だった。これぞ集落で知らぬ人のない、お屋敷のだんなの白い帽子だった。しかし、往来ではあれほど人目についたこの帽子も、この部屋ではすっかり見落とされていた。いくら念入りに床を洗い、血染めの布ぎれを焼き捨てても、こういう小さなものを見落とすということはよくあることである。

「アーサー・ヴォードリー卿が昨日の朝ここで顔を剃りましたな」ブラウン神父は淡々と言った。

眼鏡をかけ、額の禿《は》げあがった小男の床屋ウィックスにしてみれば、この二人連れの人影が我が家の奥から忽然と現われたというのは、床下の墓穴から二人連れの幽霊が現われたというのも同じだった。しかし、この男がこういう怪談めいた幻想で肝を冷やしているだけではないらしいということは、その尋常一様でないおびえようからすぐに見てとれた。ウィックスは部屋の隅で縮みあがっていた。それどころか、本当に収縮していた、と言えそうなくらいだった。実際、おばけのように大きな眼鏡を別にすると、この男の一切合切が小さく縮んでしまっているようだった。

「一つだけお聞かせ願いたい」神父は静かに言葉を続けた。「お屋敷のだんなを特に憎むようなわけでもあったのかね?」

部屋の隅に居すくんだ男は何やらぺらぺらしゃべった。スミスにはよく聞こえなかったが、神父はふむふむとうなずいていた。

「何かわけがあるというのはわかっていた」神父は言った。「おまえさんはあの人を憎んでいた。だから、おまえさんが殺したのではないということがわたしにはわかるのだよ。どういうことがあったのか話してくれるかい？　それともわたしが話そうかね？」

相手は答えなかった。沈黙のなかに裏の台所の時計のかすかなちくたく音だけが響いていた。

ブラウン神父は話を続けた。

「それはこういうことだった。ドールモン君が店先に来て表のウインドーにあるたばこを所望した。おまえさんは、これはどの店でもやることだが、どのたばこか確かめに表に出ていった。そのわずかなすきにドールモンの目に入ったのが、奥部屋におまえさんが置き去りにした剃刀《かみそり》と、理髪用の椅子に収まっているアーサー卿の白いブロンドの頭だった。きっとどちらも小窓からさしこむ朝日で光っていたのだろう。ドールモンがその剃刀を取ってアーサー卿の喉を切ってカウンターに戻ってくるまで、まばたきするほどの時間しかかからなかった。アーサー卿は剃刀をかまえた手が顔の上に来ても別に心配もしなかった。それで自分の考えに一人笑いしながら死んでいった。その考えたるやとんでもない考えだったのだが。それからドールモンも別に心配しなかった。音も立てずに手早く仕事をしたので、このスミスさんがずっと二人は一緒でしたと法廷で証言してくれるに違いなかった。しかし、故《ゆえ》あって大いに心配した者が一人あった。それがおまえさんだった。おまえさんは地代の滞りのことなどで言いあったりして、地主のだんなを恨んでいた。引き返してみると、その恨みかさなるだんながこの椅子に掛けたままおまえさんの剃刀で殺されていた。だから、おまえさんが身の証しを立てるのを面倒とあきらめて、修羅場のあと始末をしょいこむことにきめたのはあながち無理でもなかった。そこでおまえさんは床を掃除し、いいかげんに結んだじゃが芋袋に詰めこんだ死体を夜中に川に放りこんだ。幸いとこの店にはきまった閉店時間があって、あと始末の時間は充分にあった。そして万事に心を配ったようだが、この帽子だけは忘れていた……いやいや、怖がることはない。わたしは何もかも忘れよう……帽子のこともな」

　ブラウン神父は、夢うつつのようなスミスを従え、目をむいて肝をつぶしているウィックスをあとに残して、静かな足どりで表側の店を抜けて往来に出た。

「おわかりでしょう」神父がスミスに言った。「犯人ときめつけるには動機が薄弱だし、無罪放免するには動機が強すぎるといった場合の一つの例ですよ、これは。ああいう気の小さい小男が、金銭上のいさかいから頑丈な大男を実際に殺そうなどとはまず考えられない。しかし、ああいう小心者が殺人の疑いをかけられるのを誰より怖がるのです……実際に手をくだした男の動機というのはもっと違っていた」言葉を切って思いをめぐらしている風情《ふぜい》のブラウン神父は、虚空をにらみ据えるように爛々《らんらん》と目を輝かせていた。

「ひどいことをしたものです」とエヴァン・スミスは唸った。「ほんの一、二時間前まではドールモンのことを恐喝屋、悪党と罵《ののし》っていたわたしですが、結局あの男が下手人だったということになってみると、ただもう頭がくらくらするばかりです」

　神父はまだ底なしの淵を見入るような、夢幻のなかをさまようような目をしていた。やがてその唇が動いて、誓言のようにでなく祈りのようにこうつぶやいた――「おお神様！　何という怖ろしい復讐でしょう！」

　そしてスミスがいぶかしそうに口を出そうとするのにかまわず、神父は独りごちるように言葉を続けた。

「何という怖ろしい憎悪の物語でしょう！　虫けら同然の人間が人間に何という復讐を加えるのでしょう！　ああいういまわしい想念の生えでる人の心の泥沼の底をわたしどもに極めることができましょうか？　わたしどもを高慢よりお救いください――しかし、ああいう憎悪と復讐の気持ちはわたしには想像もできません」

「まったくです」スミスが言った。「あの男がどうしてアーサー卿を殺す気持ちになったのか、わたしには、想像もつきません。恐喝を働いていたというのでドールモンがアーサー卿に殺されたのなら、まだしも筋が通っています。むろん人の喉を切るというのは、おっしゃるまでもなく怖ろしいことですが、しかし……」

ブラウン神父はぴくりと身体を動かして、眠りから覚めたように目をぱちくりさせた。

「ああ、そのことですか？」神父はあわてたように訂正した。「いやいや、わたしが言っていたのはそのこととは違うんだ。わたしが怖ろしい復讐の物語と申したのはあの喉切りの一件のことじゃない。もっと怖ろしい、別の復讐のことを考えていたのです。むろん、あの一件もあれはあれで怖ろしいことにはちがいない。しかし、もう一つの復讐に較べるとあの殺人はそんなにわからない話でもなくて、たいていの人がやりそうなことだった。まったくの話が、あの殺人はいわば自己防衛のようなものだった」

「何ですって？」自分の耳が信じられないようにスミスが叫んだ。「床屋の椅子に収まって天井を眺めながらうれしそうににこにこしている人のうしろから忍びよって喉を掻き切るのが、自己防衛だとおっしゃるんですか？」

「わたしはあれが正当防衛だとは申しません」神父が答えた。「わたしはただ、途方もない災難から身を守るためにせっぱ詰まってああいう挙に出る人は世の中に少なくあるまい、こう申すのです。その災難というのがまた途方もない犯罪だった。こちらの犯罪のことをわたしは考えていたのです。それについては、まずさきほどのあなたの疑問、どうして恐喝を働いている人間が人殺しをしなくてはならないのか、これを考えてみましょう。実を言えば、こういう疑問が起こるのは、世間で通用している考えに、たぶんに誤解や曖昧《あいまい》さがあるおかげです」

ブラウン神父はしばらく黙っていた。いましがた訪れた沈痛な放心から抜けだしながら考えをしきりにまとめている様子だった。やがて神父はいつもの調子になって話を続けた。

「状況はこうですな。年上の男と年下の男が一緒に暮らしていて、結婚の問題で意見の一致を見ている。しかし、二人のつき合いの始まりは昔のことで秘密にされている。一人は金持ちで一人は貧乏です。そこであなたは、恐喝が行われている、と推測なすった。その推測は当たっていた——少なくともそれまでのところは。しかし、あなたは誰が誰をおどしているのかという点で勘違いなすった。あなたは貧乏人が金持ちを恐喝しているとお思いになった。しかし、事実は金持ちが貧乏人を恐喝していたのです」

「でも、ナンセンスじゃありませんか、それは」とスミスは抗弁した。

「いや、ナンセンスよりももっとたちの悪いことです。しかし、少しも珍しいことではない。現代の政治の半分は金持ちが庶民を恐喝するということから成り立っています。それをナンセンスだというあなたの考えは二つのナンセンスな幻想を踏まえていますな。一つは金持ちというものはそれ以上金をほしがらないという幻想。いま一つは、人が恐喝するのはいつも金が目当てだという幻想。この場合、問題になるのは二番目のほうです。アーサー・ヴォードリー卿は金銭でなくて復讐が目的だったのです。しかも、これまで聞いたこともない復讐を企《たくら》んだのだった」

「でも、どうしてドールモンに復讐を企む必要があるんです?」スミスが尋ねた。

「アーサー卿はドールモンを相手に復讐を企んだのではありません」神父は荘重に答えた。

それからしばらく黙っていたが、やがてその話を忘れでもしたように別のことを言いだした。

「死体を見つけたとき、我々は顔を逆さに見ましたな。そしてあなたは、逆さに見ると鬼のようだとおっしゃった。ところで、下手人も椅子のうしろから忍びよったときにはあの顔を逆さに見たのだが、このことにあなたは気がつきましたか?」

「鬼だなんて、あれはただの妄想だったのです」とスミスは抗議した。「わたしはあの人の顔をちゃんとした向きでばかり見ていたものですから」

「あるいはあなたはあの人の顔をちゃんとした向きで見たことがなかったのかもしれない」ブラウン神父が言った。「前にも言いましたように、画家は絵を正しい姿で見たいときには逆さにして見ます。ひょっとしたらあなたは、朝《あさ》な夕《ゆう》な顔を突き合わせて暮らしたおかげで、悪鬼の顔に慣れっこになっていたのかもしれない」

「神父さんは何をおっしゃろうというんです?」じりじりしてきたようにスミスが叫んだ。

「わたしはたとえ話をしているのです」神父は真顔だった。「むろん、アーサー卿は本物の悪鬼だったのではない。しかし、あの人は、心がけ一つでよい性格に陶冶《とうや》できたはずの性分を、曲がったほうに伸ばしてしまった人だった。あなたもあの人の顔を見慣れてさえいなかったら、あのうたぐり深そうに光る目や固く結ばれて震える唇を見ては、何か読みとるところがあったはずです。ご存じのように人間の肉体には傷の癒りにくい体質というものがある。あの人の精神はそれに似た性質のものでした。皮膚がないのも同然の過敏さでした。自尊心の傷つきに過敏な虚栄の心が、熱に浮かされたように片時も眠ることがありませんでした。あのけわしい目の光は利己心の不眠症の表われだったのです。むろん傷つきやすい心がいつも利己的とはかぎりません。シビル・ライをごらんなさい。あの女《ひと》は過敏な心を持ちながらそれを聖女のように純な心に育てあげています。ところが、ヴォードリーは、過敏な心を毒気を放つ高慢、自ら安んずることも満ち足りることもかなわぬ高慢の心に育ててしまいました。うわべを引っ掻かれただけで、もうあの人の心は破れて膿《う》みました。そしてまさにこのことが、昔ヴォードリーが豚小屋に人を投げこんだという事件の意味なのです。

あれで豚呼ばわりされたそのときその場で相手を投げとばしていたのなら、まだしも感情の激発ということで許すべきことでしたろう。しかし、そのときは手近に豚小屋がなかったので何もしなかった。それが問題なのです。ヴォードリーはそのつまらぬ侮辱を何年も何年も忘れずにいて、ついに相手を正真正銘の豚小屋に投げこむ機会を得て、遺恨を晴らしました。相手に分相応な形で芸術的に復讐をとげるにはそれしかない、という考えを実行に移したのでした……怖ろしいことだ！　ヴォードリーは自分の復讐を相手に分相応で芸術的な形に仕立てようと望んでいたのです」

スミスは神父の顔をまじまじと見つめた。「豚小屋の一件とは別のことを考えておいでなのですね」と尋ねた。

「そう、別のことを」ブラウン神父は戦慄が声を震わすのを抑えて、先を続けた。

「この執念深い復讐綺談を念頭において、ひとつ当面の事情を考えてみましょう。あなたの知っている人で誰か、ヴォードリーを侮辱した人はいませんか？　ヴォードリーには何としても許せぬような恥辱を加えた人はいませんか？　いました。一人の女性が侮辱しました」

恐怖の色のようなものがエヴァン・スミスの目に走った。スミスは熱心に耳を傾けていた。

「一人の少女が、まるで子供のような小娘が、前科があるからというのでヴォードリーと結婚することを拒みました。実際ヴォードリーはあのエジプト官吏暴行事件のためにしばらく牢屋に入っていたのです。そこであの復讐狂は、心のなかの地獄の底で『この女を人殺しと結婚させてやるぞ』と誓ったのでした」

二人はヴォードリー邸を指して川沿いの道をしばらく無言で歩いた。やがて神父はまた話しはじめた――

「ドールモンは昔、人を殺《あや》めたことがあって、ヴォードリーに脅迫される立場にあったのでした。ヴォードリーは若いころの乱暴仲間の旧悪をいくつか覚えておいたものと見えます。しかし、ドールモンの犯した殺人というのは、たぶん激昂《げきこう》のあまり前後を忘れての凶行で、情状酌量の余地のあるものではなかったかと思います。前後を忘れての凶行というのは殺人のなかで一番悪質ではないのですから。それにわたしには、ドールモンは後悔することを知っている男のように思えます。ヴォードリーを殺したことさえ後悔しているのではないでしょうか。とにかく、ドールモンは旧悪を知っているヴォードリーの言いなりになっていました。二人は語ってシビル・ライを罠にかけ、婚約させてしまいました。まずドールモンに小当たりさせておいてヴォードリーが寛大に二人の仲を奨励するといったふうな手はずで、うまくことを運んだのです。しかし、ドールモンには、老人の本心がわかってはいませんでした。悪魔のほかにはそれは誰にもわかっていないことでした。

ところが、つい二、三日前、ドールモンは怖ろしいことを発見しました。ドールモンはそれまでそんなに不承不承でもなく、ヴォードリーの計画の道具になって働いていたのですが、道具たる自分を破滅させて見捨てるのが計画の一部になっていることを突然に知ったのです。図書室で見つけたヴォードリーのメモからそれがわかりました。人に見られてもわかりにくいように書いてありましたが、警察に旧悪を密告する手はずになっていたのでした。筋書きがすっかりわかってドールモンは唖然《あぜん》となりました。わたしもそれを知ったときは同じ思いをしたものです。花婿花嫁が式を挙げた途端に花婿は逮捕されて絞首刑に処せられるという段取りです。牢屋入りをした男を夫とすることを拒んだ潔癖な娘は、絞首台に登る男としか結婚させぬ。これがアーサー・ヴォードリー卿の考えだした復讐物語の芸術的な大団円だったのです」

エヴァン・スミスは死人のように青ざめた顔をして黙って歩いた。そのとき二人は往来の向こうからこちらに近づく人影に気がついた。大きな帽子をかぶり大きな身体をしたアボット博士である。遠いのでこまかなところは見えないが、何やら興奮しているらしい。しかし二人は、自分たちだけに下った天啓にまだ震えていた。

「おっしゃるように、憎悪を抱くということは憎むべきことです」エヴァンが言った。「妙なことですが、わたしは一つだけ心が軽くなったことがあるのです。ドールモンに抱いていたわたしの憎しみは消えました——あの男が二度も人を殺したことがわかったいまとなって」

あとは、二人は、こちらに近づく大男の博士に行き合うまで黙って歩いた。博士は灰色の鬚を風になびかせ、大きな手袋をした両手を絶望の仕種《しぐさ》でひろげた。

「大変なことになりました」博士は言った。「アーサーが死体となって発見されたのです。屋敷の庭で死んだらしいのです」

「それは大変だ」ブラウン神父はどちらかと言えば機械的に言った。「怖ろしいことですな!」

「もう一つあるんです」と博士は息をはずませながら言った。「ドールモンはアーサーの甥のヴァーノンに会いに行ったのですが、ヴァーノンは誰の訪問も受けていないと言うのです。ドールモンが行方不明になったらしいのです」

「それは大変だ」ブラウン神父が言った。「不思議なことですな!」

世の中で一番重い罪

ブラウン神父は絵の展覧会場をそぞろ歩いていた。しかし、絵を見に来ているのでないことはその表情から察せられた。実際、神父は絵が好きなことは好きなのだが、この画廊の絵は見たいとも思っていなかった。展示されている絵のひどく《現代的》な発想と構図に、不道徳ないし不穏当なところがあるというのではない。未来派の芸術が人類を発奮させたり威嚇したりするために描く、こういう螺旋《らせん》のぶつ切りや円錐の逆立ち、さては円筒の半欠けを見ていると、異端の情熱が燃えあがってくるという人もなかにはあるだろう。が、もともとそういう人は何を見ても興奮する性分なのに相違ない。実はブラウン神父は、ここで知り合いの若い娘を待ち合わせていたにすぎない。未来を夢見る傾向のあるその娘が、未来派の画廊という妙なところを待ち合わせの場所に指定したというわけだった。

それは親戚の娘で、神父にそんなにたくさんはいない身寄りの一人だった。名をエリザベス・フェイン、略してベティーと言い、家柄はいいが当今下り坂の地主階級に嫁いでいった妹の子である。その地主は家運が傾いただけでなくみずから死歿してしまったので、ブラウン神父はベティーに対して、司祭であると同時に保護者となり、おじであると同時にいわば父親代わりとなることになったのだった。画廊のなかで神父は見物人の群れを見まわして目をぱちくりさせていたが、見慣れたベティーの栗色の髪と明るい顔はまだ見えなかった。それでも、顔見知りの人もちらほら人ごみにまじっていた。それから見知らぬ人が大勢いたが、そのなかには、単に趣味の問題としてであるが、あまり知り合いになりたくないような人たちの姿が散見された。

顔見知りでないが、神父の興味をそそった一人に、非常に身なりのいい、身のこなしのきびきびとした青年紳士がいた。顎鬚《あごひげ》をスペイン貴族のようにスペード形に刈りこみ、黒頭布をきっちりかぶりでもしたような具合に黒い髪を短く刈っているので、いささか外国人のように見えた。また、神父がそれほど知己《ちき》を得たいと思わなかった人のなかに、目もあやな深紅のドレスをまとい、威風あたりを払う女性がいた。断髪と言うには長すぎるが、それでも断髪としか言いようのないような、ぞろりとした黄色い豊かな髪の毛が見事だった。険のある、重苦しい顔の色は、青白くて不健康そうであったが、その目は人さえ見れば相手かまわず妖蛇の魅惑をふり注いでいた。この妖姫《ようき》にはお供が一人ついていて、こちらは、幅広の顔にふさふさと顎鬚を生やして、切れ長の眠そうな目をした、ロシア人らしい面相のずんぐりした男である。この男が半ば眠ったように薄目をしているところは、温厚で情け深そうにも見えたが、太い猪首《いくび》をうしろから見た感じは何やら獣じみていた。

ブラウン神父はこの妖姫の姿に目を留めて、いま姪がここに姿を現わしたら胸のすくようなコントラストを構成するだろうという気がした。しかし神父は、どういうわけだか、この女から目を離さずにしばらく観察していた。すると、つくづく眺めるほどに、これでは廷でなくても誰が並んでも胸の晴れるようなコントラストになるであろう、という気になってきた。だから、名前を呼ぶ者があって、目を覚ましたようにぴくりと肩を動かして振り返りざまに知人の顔を認めたとき、ブラウン神父はいささかほっとしたのであった。

鋭いが親しみの持てるその顔は、弁護士のグランビーであった。頭に白いものがちらほらまじっているのが、若々しい活力にあふれるような身のこなしとひどく不似合いで、法廷でかぶる鬘《かつら》からこぼれ落ちた髪粉かと見まがうほどである。グランビーは、ロンドンの旧市内に職場を持つ忙し屋の一人で、いつも小学生のように事務所を出たり入ったりしてとびまわっている。その流儀でこういう社交場めいた画廊を東奔西走《とうほんせいそう》することなぞできようはずはないが、どうも本人はそうしたいらしく、気忙《きぜわ》しそうに右に左にと目を走らせながら、これも待ち人をさがしていた。

「あなたが未来派芸術のパトロンだとは知りませんでしたな」ブラウン神父がにこにこして言った。

「わたしこそ、よもや神父さんがそうだとは存じませんでしたよ」と相手も応じた。「わたしはある人をつかまえに来たのです」

「うまくつかまえられるといいですな」神父が言った。「わたしもまず同じような用向きでしてね」

「先方は近々大陸に行くと言っているんですが、わたしに会いたいから」ここで弁護士は鼻を鳴らした――「このおかしな場所に来てくれという頼みなんです」それからちょっと思案顔になったが、いきなり言いだした。「あなたは秘密をお守りになる方だから言うんですが、神父さん、ジョン・マスグレーヴ卿をご存じじゃありませんか」

「いいえ」神父は答えた。「しかし、あの人が城のなかに隠れているということは聞いたが、なにか秘密があるとは思ってもみませんでしたな。本物の落とし戸や跳ね橋のついた城の奥に閉じこもって、暗黒時代から出てくるのを潔《いさぎよ》しとしないという専《もっぱ》らの取り沙汰の、あの老人でしょう？　あの人があなたの依頼人なのですか？」

「いいえ」グランビーは短く答えた。「息子のマスグレーヴ大尉のほうです、我が社に依頼を持ちこんだのは。しかし、大尉の持ちこんだ一件では、あの老人の意向が大いに問題になるのです。しかるにわたしは老人を知らない。それが問題なんです。こいつはいまも申したように誰にでも言っていい話じゃないんですが、神父さんだからご相談したいんです」と小声で言って、グランビーは横手の展示室に神父を連れこんだ。こちらは写実的な作品が並んでいて、まるでがら空きである。

「そのマスグレーヴ大尉が、ノーサンバーランド州の城にいる父君が死亡後に弁済するという条件で、我々から多額の金を借りたいと言うんです。父君はとっくに七十を過ぎた老人ですから、そのうちたぶん《死亡》ということに相なりましょう。しかし《弁済》のほうはどうなるんです？　老人が持っている現金や城や落とし戸はどうなるんです？　あれは立派なお城で、いまでも相当な値打ちのものです。しかし、妙なことに直系卑属に限定する相続になっていないのです。これで我々の立場がおわかりでしょう？　ディケンズの小説じゃありませんが、『老人は好意を持つやいなや？』というのが問題なんです」

「老人が息子に好意を持っているのなら、あなた方もいっそうの好意を寄せようというわけですな」とブラウン神父が言った。「でも、そういうことでしたら、残念ながらお役に立ちかねますな。わたしはジョン・マスグレーヴ卿とは会ったことがありません。そして近ごろではますます会うのが難しいらしい。しかし、会社の金を用立てる前に父君の好意の有無を確かめるというのは、これは疑いなくあなたの権利ですな。そのマスグレーヴ大尉とやらは、わずかな手切れ金で義絶される心配のあるような人物なのですか？」

「その心配がないとも言い切れないんです」相手は答えた。「人気があって頭がよくて社交界の花形なんですが、しょっちゅう外国に行っていますし、新聞記者だったこともあるんです」

「それは別に犯罪じゃありません」神父が言った。「少なくとも、そう断定することはできません」

「弱りましたなあ！」とグランビーは嘆いた。「おわかりのくせに。大尉は、その何です、尻が落ち着かないんです。記事を書いたり講演をしたり役者になったり、何にでも手を出すというふうなんです。わたしとしては冷静に我が社の立場を考えなくては……おや、来たようです」

ながら空きのほうの展示室でじれったそうに歩きまわっていた弁護士は、そう言うが早いか、いきなり混雑したほうの部屋へとんでいった。その走っていく先にいたのは、短く頭を刈ってスペイン鬚を生やした、先刻のおしゃれ青年であった。

何やらしゃべりながら向こうに歩いていく二人のうしろ姿を、神父は近眼の目を凝《こ》らしてしばらく見守っていた。いま、その視線が動いて我に返ったような目つきになったのは、ほかでもない、姪のベティーが息せき切って騒々しく到着したからである。少々意外だったことに、ベティーは空いているほうの部屋に神父を連れもどすと、広々とした部屋の真ん中に離れ小島のように据えてある椅子に掛けさせた。

「おじ様、聞いてちょうだい」ベティーが言った。「あまりばかばかしくってほかの人にはわかってもらえないようなことなの」

「これはまた短兵急だね」ブラウン神父が言った。「近ごろ母さんがしきりに心配している、あのことかね？　おまえがエンゲージするとかしないとか――《干戈を交える《エンゲージ》》というのとは違った意味でだが」

「お母様はわたしをマスグレーヴ大尉と婚約させたがっているんです。その話はご存じでしょう？」

「いや、知らなかった」ブラウン神父はあきらめたように言った。「しかし、マスグレーヴ大尉というのは、社交界でよく話題にのぼるような人じゃないのかね」

「そりゃわたしたちは貧乏よ」とベティーが言った。「でも、だからお金持ちじゃない人がいい、とは言えませんわ」

「おまえは大尉と結婚したいのかい？」ブラウン神父は半ば閉じた目で姪を見ながら尋ねた。

ベティーは眉をひそめて目を伏せた。そして小声で答えた。

「そうしたいと思っていたの。少なくともそう思っていたと思うの。でも、いまさっきびっくりするような目に遭ったんです」

「話してごらん」

「あの人が笑うのを見たんです」とベティーが言った。

「笑うってのは立派な社交上のたしなみだが」と神父が答えた。

「そうじゃないの」娘は言った。「少しも社交的じゃなかったんです。社交的じゃなかった――それが問題なの」

ベティーはちょっと黙ってから、しっかりした口調で先を続けた――

「わたしはここに早く来たんです。そしてあちらの新しい絵のかかっている部屋のまんなかにあの人が一人で座っているのを見たんです。そのときあたりに人はいなかったの。あの人はわたしにしても誰にしても近くに人がいるとは知らずに一人で座っていたのだわ。そして笑ったんです」

「別に不思議はないじゃないか」神父が言った。「わたしは絵の批評家じゃないが、ああいう絵を全体として見ると、その一般的印象というものは――」

「そうじゃないんですったら！」ベティーは怒ったように言った。「そんなのとはぜんぜん違うの。大尉は絵など見ていなかったわ。顔を上に向けて天井を見ていたんです。そして変な目をして笑ったの。それを見てわたしは血が冷たくなるように怖くなって」

神父は立ち上がって手をうしろに組んであたりを歩きまわっていた。「そういう場合に早合点は禁物だよ」と話し始めた。「人間には二通りあって……しかしこの話はあとにしよう、本人がやってきた」

マスグレーヴ大尉が入口をくぐって足早に近づいてきた。笑顔である。すぐうしろにグランビー弁護士がついていたが、その弁護士の顔には、前には見られなかった満足と安堵の情が表われていた。

「さきほど大尉について申しあげたことはいっさいお詫びしなきゃなりません」グランビーは神父と連れ立ってドアのほうに歩きながら言った。「あれでなかなかものわかった男で、要点はちゃんとのみこんでいます。北部に行って父に会ってみてはどうか、と向こうから言いだしたのです。遺産がどうなるのか、じきじきに父の口から聞いてくれ、と言うのです。これ以上は望めない立派なあいさつじゃありませんか。ですが、大尉は早くこの件を落着させたい意向で、自分の車でわたしをマスグレーヴ・モスに連れていってあげようと申し出ました。それが彼の先祖伝来の土地の名前なんです。わたしは、あなたさえよろしければぜひご一緒に行きたいものですと言っておきました。明朝、出発の予定なんです」

二人がしゃべっているところへ、ベティーと大尉が並んで入口に姿を現わした。戸口の枠を額ぶちにして二人の姿を絵に見立てると、センチメンタルな人なら円錐や円筒よりはこちらがいいと思うような画面を構成した。二人は、ほかにどこが似ているかはいざ知らず、眉目のうるわしさでは好一対《こういっつい》だった。ところが、弁護士が感にたえたようにそのことを口に出した折も折、画面が不意に一変した。

ジェームズ・マスグレーヴ大尉は微笑を湛《たた》えた誇らかな目をしていたが、このとき、その目が大きいほうの展示室のなかにある何物かに釘づけされた。と見るまに、大尉は文字どおり棒立ちになった。ブラウン神父は予感の黒い影が身近に迫るのを嗅ぎとったかのように、あたりを見まわした。すると、黄色い髪をたてがみのように振りかざし、土気色とも言える青い色をした、暗鬱《あんうつ》な女の顔が目にとびこんできた。先刻の、背の高い深紅のドレスの女である。女は、身がまえた雌牛《めうし》のようにいつも上体をかすかにかしげていた。青ざめた、むくんだようなその顔の表情はすさまじく、催眠術師の目つきを思わせた。そばについている、顎鬚をふさふさと生やした小男などは、それに較べればまるで影が薄く、物の数ではなかった。

マスグレーヴ大尉は、美しく着つけをした蠟人形がねじを巻かれて歩かされているといった具合に、はたまた磁石に吸いよせられる鉄片さながらに部屋の真ん中の女のほうに歩いていった。そして、こちらには聞こえなかったが、何やら二言三言語った。女は答えなかったが、すぐに二人は一緒に向きを変えて、そのまま論議を続けている恰好で、長い展示室を向こうへ歩いていった。顎鬚を垂らした猪首の小男が、鬼姫のおばけ小姓よろしく、しんがりを務めた。

「神様、お助けください」ブラウン神父は眉をよせて見送りながらつぶやいた。「あの女はいったい何者です？」

「わたしとつき合いはないんです。ありがたいことに」とグランビーは冗談めかして苦々しげに言った。「うっかり浮気でもしたら命取りになりそうな女ですな」

「わたしは大尉が浮気しているとは思いません」神父が言った。

そう話しあっているうちに、問題の三人は展示室の向こうのはずれで向きを変えて離れ離れになり、マスグレーヴ大尉が急ぎ足にこちらに戻ってきた。

「やあ、どうも」と大尉は何でもないように声をかけたが、心もち顔色が悪いようにも見えた。

「グランビーさん、まことに申し訳ないのですが、あす北部にご一緒できないことになってしまいました。でも、車はかまわずに使ってください。どうぞそうなさって、わたしはいりませんから。わたしは――わたしは四、五日ロンドンにいなきゃならんのです。よろしかったらお友達を一緒にお連れください」

「こちらにいらっしゃるのがブラウン神父ですが――」と弁護士が言いかけた。

「せっかくご親切に言ってくださるのですから遠慮なく申しますが」ブラウン神父は荘重に言った。「実はわたしもグランビーさんのなさろうとしている調査に関わり合いがなくもないものでして。ご一緒させていただければ大いに気持ちが休まるというものです」

そういう次第で、次の日、小粋《こいき》な運転手の操る小粋な自動車が、それとはまったく不似合いな二つの荷物を乗せてヨーク州の荒地を北へ北へと疾駆していた。その荷物は紹介するまでもなく、片や、まっ黒な小包のような神父さんに、片や、他人の車よりは自分の足で走りまわるほうが慣れているという堅物の弁護士であった。

日暮れどき、一行はウェスト・ライディングの大きな谷間の一つに車を止めて愉快にその日の旅を終え、気持ちのいい宿屋で食事をして一泊した。翌日は朝早く出発してノーサンバーランド州に入って海岸沿いに走るうちに、海辺の湿地と砂丘が互いに入り組んで迷路のようになっている土地に達した。スコットランドもほど近いこの土地の奥深く、昔の辺境戦争の名残りをいみじくもまた、ひめやかにいまに伝える、国境《くにざかい》の古城があるのだ。一行は内陸深く食いこんだ細長い入り江に沿って車を走らせた。すると遂に城が見えてきた。入り江の奥に荒造りの掘割が切ってあるのをたどっていくと、その終わりがそのまま城の濠《ほり》になっていた。これはノルマン人が、スコットランドからパレスチナにかけて至るところに造営した古城の一つで、方形に胸壁をめぐらした正真正銘の城だった。城門にはまぎれもない落とし戸と跳ね橋がついていて、二人は、入城遅延を招いた一つの事故によって、その厳然たる事実を身にしみて思い知らされることになった。

二人は荒い萱《かや》とアザミの深い茂みをかきわけて土手の上に出た。見おろすと濠の水は枯れ葉や水藻を漂わせながら黒々と流れ、さながら金象眼《きんぞうがん》の模様の入った黒檀《こくたん》の板であった。この黒い帯のわずか一、二ヤード先に、向こう岸の緑の土手と城門の石柱があった。しかし、この孤城は訪れる客もほとんどいないらしく、気の短いグランビーの呼び掛けに応じて、落とし戸の格子の陰にちらちら見える召使いたちが錆びた大きな跳ね橋を降ろそうとしても、それさえすらすらとは運ばないらしかった。跳ね橋は一応は動きだし、塔が倒れるように二人の頭上にさしかかったものの、途中でつかえて動きが止まり、剣呑《けんのん》に傾いて宙に突き出たままになってしまった。

気の短いグランビーはその有様に土手の上で焦燥のダンスを踊りながら、連れに向かってこう呼びかけた。

「ああ、こういうぐずぐずしたことにはとても我慢ができない！　いっそとび越えたほうが面倒がありません」

　言い捨ててグランビーは、それが性分のせっかちぶりを発揮して、一躍身をおどらせると、ちょっとたたらを踏みはしたが無事に対岸に降り立った。ブラウン神父の短い足は蛙とびには不向きであった。しかし、その忍耐強い気性のほうは、ざぶんと水しぶきをあげて泥水にとびこむことにかけては誰にもひけをとらなかった。グランビーがいち早く引っぱりあげてくれたおかげで、まずは深みにはまらずにすんだ。しかし、緑色の滑りやすい土手を引きあげられながらも、ブラウン神父はふと頭をかしげて立ちどまり、草の生い茂った斜面の一点をしきりに見つめていた。

「植物学の研究をしてるんですか？」グランビーがじれったそうに尋ねた。「いましがた泥沼の怪異を極めようとなすったもんですから、もう珍しい植物を採集する暇はありませんよ。まいりましょう、泥だらけだろうとぐしょ濡れだろうと、とにかく我々は準男爵にお目通り願わなきゃならないんです」

　城のなかに入った二人は、一人の老僕の丁重な出迎えを受けた。ほかには召使いの姿は見あたらない。用向きを告げると、古風な細工の格子窓のはまった、壁に樫板《かしいた》が張られた奥行きのある部屋に通された。四方の暗色の壁には、さまざまな時代のさまざまな武器が前後左右に対《つい》をなす具合に整然と掛けてあり、大きな暖炉の片側には、十四世紀の甲冑《かっちゅう》が一領、完全に揃って番卒のように立っていた。部屋の突き当たりを見ると半開きになったドアがあって、これも奥行きのある次の間に先祖代々の肖像画が暗い色調を漂わせて掛け並べてあるのがうかがわれた。

「人間の住まいというよりは伝奇物語のなかに入りこんだような気がしますな」グランビーが言った。「まさかこんなふうに『ユドルフォの秘密』を地で行く暮らしをしている人がいようとは思ってもみませんでした」

「まったく。しかも、ここのご当主は歴史趣味を非常に忠実に発揮していますな」ブラウン神父が言った。「ここにある品物に偽物は一つもない。この収集は中世といえばただ一つの時代だと簡単に考えている人の仕事じゃありませんよ。なかには一領の甲冑をこしらえるのに半端を寄せ集める人もいるが、ここにあるのは最初から一領の甲冑です。しかも完全に揃っていて、すっぽり人間一人を包んでしまう。馬上槍試合用の甲冑ですね。中世もあとになってからのものだな」

「遅いと言えば、こちらのご当主はお出ましが遅いようですな」グランビーが不平がましく言った。「待てど暮らせど出てこないじゃありませんか」

「こういう場所では万事が悠長《ゆうちょう》だと思わなくてはなりますまい」ブラウン神父が言った。「それに、赤の他人が二人、ひどく突っこんだ質問をしにきたというのに、とにかく会ってくれるというのだから立派なものじゃありませんか」

そして実際、やがて姿を現わした当家の主の応待ぶりにはまったく非の打ちどころがなかった。かような未開の辺地にかように長い年月にわたって、ひなびた侘《わ》び住いをしているにもかかわらず、当主のものごしには生得の威おのずと備わるの観があって、二人の客人は、折り目正しい躾《しつけ》の伝統にはまがいものでない何かがあるとつくづく感じ入ったことであった。この不時の訪問に当主は驚いた様子も当惑した様子も見せなかった。もう二十年もこの城には客がないのではないかと二人には思えたのであるが、当主の応待ぶりはまるでいましがた公爵夫人を見送ったといったふうに典雅であった。二人の客が来訪の趣《おもむき》の要点に触れたときにも、当主はその突っこんだ質問に赤面も立腹もせず、しばし悠然と思案してのち、事情が事情だけにそのような穿鑿《せんさく》も差し出がましいとは言えまいと納得されたようだった。当主は黒い眉に長い顎の風貌が鋭い、やせ型の老紳士で、入念にカールした頭髪は疑いもなく鬘だが、賢明にも年相応の銀髪の鬘を選んでかぶっていた。

「お尋ねの件についてわたしの意向を述べるのに多言は要しません」と当主は言った。「わたしは全財産を父がわたしに譲ったと同じように息子に譲り渡す肚《はら》をきめております。どのようなことがあろうとも――これは熟考のうえで申すのだが、たとえいかなることがあろうとも――この決定が変更されることは決してない」

「早速にご意向をうかがわしていただきましてありがとう存じます」弁護士が言った。「しかし、失礼な言い分ですが、非常に断定的なお言葉でございますな。むろんご子息がお世継ぎの身にふさわしからぬことをなさろうはずはございますまい。しかし、万が一――」

「いかにも」ジョン・マスグレーヴ卿は淡々と言った。「世継ぎの身にふさわしからぬ所業《しょぎょう》に及ぶ怖れなしとはしない。また、その怖れは万が一というのも愚かなことかもしれませぬ。しかし、まずはあれなる次の間へおいでいただきたい」

ジョン卿は先に立って、半開きのドアからのぞいていた隣室へ二人をいざない、陰鬱に黒ずんだ肖像画の並びの前に荘重にたたずんだ。

「これはロジャー・マスグレーヴ卿です」と当主は、黒い鬘をかぶった面長《おもなが》の人物を指さした。

「このロジャー卿は、名誉革命前後の紊乱《びんらん》の時代に悪名をはせた陋劣《ろうれつ》不実の無頼貴族の一人です。二代の国王に仕えてそのいずれにも背《そむ》き、二人の妻をめとってそのいずれをも殺したという。して、こちらはその父ロバート卿です。これは清教徒革命の際に王党に与《くみ》して戦いましたが、真の廉潔《れんけつ》の士でした。そしてこれなるは、ロジャー卿の息子、ジェームズ卿です。この人物は、名誉革命によって廃されたジェームズ二世王の復位を志して迫害を蒙《こうむ》った一党に属していましたが、高潔をもって聞こえ、教会と貧民に対する補償を初めて唱導した一人です。かようにして、マスグレーヴの家門、その威勢、その栄誉、その権威は、高邁《こうまい》の士によって世々継承さるるの間、ときに悪しき当主の介入を見ることもあったとは申せ、さようなことは何の懸念の要もございませぬ。エドワード一世王は英国に大いに善政を施《ほどこ》し、エドワード三世王は英国を栄光で蔽《おお》いました。しかし、その二つの栄光のあいだには、佞臣《ねいしん》ギャヴェストンを溺愛《できあい》して政道を紊《みだ》し、スコットランド王ブルースを討たんとしてかえって敗退したエドワード二世王の恥辱と暗愚がさし挟まれている。さればグランビーさんとやら、名門の偉大さとその連綿たる歴史とは、たとえ家名の誉《ほま》れに資することのない人物がその担い手のあいだに偶々《たまたま》さし挟まれようとも、小揺るぎもするものではないと心得られたい。父祖伝来の当家の財産は、今後とても父より子へと伝えられねばならぬ。それがしが財産を孤児院に遺贈する挙に出るようなことは断じてありませぬ。そのことについてはご安心召されたい。なにとぞ息子にもその旨伝えて安心させていただきたいもの。マスグレーヴは、世の亡《ほろ》びの日まで、マスグレーヴへ財産を譲り継ぐのです」

「なるほど」ブラウン神父は思慮深げに言った。「よくわかりました」

「このような喜ばしいご保証を、ご子息にお伝えできますことはまことに幸せです」弁護士が言った。

「かさねがさね、それがしの保証をお伝えくださるよう」当主は重々しく言った。「城と爵位と土地と金とは、いかなることがあろうとも、息子のものです。ただ、この取り決めには一つだけ些細《さ さい》な条件がついている。それがし、存命中は息子に会いませぬ」

これまで行儀よくかしこまっていた弁護士が、これを聞いて行儀よく目をむいた。

「ご子息はいったい何を……」

「詳しくは申しあげられない」マスグレーヴが言った。「それがしは多大の遺産を守りおおすのに腐心している。しかるに息子は、怖ろしいことをしでかして、紳士たるの資格を失ったとまでは言わぬまでも、人非人になり果てておった。世の中で一番重い罪を犯しおった。ときに、王命によってマーミオンを居城に迎えたダグラスが、握手を求められて言った言葉を覚えておいでかな」

「ええ」ブラウン神父が言った。

「ダグラスが城は天守閣より礎石の端に至るまで我が主君のものにて候《そうろう》」とマスグレーヴはスコットの《マーミオン》の一節を口ずさんだ。「ダグラスがこの手は我がものにて候」

マスグレーヴは、あっけに取られている客人をいざなってもとの部屋に戻った。

「なにか軽いものでも召しあがりませんか」当主は相変わらず穏やかな声で言った。「これからさしあたってのご予定がなければ、どうか今夜はこの城にお泊まりくだされ」

「ありがとうございます」と神父は張りのない声で答えた。「しかし、もうおいとましなくてはなりません」

「では、さっそく橋を降ろさせましょう」と当主が言った。やがて例の巨大で大時代な装置が、水車小屋の挽《ひ》き臼《うす》よろしく、きいきいときしり、その音が城内に響きわたった。錆びついてこそいたが、跳ね橋はこのたびはうまく動いて、二人は無事に濠の外の草深い土手に送りだされた。

グランビーが不意に慄然《りつぜん》と身震いした。

そして、「大尉はいったい何をしたのでしょう?」と叫んだ。

ブラウン神父は答えなかった。しかし、再び車を駆って、ほど遠くないグレー・ストーンズの村につき『北斗荘』という宿屋に入ったとき、グランビーは神父がそれ以上旅を続けるつもりがないことを聞かされて、少々驚いた。この近所にしばらく滞在したい、と言うのである。

「このまま帰るわけにはまいりません」と神父は言った。「車はロンドンに帰します。それは、あなたとしては早々に引き揚げたいところでしょう。大尉の将来を信用して会社の金を貸すべきゃいなやという、あなたの問題は答えが出たわけですから。しかし、大尉が果たしてベティーの夫としてふさわしいかどうかという、わたしの問題はまだ答えが出ていません。大尉が怖ろしいことをしでかしたというのが本当のことなのか、それとも頭の変な老人の妄想なのか、それをわたしは突きとめなくてはなりません」

「でも」と弁護士は異議を唱えた――「大尉のことでお知りになりたいことがあるのなら、どうして本人のあとを追わないんです？　本人が出てきそうもないこういう藪《やぶ》になど、どうして網を張ることがあるんです？」

「本人のあとを追ったところで何になります？」と神父が言った。「ロンドンの繁華街で社交界の流行《はや》り児《こ》をつかまえて、『失礼ですが、あなたは人非人ならではの大罪を犯した覚えがおありですか？』などと聞いてみたところで仕方がない。もし本人がそれほどの悪人なら、『いいえ』と白を切るくらいの悪心を持ちあわせているに相違ありますまい。それに我々は、その大罪の何たるやもまだ知りません。その何たるやを知っていて、なにかのはずみでそれを教えてくれるかもしれないのは、あの荘重きわまる変物老人だけです。さしあたって、わたしはあの人から離れずにいようと思います」

そして、本当にブラウン神父は変物の準男爵の近くに留まり、一度ならずお互いに礼儀正しく顔を合わせもした。というのは、ジョン卿は年を知らない元気な人で、散歩を好み、野を過ぎ村を抜ける道を闊歩《かっぽ》する姿がよく見られたのである。城を訪問した翌日も、ブラウン神父が宿屋を出て砂利を敷いた村の広場まで来てみると、郵便局のほうに大股に歩いてゆくジョン卿の黒っぽい英姿が見えた。身なりこそ湿っぽい黒だったが、強い陽ざしを浴びて顔だちのたくましさがいっそうひきたって見え、銀髪ゆたかに眉黒く顎の長いその風貌は、ヘンリー・アーヴィングあたりの有名な俳優の面影を漂わしていた。頭は白いのに、体軀は顔と同じにたくましさを感じさせ、ステッキの持ち方にしても、杖を突くというよりは棍棒《こんぼう》を振りまわすのに近い持ち方だった。ジョン卿は神父にあいさつして、昨日の打ち明け話の折に見せたのと同じびくつかぬ態度で問題点に触れた。

「あなたがまだ息子のことを気にかけていられるとしても」マスグレーヴは《息子》という言葉をひややかな無関心の口調で言った――「当分はお会いになれますまい。あれは国外に出ました。ここだけの話だが、まあ高とびしたと申しても差し支えありますまい」

「なるほど」とブラウン神父は相手をじっと見つめた。

「これまで聞いたこともないグルノフとかいう手合いも、尋ねる相手にこと欠いてこのわたしに、息子の居場所を教えてくれとしつこく言ってよこしました。その返事に、ロシアのリガの局留めが連絡先になっているということしか知らん、と電報を打ちにいくところです。それだけでもそれがしには迷惑なことです。昨日その電報を打ちに出向いたのに、閉局時間に五分遅れたばかりに無駄足を踏みましてな。当地にはしばらくご逗留《とうりゅう》ですか? よろしかったらまたお訪ねください」

宿屋に帰ったブラウン神父が、老マスグレーヴとのこの会見のことをグランビーに話して聞かせたところ、グランビーは面くらったような、そして興味をそそられたような顔をした。

「どうして大尉は逃げたのでしょう?」と尋ねた。「大尉のあとを追っている連中というのは何でしょう? グルノフっていったい何者です?」

「第一の質問については、わたしにはわかりません」神父は答えた。「あるいは大尉の犯したという謎の犯罪が発覚したのかもしれない。そして、あとを追っている連中というのは、そのことで大尉を恐喝しているのかもしれません。第三の質問についてはわからぬでもありません。あの黄色いたてがみを生やした大女はマダム・グルノフと呼ばれています。そして一緒にいた小男はその夫ということになっています」

あくる日のこと、疲れたような顔をしてブラウン神父が宿屋に帰ってきた。そして、一日の旅を終えた巡礼が杖を置くように、荷厄介な黒い蝙蝠《こうもり》傘を放りだした。なんとなく気落ちしたような様子が見えた。しかし、犯罪捜査に当たっているときの神父は、こういう様子を見せることがよくある。それは捜査が失敗しての気落ちでなく成功しての気落ちなのだ。

「いや、いささか驚きました」ブラウン神父は張りのない声で言った。「しかし、もっと早く察しがついてしかるべきだった。あそこに入ってあれを見た途端に、すぐ察しがつくべきだった」

「あれを見たときって、何のことです?」とグランビーがもどかしがった。

「甲冑がひと揃いしかないのを見たときですよ」ブラウン神父が答えた。

弁護士は目をむいて相手を見つめるばかりだった。ややあって、神父は言葉を続けた。

「先だっても姪に言い聞かせようとしたことなんですが、一人きりで笑える人間には二とおりあります。大ざっぱに言って、一人笑いする人間は非常な善人か非常な悪人です。つまり、自分の冗談を内緒で神様に打ち明けているか、でなければ悪魔に打ち明けているのですからな。どちらにしても、そんな人には内面的な生活がある。ところで、世の中には実際悪魔に自分の冗談を打ち明ける人間がいるのです。そういう人間は、安心して打ち明けられる仲間がいないときは、自分の企《たく》んだ冗談が人にわかってもらえなくても何とも思わない。冗談の趣旨が充分に陰険悪辣《あくらつ》でありさえすれば、それだけでもう本人は満足なんです」

「でもそれはどういうことなんです？」グランビーが尋ねた。「そういう人間って誰のことなんです？　関係者のうちのどの人間のことをおっしゃるんです？　陰険な冗談を悪魔と二人で楽しんでいるというのはいったい誰なんです？」

ブラウン神父は一種悽惨《せいさん》な笑いを浮かべてブランビーを見つめていた。

「そんなふうにわたしを見ないでください！」グランビーが言った。「からかっておいでなんですか？」

沈黙がこれに続いた。それは空虚と言わんよりは充実した重苦しい沈黙だった。折しも黄昏《たそがれ》の色の暮れそめる頃合いで、沈黙はその忍び寄る宵闇《よいやみ》のように二人を蔽い包むかに見えた。ブラウン神父は、気怠そうに椅子に身体を預けて机に肘をついていたが、やがて穏やかな声で話を続けた。

「わたしはマスグレーヴ家のことを少々調べてみました」神父が言った。「あれは活気のある血筋で、長生きする人が多いようですな。《死後弁済》という契約がとどこおりなく行われたとしても、あなた方は相当長いあいだ待つことになるでしょうね」

「それは覚悟しています」弁護士は答えた。「しかし、永久に待つことはないわけでしょう。あの老人はいまも達者で歩きまわっていますけれども、もう八十近い年なんです。もっとも、この宿屋の連中などは、殿様はいつまで経っても死なないだろうなどと言って笑っていますね」

ブラウン神父は、滅多に人に見せないすばやい動作で立ちあがった。テーブルに両手をついて身を乗りだして相手の顔をじっと見た。

「それが問題だ」と興奮を抑えた声で言った。「それがたった一つの問題です。たった一つの本当の難題です。マスグレーヴはどういうふうに死ぬのだろう？　どういう最期を遂げることになるのか？」

「いったい何をおっしゃってるんです？」グランビーが尋ねた。

「わたしは」暗くなった部屋に神父の声が響いた――「ジェームズ・マスグレーヴ大尉の犯した罪を知っています」

その言葉にこめられた冷たい響きにグランビーは我知らず身震いした。そして口ごもるように、その罪とは、と尋ねた。

「世の中で最も重い罪」とブラウン神父は答えた。「少なくとも、数多《あまた》の文明、数多の社会で、これはそのように見なされてきました。原始の昔から、これは部族の掟《おきて》によって苛酷に罰せられました。しかしとにかく、わたしはマスグレーヴ大尉のしたこととその動機を知っています」

「何をしたのです？」弁護士が尋ねた。

「父親を殺しました」神父が答えた。

今度は弁護士が棒みたいに立ちあがると、眉を寄せて神父を見つめた。

「父親は城にいるじゃありませんか」と鋭い声で尋ねた。

「父親は濠の底にいます」神父が言った。「あの甲冑のことが妙に気になったそもそもの初めにそれがわからなかったわたしはばかでした。あの部屋の模様は覚えておいででしょう？　実に注意深く配置を考えて飾りつけがしてありましたな。暖炉の片側に十字に組んだ一対の戦斧《せんぷ》が掛けてあれば、反対側にも十字に組んだ一対の戦斧がありました。一方の壁にスコットランドの円楯の一面があれば、もう一方の壁にもスコットランドの円楯の一面がありました。しかるに、暖炉の片側を守るように甲冑が一つ立っていたのに、その反対側は何も置いてありませんでした。しかし、あれほど徹底的に左右の釣り合いを考えて部屋中の飾りつけをした人間が、あの一ヶ所だけ不完全な飾りつけをしたということは何としても腑《ふ》に落ちかねる。もう一人の甲冑騎士がいたということは、ほとんど疑いをいれない。とすれば、その甲冑騎士はどうなったというのか？」

ブラウン神父はちょっと口をつぐんだ。そして、あたりまえの話をする口調になって先を続けた。

「思えばあれはよくできた犯罪計画でしたな。死体をどう始末するかという永遠の問題も収まりがついています。あの全身を蔽う馬上試合用の甲冑のなかに隠せば、召使いがあの部屋に出入りしてもかまうことはない、幾時間も、何なら幾日間も、死体を立たせておくことができます。あとは夜陰にまぎれてかつぎだし、濠のなかに沈めるだけでいい。橋を渡ることさえ不必要です。そのあとも発覚の危険度は非常に少ない。淀《よど》んだ水のなかで死体が朽ちれば、早晩あの十四世紀の甲冑のなかには骨が残るだけということになるでしょう。そういうものが国境《くにざかい》の城の濠で発見されてもちっともおかしくありません。誰かがあの濠の底をさらうということはまずありそうもないが、万一そういうことがあっても心配はないわけです。そういうふうに事が運んだらしいということについては、わたしは証拠になるものを見つけています。珍しい植物《プラント》をさがしているのかとあなたが言われたときのことです。悪い洒落《しゃれ》だが、あれは実際一つの悪企《プラン》みでした。一対の足跡が固い土手に深くくいこんでいたのです。それを見てわたしは、この人間はよほど体重が重いか、でなければよほど重いものをかついでいるか、いずれかに相違ないと思いました。ところで、わたしが猫のように優美に濠をとび越えてあなたにほめてもらったときも、いま一つの教訓がありました」

「目がまわるようです」グランビーが言った。「しかし悪夢のようなお話の筋道がやっとわかりかけてまいりました。猫のようにおとびになって、それがどうかしましたか?」

「今日わたしは郵便局に行って、準男爵が昨日わたしに言ったことをさり気なく確かめてきました。一昨日《おととい》の閉局時間に——ということは我々が到着した日の、しかも城に着いたまさにその時間なのですが——マスグレーヴが郵便局に行ったというのは本当でした。それがどういう意味だかわかるでしょう? マスグレーヴは我々が城を訪ねたときは留守だったのです。我々が待たされているあいだに帰ってきたのです。あんなに長く待たされたのはそういうわけだったのです。それを知ったとき、事件の全貌を物語る一つの光景が不意にわたしに見えてきました」

「で、何だったのです、それは？」と弁護士がもどかしがった。

「八十の老人だって歩くことはできます」ブラウン神父が言った。「のこのこ田舎道を大いに歩きまわることだってできます。しかしとぶことはできません。このわたしほどにも優美にとぶことさえできますまい。ところがマスグレーヴが我々の待たされているあいだに帰ってきたとすれば、我々と同じ流儀で――つまり濠をとび越えて――城に入ったに相違ありません。橋はずっとあとになるまでさがらなかったのですから。ときに、あの橋の故障は、簡単に修理ができたことから察するに、都合の悪い客が入るのを邪魔するためにマスグレーヴが自分で細工したことかもしれませんな。しかし、それはどうでもいいことです。わたしは、あの銀髪の老人が一躍濠をおどり越える光景を心に描いたのです。途端にあれは老人の恰好をした若い男だということがわかりました。これで事件の全貌は明らかになったのも同じじゃありませんか？」

「あの人当たりのいい大尉が」のろのろとグランビーが言った――「父親を殺し、死体を甲冑のなかに隠し、それから濠のなかに隠し、父親に変装して我々に会ったとおっしゃるんですか？」

「あの親子はたまたま瓜《うり》二つでした」神父が言った。「代々の肖像を見ておわかりになったはずだが、あの家では親の面影が実によく子供に伝わっています。それから、あなたは大尉が変装したとおっしゃる。しかし、考えようによっては、我々の身づくろいはみんな変装のようなものです。父親が鬘で変装していれば、息子はスペインふうの鬚で変装していました。息子が鬚を落として坊主頭に鬘をかぶると、わずかの扮装で父親そのままになるのです。そういうわけだから、どうして大尉が親切ごかしにあなたを車に乗せて行程二日の旅をさせたかは、もうおわかりでしょう。本人はその日のうちに汽車で当地に着いて先回りする下心だったのです。そして実際、前の日に城に入って父殺しの罪を犯し、変装して父親になりすまし、あなたが法律上の問題で相談にくるのを待ち受けていたのです」

「そうでしたか」グランビーが感にたえたように言った。「それは由々《ゆゆ》しき法律問題ですな！あれが本物のジョン卿でしたのなら、まるで違った返事だったのでしょうね、もちろん？」

「息子にはびた一文のこすつもりはない、とはっきり答えたことでしょうな」ブラウン神父が言った。「大尉の悪企みは、妙な話ですが、あなたにそういう返事を聞かせないための唯一の方法でした。しかし、これはあなたにもよくわかっていただきたいのだが、あの男のしゃべったことの悪賢い理屈には感心しますな。あの悪企みは同時にいくつもの目的に応じていました。大尉には何か旧悪があってロシア人どもに恐喝されていました。戦争中に売国行為でもあったのかもしれない。その追及の手から大尉は一足とびに逃げおおせたうえ、現住所はリガなどとだまして恐喝人どもを遠ざけることもうまくいったようです。しかし、大尉の悪企みのなかでも出色の出来だったのは、息子を相続人としては認めるが人間としては認めないというあの理論ですな。この理論をもってすれば、《死後弁済》の契約条件を満足させるばかりか、おわかりでしょう、放っておけば面倒なことになりかねない大きな問題を未然に封じることもできるのです」

「問題点はいくつもありますが」グランビーが言った――「おっしゃるのはどの問題ですか？」

「つまり、相続権を取りあげてもいないのなら、親が少しも息子に会っている気配がないのは妙だと他人の疑惑を招くかもしれない。そのような疑惑を封じるために、あの男は、相続人としての息子と人間としての息子を区別する理論を立てたのです。そしてこの問題が片づいたうえは、残る大問題はただ一つ、老当主がどのような最期を遂げたらいいのかということだけです。いまごろあの紳士はさぞかし、この問題に頭を痛めていることでしょう」

「わたしにはあの男がどのような最期を遂げなくてはならないかということがわかっています」弁護士が言った。「まず、絞首刑でしょうな」

ブラウン神父はちょっともの思いにふける風情《ふぜい》だったが、前よりも瞑想的《めいそうてき》な口調で言葉を続けた――

「そういうことを別にしても、この事件にはもっとおもしろいことがある。あの男が嬉々として開陳した理論のなかにはもっと高い理屈にかなった何かがあるのです。あの理論のおかげで、あの男は別人になりすまして自分の犯した罪を――しかも本当に犯したあとで――あなたにしゃべることができたのだった。そしてそれがあの男には悪魔のような知的な喜びとなったのだった。悪魔の皮肉、悪魔と楽しむ冗談、とわたしが申すのはそのことです。いわゆる逆説のように聞こえることをお話ししましょうか？　悪魔の心のなかでも、ときには真実を告げることが喜びとなるのです。それも、真実が曲解されるようなやり方で告げるということが。あの男が別の人間になりすまして、嬉々として自分を極悪人として描いたのは、つまり自分のありのままを描いてみせたのは、そのためです。あの男が画廊で一人笑いするのを姪が聞いたのも、そのためです」

グランビーは何かにぶっつかって我に返った人がやるように、かすかに身震いした。

「姪御さんと言えば」グランビーが言った。「あの方のお母さんは、大尉と縁組みさせるおつもりじゃなかったのですか？　財産もあり地位もある、というお考えだったのでしょうけど」

「そうです」ブラウン神父は淡々と答えた。「縁組みは慎重にしたい、としきりに言っていました」

メルーの赤い月

マロウッド屋敷（中世には修道院であったがいまはマウンティーグル卿の私邸になっている）で開かれた慈善市が大成功であったことに異論を唱える者はない。回転木馬もブランコも余興もあって来賓一同大いに楽しんだ。ついでに言えば、そのほか、慈善市の目的とされている《隣人愛》という立派なものもあったが、こちらについては誰も別に何とも感じてないようだった。

しかし、この物語で問題になるのは出席者一同のうちの数人にすぎない。なかでも特に、屋敷の庭に立ち並ぶテントのあいだを声高《こわだか》に議論しながら歩いていった一人の貴婦人と、二人の紳士はことに注目すべき人物である。この三人連れは、テントの並びのなかでも主だった二つのテントのあいだを通り抜けようとしていた。右手にあるのは、水晶や手相を見て運勢を占う、世界的に名高い《山岳尊師》のテントで、これには緋色《ひいろ》の地の上に、たくさん手を生やした東洋の神々が蛸《たこ》踊りをしている絵が、黒と金の色もきらびやかに一面に描いてあった。このテントに入れば立ちどころに神々の加護が得られる、ということを象徴していたのかもしれない。あるいは単に、なるべくたくさんの手を授かるのが婆羅門《ばらもん》手相見の理想である、という意味合いだったのかもしれない。これと向かい合わせに、あまり上出来とは言えないソクラテスとシェイクスピアの顔面図で荘厳に飾った、骨相学者フローゾの地味なテントが張ってあった。しかし、数字や但し書きの書きこんであるその顔面図は、厳密に合理的な科学の威厳にふさわしく、白と黒で簡素に描いてあるだけだった。緋色のテントには黒い洞穴《ほらあな》のように入口が開いていて、そのなかは異教の神秘に似つかわしくもひっそり静まり返っていた。しかし、骨相学者フローゾは、これは日焼けした顔にものすごい黒鬚《くろひげ》を生やした、やせ型の薄汚い男であったが、自分の聖堂の前に仁王立ちになって、どなたでもご通行の方の頭を調べて進ぜる、きっとシェイクスピアに劣らず凸凹《おうとつ》の具合の立派なことがわかりますぞ、と特に誰に向かって言うのでもなく大声にまくしたてていた。そして実際、件《くだん》の三人連れがその前にさしかかるや、油断なく見張っていたフローゾは、貴婦人の前にとびだして大時代な会釈をすると、おつむの凸凹の具合を拝見いたしましょうと申し出た。

貴婦人はその申し出をかなり突っけんどんに辞退した。しかし、なにぶんにも殿方と議論している最中だったのであるから、それはご容赦を願うより仕方がない。また、マウンティーグル卿の令夫人という身分から言っても容赦されるべきであり、事実、容赦してもらった。しかし令夫人は、いかなる意味においても空虚な人物ではなかった。それどころか、何かに憧れるような黒い瞳の色深く、こぼれる笑みはすさまじい、面《おも》やつれのした美貌の女性である。令夫人の身なりは当時としても異様なものだった。というのは、これは欧州大戦の結果として英国人が当今のように謹厳で回顧的になる以前の時代の話だからである。実際、異国情緒と異教趣味の豊かな紋様を散らした、半ば東洋風の令夫人のドレスは、《山岳尊師》の緋のテントにいくらか似ていた。もっとも、マウンティーグル卿ご夫妻が常軌を逸している——東洋の宗教と文化に対する夫妻の傾倒ぶりを世間ではそう言いならわしていた――ということは周知の事実であった。

令夫人の異様ないでたちにひきかえ、連れの二人の紳士はごく地道に身なりを整えていて、真っ白な手袋の先からつやつやしたシルクハットのてっぺんに至るまで、前世紀の固苦しい礼装のスタイルを忠実に守っていた。それでもよく見ると二人のあいだには違いがあって、ジェームズ・ハードカースルのほうは正式の礼装を上品に着こなしていたけれども、トミー・ハンターのほうは正式の礼装がただ陳腐に見えるだけだった。ハードカースルは前途有望な政治家だったが、社交界では政治の話だけはするのをいやがっていた。政治家はいつまでたっても前途有望というだけのこと、という憂鬱《ゆううつ》な理由でもあったのかもしれない。しかし、公平に見て、ハードカースルは、政治の檜舞台で重要な役割を演じたことも一再《いちさい》ならずある手腕家だった。この慈善市でこそ、何か演じたくてもそのための緋のテント（緋は権力を表わす）はしつらえてなかったけれども。

「わたしとしては」とハードカースルが固苦しく整った顔のなかでただ一つ明るく光る片眼鏡に手をやりながら言った――「魔術を云々《うんぬん》する前に催眠術の可能性を極めつくす必要があると思いますな。世にはいちじるしく強大な精神的能力というものがたしかに存在します。知的水準の低い国々においてさえもそのとおりです。インドでは驚嘆すべきことが行者《フエーカ》によってなされています」

「山師《フェーカ》によって、ですって？」トミー・ハンターが何くわぬ顔で訊き返した。

「トミー、ばかなことを言っちゃいけません」令夫人が言った。「わかりもしない話にどうして口を出すんです？　子供が、あの手品ならぼく知ってるよ、って金切り声を張りあげるようなまねはおよしなさい。そんな子供じみた懐疑主義は理性万能が信じられていた前世紀の遺物だわ。でも、ハードカースルさん、催眠術にだってできないようなことが世の中には……」

言いかけてマウンティーグル夫人は、さがしていたある人物の姿を目に留めて、ふと口をつぐんだ。黒っぽい、ずんぐりしたその人物は、置き物の怪物を標的に輪投げ遊びをさせる掛け小屋の軒下に、子供たちにまじって立っていた。令夫人はまっすぐそちらに進んで声をかけた――

「ブラウン神父さん、おさがしてましたわ。お訊きしたいことがございますの。神父さんは、運勢判断をお信じになりまして？」

声をかけられた相手は、ちょっと途方に暮れたような顔をして手にした輪投げの輪に目をやっていたが、やがてこう答えた――

「それはどちらの意味合いで『信じる』という言葉をお使いになるのかによりますな。むろん、運勢判断がまったくのまやかしなら――」

「いえ、《山岳尊師》は少しもまやかしではございませんわ」令夫人が言った。「あの方はそのへんの占い師や祈禱師とはわけが違いますの。わたしたちのパーティーで運勢判断をしてくださるのだって大変な名誉なんです。ご自分の国では、宗教界の大先達、予言者、千里眼と言われている方ですもの。それに、あの方のお聞かせくださる運勢判断というのは、運が開けてくるのどうのといった俗なものではございませんわ。わたしたち本来の姿、あるべき姿などについての、それは深い霊的真実をお明かしくださるんです」

「そうですか」ブラウン神父が言った。「そういうことにわたしは反対なのです。さきほど言いかけたことですが、運勢判断がまったくのまやかしなら、わたしは大して気にしません。こういうパーティーの余興なのだからそれであたりまえなのですが、もしまるきりのまやかしごとなら、何を宣託しようと冗談みたいなもので笑ってすませられます。しかし運勢判断が宗教で霊的真実を宣託するというのなら、それはいまわしい虚偽です。舟の棹《さお》の先でも触りたくないけがらわしい代物《しろもの》です」

「逆説のようなことをおっしゃいますね」とハードカースルが微笑した。

「逆説の何たるやをわたしは存じませんが」ブラウン神父はちょっと小首をかしげた。「しかし、このことは、はっきりしていると思います。もし誰かがドイツのスパイらしく仮装して、でたらめな情報を山ほどドイツに教えたふりをしたとしても、大した実害はありますまい。しかし、もし誰かが真実の情報をドイツに売るのを商売にしているとしたら――これは問題です！　だから、もしある占い師が霊的な真実を売るのを商売にしているとしますと――」

「冗談におっしゃるのでなく？」ハードカースルが薄笑いを消して尋ねた。

「ええ、その占い師は人類の敵と取り引きしていると思います、冗談でなく」

トミー・ハンターがくすくす笑いだした。「まやかしの占い師なら悪いことはないとおっしゃるのなら、この茶色の予言者などはさしずめ聖人ですな」

「このトミーはわたしの従弟《いとこ》なんですの」マウンティーグル令夫人が言った。「手のつけられない人ですわ。いつも、教祖的人物――とこの人は言うんですけど――の正体をあばき立てるのに夢中なんです。このパーティーにも、《山岳尊師》が見えると聞いてかけつけて来たのですわ。相手が仏陀《ぶつだ》やモーセでもできようことなら化けの皮を剝《は》ぎたいという人なんですから」

「あなたが迷わされるといけないと心配してのことですよ」トミーは丸い顔をゆがめてにやにや笑いながら言った。「だからやってきたんです。こういう茶色い肌の怪しい輩《やから》がお宅に出入りしているというのがどうも気にくわない」

「またそういうことを!」令夫人が言った。「それはわたしなども、昔インドに住んでいましたころは、茶色の肌の人たちに偏見を持っていたものですわ。でもいまでは、あの人たちの修めている精神の威力のすばらしさがわかってまいりましたの。わかるようになれてよかったと思いますわ」

「我々の偏見はそのあべこべのようです」ブラウン神父が言った。「あなたは婆羅門《ばらもん》だから茶色でもかまわぬとおっしゃるが、我々は茶色だから婆羅門でも仕方がないと思うのです。率直に申してわたしは精神の威力などというものには大して感心しません。それよりも精神の弱さのほうによほど同情します。しかし、肌の色が銅やコーヒーや黒ビールや北部産の上等の泥炭などと同じ美しい色をしているというだけのことで、インド人を嫌うという人の気持ちはわかりませんね。もっとも、わたしには」ブラウン神父はしかつめらしい顔で令夫人を見やった――「茶色《ブラウン》と名のつくものには何でもえこひいきするという偏見があるかもしれませんな」

「いやですわ、まじめなお話かと思ってうかがってましたのに」マウンティーグル令夫人が言った。

「しかし」とトミーが仏頂面《ぶっちょうづら》をつくって不服をとなえた――「まじめな話をすると、子供じみた懐疑主義だなんてきめつけるじゃありませんか。水晶占いはいつやってもらえるんです？」

「いつでもやってくれるはずよ」令夫人が答えた。「でも、本当は水晶占いじゃなくて手相なの。どちらにしてもばかばかしいことには変わりはないって言いたいのでしょうけど」

「わたしはばかばかしいことと、まともなことのあいだに中道があると思います」ハードカースルが言った。「一見ばかばかしいように見えても実は理屈に合ったまともなもので、しかも驚くべき結果をもたらすようなことが世の中にはあるものです。ハンター君、きみは手相を見てもらうんでしょう？　正直のところ、わたしも《山岳尊師》には好奇心を覚えるんですが」

「そういうばかばかしいことはまっぴらです」懐疑主義のトミーは丸い顔を軽蔑と不信の念に赤くして早口に答えた。「あなたがマホガニー色の山師と暇つぶしをなさりたいのならどうぞおかまいなく。わたしはそういうことをするくらいなら《ヤシの実落とし》でもして遊んだほうがましです」

近くを徘徊《はいかい》していた骨相学者は、その一言にとびついてきた。

「ヤシの実ですって？　いやいや、人間の頭蓋形状の微妙なことは到底ヤシの実の及ぶところではありませんぞ。ヤシの実などとは較べものにならぬあなたのその……」

ハードカースルはすでに緋のテントにもぐりこんでいた。暗いテント内から低い話し声が洩れ聞こえてきた。そして、トミーが自然科学と超自然科学の中道に対する遺憾千万な冷淡さをもって骨相学者とうるさそうにやりとりしているあいだ、マウンティーグル令夫人はちびの神父と議論を再開しかけていたが、不意に驚いたように話をやめた。

入ったばかりのハードカースルがテントから出てきたのである。しかも、片眼鏡の光る、にが味ばしったその顔を見ると、令夫人に負けない驚きの表情を浮かべているのだった。

「いないんです」とハードカースルはぶっきら棒に言った。「留守なんです。召使いらしいインド人の老人がいるだけです。その男の言うことには、大先生は摩訶《まか》不思議の秘密を金銭ずくで人に教えるのをいやがってどこかに行ってしまったそうです」

マウンティーグル令夫人は勝ち誇ったように一同を見まわした。「だから申しましたでしょう」と叫んだ。「あの方はみなさんの考えてらっしゃるような人じゃない、って。あの方は群集をきらって孤独にお帰りになったのですわ！」

「それは失礼しました」ブラウン神父はまじめな顔で言った。「さきほど申したことはわたしの思い違いだったのかもしれません。どこに行ったのかご存じですか？」

「存じてますわ」と相手も荘重に答えた。「あの方は一人になりたいときはいつも母屋《おもや》の左手の棟の、主人の書斎の向こうの、回廊《クロイスタ》（回廊は修道院の中庭の回り廊下）においでになるんです。ご存じでしょうけど、この家は昔修道院でしたの」

「なにかそういうことをうかがっています」と神父はかすかに笑って言った。

「よろしかったら、そちらにまいりましょうか」令夫人はうきうきと言った。「そして書斎に陳列してある宅のコレクションをごらんになってくださいな。せめて《メルーの赤い月》（メルーはインド神話で世界の中央にあって頂上に神々の住むと言われる山）だけでもごらんいただきたいわ。《メルーの赤い月》のこと、お聞きになったことございません？　ええ、ルビーなんですの」

「それはぜひ拝見させていただきたいものです」ハードカースルが言った。「《山岳尊師》も拝見したい――もしそのお部屋に陳列されているようでしたら」そこで一同は母屋のほうに通じている小路を歩きだした。

「それにしても」しんがりを歩きながら、懐疑家のトミーがつぶやいた。「あの茶色野郎、占いをしにきたのでなければいったい何をしにここに来たのか知りたいもんだ」

その場を去ろうとするトミーの裾をつかみそうな勢いで、御《ぎょ》しがたいフローゾがまたもや追いすがってきた。

「頭蓋の隆起は――」と言いかけた。

「隆起《バンプ》じゃない」トミーが言った――「憂鬱《ハンプ》なんだ。ここのご当主に会うのはいつも憂鬱《ゆううつ》なんだ」言い捨ててトミーは科学者の抱擁を振りきって逃げだした。

回廊に行くには、ご当主の集めた東洋の護符、魔除け、縁起物の類《たぐい》の陳列してある、奥行きの深い部屋を通らなくてはならなかった。部屋の突き当たりには開けっ放しになったドアがあって、こちらから見すかすと、その外にあるゴチック式のアーチが、夕日の漂う中庭を背にくっきり浮きでて見えた。過ぎし昔、修道士たちがそぞろ歩いた回廊である。しかし一行は、その部屋を通り抜ける途中で、中世の修道僧の亡霊以上の怪異、とひと目見てそう思えたものに見参しなくてはならなかった。

それは長い白衣に身をつつみ、頭に薄緑のターバンを巻いた老人であった。しかし、よく見ると、顔は英国人らしいピンクだし、インド勤務の大佐殿然とした立派な白い鬚なども生やしている。これが当家の主、令夫人よりも悲しげに、あるいは少なくとも真剣に東洋の喜びにひたっているマウンティーグル卿その人だった。これは東洋の哲学と宗教以外にはおよそ何の話題もない人物で、身なりまで東洋の隠者の流儀にしなくてはならないと思いこんでいるのだった。卿は、喜んで秘蔵の品々を一同に見せてくれたが、卿が収集品を愛蔵しているゆえんは、現金は別として収集品の値打ちにあるのでなく、その象徴すると信じられる真理にあるもののようだった。収集品のなかで大きな値打ちのあるものとしては――単に金銭上の意味合いで――おそらく唯一の、例の大型ルビーを持ちだしたときも、その値段とか、石の大きさなどということよりは、その名称に深い愛着を覚えているらしかった。

しかし、客人たちは、血の雨をすかして見た、かがり火のように燃え立つそのルビーの驚くべき大きさに目を丸くして見入っていた。そうでないのはマウンティーグル卿だけで、卿は天井に目を据えてルビーを手のひらにまろばせながら、インド神話でメルー山がどのようなものとして描かれているか、またグノーシス派がいかにこの山のことを原初の神霊のあいだの争いの場として解しているかなどについて、長い話を始めた（グノーシス派は一世紀―五世紀に行われたキリスト教の異端。神霊（イーオン）の概念を用いてキリスト教と東洋神話を折衷しようと試みた）。
それからグノーシス的観念としての造物主についての長々しい講釈が続いた（マニ教的観念としての造物主との類似点を指摘することも忘れなかった）。そしてついにその話が一段落ついたときには、人づき合いを重んずるハードカースル氏でさえも、さすがに気分転換が必要であるという気持ちになっていた。そこでルビーを手に取って見せてもらうことにした。しかし、すでに日も暮れかかる頃合いで、ドアが一つ開いているきりの部屋のうちは刻一刻と暗くなっていたので、ハードカースルは一同をいざない、ルビーを手に、名残りの光を求めてドアをくぐって回廊に出た。そのとき初めて一同は《山岳尊師》が現実にそこにいることを、ひしひしと、いや、むしろぞくぞくと身にしみて感じはじめたのだった（マニ教は仏教・グノーシス派キリスト教・拝火教の折衷宗教。グノーシスの一派として分類されることもある）。

正方形の中庭をめぐるこの回廊は、そもそもの構造から言えば、通常のゴチック式の修道院回廊の結構をなしていた。しかし、中庭と回廊の境をなして中庭の四辺に一列に並ぶアーチ支柱は、本来なら支柱と支柱のあいだが開けっ放しの出入口になっているはずなのに、ここでは各支柱のあいだが腰くらいの高さまで隔壁でふさいであって出入り無用の窓のようになっていた。この模様替えは昔の造作のように見受けられたが、そのほかにも、いまの当主夫妻のとっぴな趣味の表われとおぼしきいくつかの模様替えが行われていた。たとえばアーチ支柱のあいだには、大陸式ないし南方式に、ビーズや細い籐《とう》の簾《すだれ》が掛けてあったが、その簾にも東洋の偶像や怪獣が彩色されてあって、キリスト教中世の灰色の建物と妙な取り合わせになっていた。

しかしこの簾などは、しだいに濃くなる暮色のために目だたなくなっていたということもあって、一同が思い思いの感慨をこめてそこに見いだした数々の不調和のなかでは、まだおとなしいほうであった。

真四角の中庭には、正方形に内接する形で環状の、散歩道が設けられてあった。芝生を模するような緑のタイルでふちどった、灰色の敷石の細い道である。円環をなす散歩道の内側には、暗緑色の石で築いた壇状の泉水があって、睡蓮《すいれん》が漂い、金魚が見え隠れしながら鱗《うろこ》を光らせていた。そして、その泉水の中央にひときわ高く一体の大きな暗緑色の像が据えてあって、ほの暗い暮色のなかにその姿がくろぐろと浮きでていた。その像はこちらに背を向けていたが、背を丸くしているので、一同のいるところからは頭部が見えず、まるで首なしの銅像のようだった。しかし、淡い夕方の光のなかに浮きでているその暗い輪郭をひと目見ただけで、これがキリスト教のものでないことを見てとった人もいた。

そして一同からわずか数ヤードのところに、《山岳尊師》が、緑色の異神の巨像を見つめて環状の道の上にたたずんでいた。その鋭い、みごとに整った顔は、熟練した細工師が型で打ち抜いた銅の仮面のようだった。その茶色の顔とは対照的に、顎鬚は藍青色《らんせいしょく》かと見まちがうほどの濃い灰色だった。鬚は顎の真ん中の幅狭いひと房から始まって、大きな羽根扇か鳥の尾のように左右に広がっていた。ゆるやかに身にまとった長衣は孔雀《くじゃく》の色で、禿《は》げた頭にのせた長い帽子は、これまで誰も見たことのないような代物だったが、インド風というよりはエジプト風のかぶりもののようであった。そしてこの人物は、魚の目のように丸い目を、ミイラの棺の蓋に描いてある顔のように、ぱっちりと見開いたまま睫毛《まつげ》一つ動かさずに立っているのだった。しかし、《山岳尊師》の姿がこれほど異様なのに、一行のうちにはそちらを見ていない人たちがいた。ブラウン神父もその一人で、この人たちは尊師が見ているのと同じ暗緑色の異神像を見つめていた。

「変わった取り合わせですな」ハードカースルが眉をひそめて言った。「こういうものが古いキリスト教の建物のなかにあるなんて」

「また妙なことをおっしゃりたいんじゃないでしょうね」マウンティーグル令夫人が言った。「その取り合わせの妙がわたしたちの狙いなんですわ。東洋と西洋の偉大な宗教を、仏陀とキリストを一つに結ぼうという考えですの。すべての宗教は一つです。そのことを本当にあなた方にわかっていただきたいわ」

「もしそうだとすれば」ブラウン神父が穏やかに言った。「宗教を手に入れるためにアジアの真ん中まで行く必要はなさそうですな」

「奥様がおっしゃるのは、本来一つの宗教でも、この宝石と同じように、いろいろな局面があるということじゃないのでしょうか」とハードカースルが話しだした。そして、この新しい話題に興味をそそられて、持っていたルビーをゴチック式アーチの支柱をつなぐ隔壁――というか中庭に面する手すりというか――の上に置いた。「しかし、だからといって、我々がその局面のすべてを一つの芸術様式にまとめあげることができるというものではありますまい。キリスト教の教義をイスラム教の教義と折衷することは可能でしょう。しかしイスラム芸術の様式を中世キリスト教芸術の様式とまぜ合わせることは不可能です。まして純インドの芸術様式においてをやです」

ハードカースルが話しているあいだに《山岳尊師》は突如《とつじょ》息を吹き返したらしく、荘重に散歩道の円環を四分の一だけまわった。そして一同の居あわせた側の回廊の隔壁のすぐ外に位置を占めると、みんなに背中を向けて立ったまま今度は異神像の背中を見ていた。どうやら、時計の針のように円環を少しずつ移動しながら、ときおり立ちどまっては祈禱ないし瞑想《めいそう》にふけっているらしかった。

「あの人の宗教は何ですか」ハードカースルはその並みはずれた悠長《ゆうちょう》さが少々癇《かん》にさわったらしかった。

「先生のお話では、婆羅門教より古くて仏教より古いものだそうです」とマウンティーグル卿がうやうやしく答えた。

「ほう」とハードカースルは言って、両手をポケットに入れたまま片眼鏡越しにそちらをじっと見ていた。

「言い伝えによりますと」卿は穏やかかな、しかしお説教じみた調子で話しはじめた。「メルー山には《神々の神》と呼ばれる神霊が巨像のかたちで刻まれていて――」

そのとき、だしぬけに一同の背後から人の声がした。ご当主さえも明鏡止水のお説教の気分を乱された。その声は、一同がいましがた回廊に入るために出てきた陳列室の暗がりから聞こえてきた。それが誰の声かに気がついて、ハードカースルとトミーは、初め愕然《がくぜん》、ついで憤然となっていたのが大声で笑いだした。

「お邪魔して申し訳ありません」と言う、都会的で魅惑的な声は、屈することなく真理と取っ組んでいる、かのフローゾ教授であった。「しかし、みな様のなかにあるいは、世に蔑視されている骨相学のために、少々の時間を割《さ》こうとおっしゃる方もおいでかと思ったものですから。そもそも頭蓋の隆起は――」

「きみ！」気の短いトミー・ハンターがどなりつけた。「ぼくの頭には隆起などないが、きみにはいますぐそういうのを二つ三つこしらえてやろう、この――」

ハードカースルが、とびだそうとするトミーを優しく引きとめた。そのいざこざのあいだ、一同は陳列室のほうに向いていて、中庭のほうはしばらくお留守になっていた。

事件が起こったのはそのときだった。最初に動いたのはまたしてもトミーだったが、今度はそのせっかちが幸いした。ハードカースルがルビーを隔壁の上に置き忘れたことを気がついたときには、トミーはもう目にも留まらぬ早業《はやわざ》でひとっとびに回廊を横切っていた。そして二本のアーチ支柱のあいだ、隔壁の上に身をのりだして、上半身を中庭にはみださせながら、あたりを震わす大声でどなった。「つかまえたぞ！」

一同が事件を目撃したのは、トミーが隔壁にとびつくのを見た直後、勝ち誇った叫びを聞いた直前の、一瞬のことであった。茶色というか青銅色というか、古い金製品のような色の、どこかで見たような形の手が、二本の柱の一方の角をまわって、忽然《こつぜん》と現われ忽然と消えた。その手は、とびかかってくる蛇のように一直線に伸び、蟻食いの長い舌のひらめきのように瞬時にして消えた。しかし、消える前にその手はルビーをさらっていた。あとには隔壁の角石だけが淡い夕暮の光を受けてかすかに光っているばかりだった。

「ぼくがつかまえている」とトミーがあえいだ。「こら、おとなしくしないか。中庭にまわってください！　いくらじたばたしても盗んだ品を隠すことはできまい」

ほかの連中は言われたとおりに、回廊をまわったり隔壁を乗りこえたりして、中庭に殺到した。その結果、ハードカースルと、マウンティーグル卿と、ブラウン神父と、どこまでもついてくる頭蓋隆起氏より成る一団は、まもなく、囚われの《山岳尊師》を包囲した。見るとトミーは、尊師の襟首を片手でつかみ、特権階級としての予言者の権威を無視したやり方でときどきゆすぶったりしながら、必死に取り押さえていたのだった。

「さあ、とにかくつかまえたぞ」トミーはため息を洩らしながら言った。「あとは身体検査をやりさえすればいい。ルビーはこいつが身体につけているはずです」

それから四十五分のち、トミーとハードカースルは、先ほどの大立ち回りのために、シルクハットも、ネクタイも、手袋も、スリップも、スパッツも、前よりも若干乱れた恰好のまま、回廊のなかで呆然《ぼうぜん》と顔を見合わせていた。

「この神秘について、何か意見があるかね?」ハードカースルが遠慮がちに言った。

「神秘?」トミーが答えた。「これは神秘などじゃない。あいつが取るところを現に我々は目撃しているじゃないか」

「そう。しかし、隠すところを目撃してはいない。我々に見つからないどこにルビーを隠したのか。それが神秘だ」

「どこかにあるはずだよ。泉水のなかや銅像のまわりはすっかりさがしてみたのかい？」

「金魚はまだ解剖していない」ハードカースルは片眼鏡を持ちあげて相手を観察しながら言った。

「ポリクラテスの指輪のことでも考えているのかね、きみは？（ポリクラテスは紀元前六世紀のサモス島の王。悪心あるエジプト王にたばかられて、玉璽つきの指輪を海中に捨てたが、日ならずして魚の腹中にこれを見いだした漁夫によって再び届けられた）」

しかしハードカースルは、片眼鏡で相手の丸顔をよく観察した結果、これはギリシャ伝説を考察している顔ではない、という確信に到達した模様だった。

「あいつの身体にはない、それは認める」とトミーは言って、急いでこうつけ加えた。「飲みこんだのでなけりゃね」

「じゃあ、予言者も解剖しなくちゃいけないというわけかね？」とハードカースルは苦笑した。

「しかし、ご主人が見えたよ」

「何とも困ったことになったものです」マウンティーグル卿が、震えてさえいるらしい神経質な手つきで白い鬚をひねりながら言った。「自分の家で盗難が起こるというのは、遺憾千万なことです。まして先生にまで疑いがかかるということになると、遺憾どころではない。しかし正直に申して、わたしには先生のおっしゃることがまるでわかりません。あなた方もいらして、ひとつ様子を見てくれませんか」

そこで三人は歩きだした。しんがりを歩いたトミーに声をかけたのは、そのとき回廊をぶらぶらしていたブラウン神父だった。

「あなたは力の強い人ですな」と神父は穏やかに話しかけた。「あなたは片手で取り押さえておられたが、我々は八本の手を使っても、あのテントに描いてあったインドの神様を相手にしているような塩梅《あんばい》で、押さえつけるのは容易なことではなかった」

二人は話しながら回廊の角を一、二度まわった。それから奥の陳列室に引き返した。そこには《山岳尊師》が、捕虜の資格で、しかし王者の威厳をもって、ベンチに座らせられていた。

ご当主の言ったように、この先生の態度と話しぶりがわかりにくいというのは事実だった。秘められた力に頼るところあってか、口を開けば謎めいたことを従容《しょうよう》と語るといった有様で、ルビーを隠したのはあそこか、ここか、などとつまらぬことをみんなが尋ねるのを、怒るどころかむしろおもしろがっているようだった。アーチの支柱の陰から先生の猿臂《えんぴ》が伸びてそれから、などとみんなが躍起になって現行犯を指摘しても、先生は薄気味わるく笑っているばかりだった。

「これであなた方も」と先生は、無礼にも優しく一同をたしなめはじめた。「時間と空間の法則について少しは目が開けなすったろう。あなた方の最新の科学といえども、時間と空間についての知識は、わしらの最古の宗教に千年は遅れているのじゃ。あなた方は物を隠すというのがどういうことなのかを知らずにいなさる。いや、物を見るというのがどういうことかも、お気の毒に知らずにいなさる。さもなくば、このわしと同じに明らかにメルーの赤い月を見ることができようものを」

「では、ここにあるとでも？」ハードカースルがぶっきら棒に尋ねた。

「ここという言葉にもいろいろの意味がある」と神秘宗教家が答えた。「しかし、わしはここにあるとは申さぬ。見ることができると言っただけじゃ」

焦燥に満ちた沈黙が続いた。やがて先生は眠たげにまた語りはじめた。

「かぎりなく深い沈黙に身をひたすとき、世の果てなるメルーの山に高々とそびえる天地本源の御像、かの唯一の御神体の呼ばわる声が聞こえるとお思いにはならぬか？ ユダヤ教徒、イスラム教徒さえこの御像を礼拝すると人は言う。むべなるかな、そは人の手に成れるものにあらざれば。静かに！ 御像がその尊顔をもたげ、年を経て御眼を欠いてありし眼窩《がんか》にて、メルーの山の眼なるかの怒れる赤い月を見つつ呼ばわる、あの叫びがお聞こえにはならぬか？」

「では先生は、あのルビーをここからメルー山にお移しになったとおっしゃるのですか？」マウンティーグル卿が愕然となったように尋ねた。「先生が偉大な精神力をお持ちになっていることはわたしも信じていましたが、しかし――」

「あるいはわしの力は、ついにあなたには信じられぬほどのものかもしれぬ」と先生は答えた。

ハードカースルは落ち着きをなくしたように立ちあがって、ポケットに両手を入れたままあたりを歩きはじめた。

「わたしはあなたほどには信じていませんが、ある種の精神力は場合によっては……ややっ！」

ハードカースルの高調子の固い声が鋭く途切れて片眼鏡が目から落ちた。ハードカースルは絶句して目をむいていた。みんなはその方角に顔を向けた。するとどの顔にも、同じように口もきけないほどの驚きの色が現われた。

《メルーの赤い月》が、さきほど一同が見たのとまったく同じように、石の隔壁の上に転がっていた。それはかがり火から舞い落ちた火の粉とも、バラの花から散り落ちた赤い花びらとも見えた。しかし、いずれにしても、それはハードカースルが置き忘れたのと同じ場所に落ちていた。

今度は、ハードカースルはそれを取り戻しにあわてて走ろうとはしなかった。そうしないで、注目すべき行動をとった。ゆっくり身体の向きを変えて、またあたりを大股に歩きだした。しかし、このたびの歩きぶりは、さきほどのようなただ落ち着きのないのとは違って、自信を取り戻したようなしっかりしたものだった。最後にハードカースルは、着座した尊師の前にぴたりと止まると、皮肉そうな薄笑いを浮かべて一礼した。

「先生。一同になり代わりまして謹んでおわび申しあげます。のみならず、教訓を垂れてくだすったことは感謝にたえません。いや、実際、このご冗談は一つの教訓でした。先生が大きな精神力をお持ちになっていて、しかもそれをごく罪のないやり方でお使いになるということを、一生わたしは忘れますまい。奥様――」とハードカースルは令夫人のほうを振り向いた――「奥様をさしおいてまず先生に話しかけた失礼をお許しください。しかし実は、先刻わたしはこのことを奥様にご説明しようとしかけていたのです。未然にしてわたしは事件をご説明申しあげた、と申してもよろしいでしょう。先刻お話ししかけましたように、こういうことはたいていある種の催眠術現象として説明できるものです。インドでは人がマンゴの木から空中に消えたり、宙に投げたロープを少年がよじ登るというようなことがあると言いますが、そういう奇術はすべて催眠術で説明できると信じている人が多いのです。そのようなことが現実に起こるのでなく、催眠術の暗示にかかった見物人がそのようなことがあったと想像するのです。我々としても同じこと、さきほどは催眠状態におちいって盗難があったと思いこんだのです。中庭から伸びてルビーをさらったと見えたあの茶色の手は、瞬間的な幻覚——夢のなかの手でした。ただ、我々はルビーが消えるところを見たために、ルビーの置いてあったところを一度も捜してみませんでした。我々は泉水にとびこんで睡蓮の葉を一枚残らずひっくり返したり、すんでのところ金魚に下剤を飲ませようとしたりしました。しかしルビーはずっと同じ場所にあったのです」

そう言ってハードカースルは、オパールのように目を光らせて鬚に囲まれた口元に微笑を浮かべている尊師の顔を、得意気にながし目に見た。すると、その微笑が心持ちひろがるようであった。その様子に一同はにわかに肩の荷をおろしたような気になり、いっせいに安堵のため息を洩らした。

「いや、こういうふうに落着して実に安心しました」とご当主がまだひきつったような顔をほころばせて言った。「ハードカースルさんの言われたとおりでしょう。疑問の余地はない。しかし、先生には失礼をいたしました。何とおわびを申したらよいか……」

「わしは何とも思っていませんぞ」先生はまだ微笑しながら言った。「あなた方はわしに指一本触れたわけでもない」

一同は炯眼《けいがん》の英雄ハードカースルを取りまいて談笑しながらその場を去った。頰髯《ほおひげ》を生やした小柄な骨相学者も、自分のおかしなテントのほうにぶらぶら歩きだしたが、振り向いてブラウン神父があとからついてくるのを見て少々驚いた。

「おつむを拝見いたしましょうか？」と骨相学者は、いくらかからかい気味のいつもの調子で尋ねた。

「もう何も拝見することはないわけでしょう？」神父は上機嫌で言った。「あなたは探偵ですな？」

「そうです」相手は答えた。「マウンティーグル夫人は、神がかりの趣味のわりにはばかじゃなくて、あの先生を監視してくれと依頼なすったんです。で、テントから抜けだすやっこさんのあとを追うには、しつこい骨相狂のまねでもするよりしようがなかったんです。もし物好きがわたしのテントに入ってきたら、わたしは百科辞典で頭蓋隆起を調べなくちゃならないところでした」

「ええと、《頭蓋隆起》は、と……え、なになに？……『《迷信》の項を見よ』だって？――というい具合ですかな」とブラウン神父は幻想的な顔をして言った。「で、あなたはみんなにうるさくする役回りなのですな――このバザーでは」

「妙な事件でしたね」とにせの骨相学者が言った。「ルビーがずっとあそこにあったというのはどうもおかしい」

「実におかしい」と神父が言った。

その声の調子に何を感じたのか、相手は立ちどまってまじまじと神父を見つめた。

「どうなすったんです？」と叫んだ。「どうしてそんな顔をなすってるんです？　ルビーがずっとあそこにあったというのを信じていらっしゃらないんですか？」

ブラウン神父は平手打ちでも受けたように、目をぱちくりさせた。そしてゆっくりと、ためらいがちに言った――「そう……実は……わたしは――わたしにはどうもそうとは信じられない」

「あなたは理由なしにそういうことをおっしゃる方じゃない」と探偵は油断のない顔になった。

「ルビーがずっとあそこにあったとお思いにならないのは、どうしてです？」

「わたしが自分で元に戻したのですから」とブラウン神父が言った。

相手はその場に根が生えたように、髪の毛を逆だてて立ちすくんだ。口は開いたものの言葉が出ない。

「というよりは、泥棒を説き伏せて、わたしが元へ戻しておくことにしたのです」と神父は言葉を続けた。「わたしはその男に自分の推量したことを話してから、まだ改心する余地があると言い聞かせてやりました。あなたには職務上の秘密をお話ししても差し支えありますまい。それに品物も戻ったことだし、マウンティーグル夫妻が告訴することもないでしょうし。ことに盗んだ相手が相手だから」

「といいますと、《山岳尊師》ですか？」フローゾと名を偽っていた男が尋ねた。

「いや、あの男ではない」

「だって変じゃありませんか」と相手は口をとがらせた。「あのとき中庭にいたのはあの先生だけです。そして手は中庭から入ってきたのです」

「手は中庭から入ってきました。しかし、泥棒は回廊のなかにいました」ブラウン神父が言った。

「そうかがっても、またあの神秘めいた気分に逆戻りするような気がするばかりです。でも、わたしはそういうことは苦手なんです。わたしはただ、あのルビーが無事かどうかを……」

「わたしはこれは無事に収まらない、と思いました。ルビーがあることを知らないうちから」

しばらく口をつぐんでからブラウン神父は考え深そうに話しはじめた。「テントのそばであの人たちが論じていることを聞いた途端に、わたしはもうこれはいかんと思いました。世の中には理屈などどうでもいい、論理や哲学は実際の役に立たぬという人がいる。しかし、そういうことを信じてはいけません。理性は神様からの賜《たまわ》り物です。人々が非合理な話をしているときには何か問題がある。ところで、あの人たちの抽象的な議論の落ち着いた先というのは妙なものだった。それ、あの人たちの議論を思い出してください。ハードカースルがわずかに優勢で、魔法はまったく可能だと論じていました。しかしそれは、魔法はたいてい催眠術や透視術を使っている、という議論でした。ところが催眠術だの透視術だのといったことは、よくあるやつで、哲学的に説明できないことに科学的な名前をつけたというだけのことにすぎません。いっぽうトミーは、魔法はみんなまやかしだと考えていました。そして、その化けの皮を剝ぎたがっていました。しかも今日は、マウンティーグル夫人の証言によると、トミーは漫然と魔法の化けの皮を剝ぎに来たのではなくて、特に《山岳尊師》と対決するためにきたということでした。あの青年はふだんはあまりこの屋敷に来ていません。浪費家なのでマウンティーグル卿から金ばかり借りたがって、卿とは折り合いがよくありませんでした。しかし、あの先生がお見えになると聞いたので駆けつけてきました。なのに、いざとなると尊師に占いをしてもらいたがったのはハードカースルで、トミーは断わりました。そういうばかげたことに暇つぶしなどしていられないと言いました。ところがあれは、そういうことがばかげていることを証明するためにこれまで散々時間を無駄にしてきた男なのです。矛盾した言い分じゃありませんか。トミーはあの先生を水晶占いと思いこんでいたのですが、聞くと実は手相見だということでした」

「水晶占いじゃないから断わった、とおっしゃるのですか?」と相手は煙《けむ》に巻かれたように尋ねた。

「初めはわたしもそう思っていました」神父が答えた。「しかし実は、手相見だから断わったのです。手相見と知ってトミーは困惑しました」

「どうしてです?」と相手はじれったそうに尋ねた。

「手袋を脱ぎたくなかったからです」

「手袋を脱ぎたくなかった?」と相手はおうむ返しに言った。

「脱いだら、手が茶色に塗ってあるのをみんなに見られたでしょうから」とブラウン神父は穏やかに言った。「いや、実際トミーはあの茶色の先生が見えているからこそやってきたのです。

準備万端ととのえてやってきたのです」

「とおっしゃると」フローゾは叫んだ。「中庭から入ってきた茶色の手はトミーの手だったとおっしゃるのですか？　しかし、あの男はずっと我々と一緒だったじゃありませんか？」

「現場に行って自分でおためしになるとよい。造作もなくやってのけられることがわかりますから。トミーは隔壁にとびついて中庭に身をのりだすと、手袋をもぎとって袖をたくしあげ、柱の反対側にその手を伸ばしました。同時にもう一方の手でインド人の首根っ子を押さえて泥棒をつかまえたぞと叫びました。わたしはあのとき、トミーが片手で泥棒を押さえているのが妙だと思いました。正気の人間なら両手を使いそうなものですからな。しかし、もう一方の手はズボンのポケットにルビーを忍びこませていたのです」

しばらく二人は黙っていた。やがて前骨相学者がゆっくりと言った――「これは驚きました。しかし、まだわたしにはよくのみこめません。早い話が、あの茶色の先生のおかしな態度をどう説明なさるんです？　やっこさんがまったくの無実だったのなら、いったいどうしてそう言わなかったんです？　泥棒呼ばわりされ身体検査されてどうして怒らずにいたのです？　じっと座ってにやにや笑いながら、自分には摩訶不思議の術の心得がある、などとほのめかしたりするばかりだったのは、これはどういうわけなんです？」

「ああ！」ブラウン神父は鋭く叫んだ――「とうとうその問題にぶつかりましたな。あの人たちにはわからないし、またみなさん、わかろうともなさっていない問題です。すべての宗教は同じだとマウンティーグル夫人はおっしゃる。とんでもないことです！　宗教には非常にさまざまなものがあるというのが事実です。だから、一つの宗教に属する最善の人間が、別の宗教を奉ずる最悪の人間よりも、特定の問題について無神経であるというようなことにもなるのです。

先刻わたしは《精神の威力》というものを好まぬと申しました。《威力》という言葉のほうに重点がおいてあるからです。わたしはあの先生がルビーを盗みかねない人だなどと言うつもりはありません。あの男は宝石を盗みそうでもないし、盗む価値があると思いそうでもない。あの男は宝石を盗むことに特に誘惑を感じることはありますまい。しかし、宝石と同じように自分のものでない奇跡を自分の手柄にするということ、これには大いに誘惑を感じるでしょう。あの男が今日屈伏したのは、その種の誘惑、その種の盗みだったのです。あの男は、自分が不思議な精神力を持っていて物体を空間内で意のままに動かすことができる、そう我々に思わせたかった。だから自分がやりもしないことをやったように、我々に思わせて平気でいた。ルビーがご当主の私有財産であるなどということは、もともとあの男の頭には浮かんでこないのです。あの男にとって、問題は、『この小石を盗むべきやいなや』という形では現われず、『この小石を消失させて遠くの山の上に再び現わすこと我に可能なりやいなや』という形でしか現われないのです。その小石が誰のものであるかなどということはまるで問題になりません。わたしが宗教はさまざまだと申すのはその意味です。

あの男は《精神の威力》とやらを持ちあわせていることを大いに誇りとしています。しかしあの男が《精神》と言っているものは、我々の言う《霊魂》とは別のものです。それはむしろ思念的なものを指しています。物質を意のままに操る念力とか、法術師が五元を駆使する通力とかいった類のものですな。それにひきかえ我々は、あの連中より善人でない場合もあろうし、もっと悪人である場合もありましょうが、決してあの連中のような考え方はしません。我々は少なくとも先祖がキリスト教徒であったし、ああいう中世紀の寺院のアーチの下で——たとえアジアの邪神で飾り立ててあるにしても——育った人間ですから、連中とは正反対の抱負と正反対の名誉感覚とを持っています。我々は誰からも盗みをしたと思われたくないと願います。しかし、あの男は、盗みもしないのに盗んだと思われたいと願ったのでした。そして実際、盗みの手柄を盗んだのでした。我々は誰もがあの犯罪を蛇のように爪はじきにしていたのに、あの男はそれを蛇使いのように身近におびき寄せようとしていました。しかし、この国では蛇は愛玩用の動物じゃない！　ここではこういう事態が起こるとすぐにキリスト教の伝統がものを言うのです。たとえばマウンティーグル卿をごらんになるとよい！　イギリス人なら、いくら東洋の秘教に凝ろうと、ターバンや長衣を身にまとおうと、マハトマの託宣で暮らそうと、ひとたび家のなかで宝石が盗まれて友人たちに疑いがかかろうものなら、たちまち赤くなったり青くなったりして英国紳士の地金を現わすことでしょう。本当にルビーを盗んだ男でさえも、盗んだと人に思われたいとは決して望みはしますまい。その男だって英国紳士なのだから。いや、もっと上等の人間だったのです。キリスト教徒の賊でしたから。あの青年は盗みもしたがそれを痛悔もしていると、わたしは望み、かつ信じています」

「お話をうかがっていますと」と探偵は笑って言った。「キリスト教徒の盗人と異教徒の詐欺師とは動きがまるで逆だったわけですね。一方は盗みを働いてしまったことを無念に思い、もう一方は盗みを働かなかったことを無念に思った」

「そのいずれに対しても我々はあまり酷であってはなりますまい」神父が言った。「これまでにもたくさんの英国紳士が盗みを働きながら、法律と政治の庇護を受けて世に現われずにいるのです。西欧もまた、盗みを隠蔽する詭弁《きべん》という独特の方法を持っているのです。つまりは、あのルビーがこれまでに持ち主を替えたただ一つの宝石ではないのです。ほかにも盗まれた宝石がある――カメオのように浮き彫りを施《ほどこ》し、花のように色どられた数多くの宝石が」

相手は不思議そうにブラウン神父を見た。神父は手を挙げて、国王に没収されて臣下にさげ渡されるまではカトリックの修道院だったこの屋敷の、ゴチック様式の輪郭を指さした。

「彫刻を施した大きな宝石」と神父は言った。「そして、これもまた盗まれたものです」

マーン城の喪主

稲妻の光が灰色の森を白く染め、樹々の茂みの襞《ひだ》を浮きあがらせ、むら葉の反《そ》った葉末に至るまでくまなく、銀筆画か銀彫りの絵のように描きだした。その同じ電光が、一閃《いっせん》、万物をつまびらかに記録する妙技をふるって、大樹の陰に休むピクニックの人たちの姿から曲がりくねって青く光る小道、その向こうに止めてある白い自動車に至るまでのすべてを映しだしていた。また、垂れこめる暮色をへだてて、遠くあたかも累々《るいるい》と重なる雲のようにおぼろに、四つの塔をめぐらして陰鬱《いんうつ》にそびえていた城館も、王冠状の屋上胸壁を浮きだたせ、うつろに開く窓々を光らせて、一瞬、風景の前面に押しだされたように見えた。そのように古城を照らしだしたということだけでも、このときならぬ稲妻の一閃には、天来の啓示のような意味合いがあった。なぜならこの古城は、樹陰に集まっていた一行のある人たちにとって、すでに色褪せた思い出にすぎなくなっていたのに、ここに再び大きくクローズ・アップされることになるからである。

白銀の閃光が走ったとき、ピクニックの一行は、草の上に座ったり、かがんだりしてバスケットや皿や茶碗を取りまとめているところだったが、古城の塔と同じに佇立《ちょりつ》して動かなかった人間が少なくとも一人はいた。みんなから少し離れて小高いところに立っていた長身の男がそれである。きらびやかな半外套《はんがいとう》を着ていて、これを飾る銀の鎖やボタンが稲妻を照り返して星のように光った。電光を浴びても身じろぎもしないこの男は、どことなく金属的な感じを漂わせていたが、短く巻いた金髪が本当に純金のような色あいだったので、その感じがいっそう強められていた。鼻筋の通った立派な顔だちの男である。その顔は金髪のために年より若く見えていたが、稲妻の強い光のもとでは、いくらか小皺《じわ》がよったり、たるんだりしているように見えた。年中メーキャップをしているせいなのかもしれない。このヒューゴー・ロメインは、当代随一とうたわれる舞台俳優なのである。明るくなった一瞬のあいだ、このロメインの姿は、金色の巻き毛と象牙彫りの面のような顔と銀の装身具のために、甲冑《かっちゅう》に身を固めた騎士のように見えた。しかし閃光一過、その姿は、雨もよいの陰鬱な夕空を背に立つ、黒っぽいシルエットと変わってしまった。

しかし、じっと不動の姿勢をたもって立っているロメインの姿には、ちょうど銅像が見物人と違うように、足元のほかの人たちとは違ったものが感じられた。ほかの人たちは思いがけぬ稲妻に、誰もが反射的に動いていた。空こそ雨もよいであったが、この稲妻がきらめくまでよもや雷雨になろうとは誰も思っていなかったのである。一行のうちただ一人の女性はもう髪の白くなった老婦人だったが、電光一閃、見栄もなく目をつぶって絹を裂くような悲鳴をあげた。この婦人は、銀髪を誇りにしているらしく、染めないままの髪を優美に整えているところから、アメリカ出身と察せられた。この婦人の英国生まれの夫君、ウートラム将軍は、黒い口髭《くちひげ》と古風な頰髯《ほおひげ》を生やし、頭の禿《は》げたインド帰りの重厚な人物で、きっとなったように一度空を見あげたきり、あとは前のように後片づけに専念した。また、マローという名前の青年がいて、これは犬のような茶色の目をしたはにかみ屋の大男だったが、ぴかりと来た途端に茶碗を手から落とし、無器用にわびていた。最後に、白い髪をきっちりなでつけ、穿鑿《せんさく》ずきのテリヤのような凜々《りり》しい顔をした、身なりの立派な老紳士がいたが、これぞ誰あろう、偉大な新聞社社長ジョン・コックスパー卿だった。ジョン卿は誰はばかることなくお天気を罵《ののし》っていたが、これはトロント出身の人物なので、罵言の用語も発音もカナダ式だった。ただ、半外套を羽織った長身の俳優だけが、文字どおり銅像のように身じろぎもしないでいた。青い閃光をいっぱいに浴びた瞬間、その彫りの深い顔はローマ皇帝の胸像のようにも見え、その切れ長のまぶたはぴくりともしなかった。

ややあって、暗い空に雷鳴がとどろきわたった。銅像のようになっていた俳優ロメインは、そのはずみに生き返ったように見えた。そして首だけ回して一行を振り向き、何ごともなかったように口をきいた。

「光ってから音がするまで一分半ほどでしたな。しかし、やがて嵐になりそうです。立ち木は雷除けとしてはあまりよくないそうですが、雨になれば役に立つでしょう。この分では豪雨になるかもしれません」

マロー青年は、ご婦人を気づかうように将軍夫人を見やって言った。「どこかで雨宿りできないものでしょうか。向こうに家があるようですが」

「さよう、家がある」ウートラム将軍が顔をしかめて言った。「しかし、あれは客扱いのいいホテルというようなものではない」

「妙なめぐり合わせですわ」と将軍夫人が悲しそうに言った。「よりによってあんな家しか近くにないようなところで嵐に遭うなんて」

マローは勘が鋭く、ものわかりのよい青年だったので、夫人の口調から何かあると察して口をつぐんだ。しかし、新聞社社長のジョン卿は、それくらいのことにひるむような人物ではなかった。

「あの家がどうしました？」ジョン卿は尋ねた。「荒れはてた城のように見えるが」

「あれはマーン侯爵の城です」将軍はそっけなく答えた。

「ほう、あれが！」ジョン卿が言った。「マーン侯のことなら聞いて知っています。変わり者だそうですな。去年わたしの新聞で、一面の珍聞奇談欄にあの人のことを載せました。《誰も知らない貴族》という見出しをつけましてな」

「侯爵の噂ならわたしも聞きました」マローが低い声で言った。「どうしてあんなに隠れて暮らしているのか、世間ではいろいろ不気味な話が取り沙汰されているようです。皮膚病でマスクをかぶって暮らしているという人もいます。しかし、別の人が大まじめで聞かしてくれたところでは、侯爵家には呪いがかかっていて、普通ではない姿に生まれついたので座敷牢に入れられているのだということでした」

「マーン侯には、頭が三つ生えているのです」ロメインが荘重に言いだした。「三百年に一度、三頭の嫡子が生まれて侯爵家の系図を飾るのです。あの呪われた城にあえて近寄ろうとする人間は一人もなく、ただ、三つ揃いの帽子を納めにくる帽子屋だけが、黙々と列をなして訪れる。しかも――」とここでロメインは、劇場で観客を戦慄《せんりつ》させるのに使うすごみのきいた声になった――「みなさん、その帽子は人間の頭に合うような形のものではないのです」

将軍夫人は、不本意にもその話術にのせられでもしたのか、顔をしかめてあきれたようにロメインを見た。

「そんな怖ろしい冗談はいやですわ」と夫人は言った。「それにこのことで冗談を言っていただきたくありませんわ」

「仰せに従います」俳優は答えた。「しかし、わたしには、軍人並みに、どうしてです、と言《こと》挙《あ》げすることさえ禁じられているのでしょうか？」

「どうしてって、それはあの方が《誰も知らない貴族》ではないからですわ。わたしだってあの方なら存じあげています。少なくとも三十年前、わたしたちがみんな若くてあの方がワシントンの大使館においでだったころはよく存じあげていましたわ。あの方はマスクなどつけていませんでした。少なくともわたしと一緒のときはそうでした。皮膚病患者でもありませんでしたわ――あとでそれくらい孤独におなりでしたけど。頭も一つきりでしたし、心臓も一つきりでした。そして、それが破れたんです」

「失恋ですな、もちろん」新聞社社長のジョン卿が言った。「その話は我がコメット紙にほしいものだ」

「そういうふうに、殿方の心臓が破れるのはいつも女のため、とお思いになるのは」と夫人は考え深そうに言った――「きっとわたしたち女性へのお愛想なんですわね。でも、そのほかにも愛別離苦はございますわ。テニスンの《イン・メモリアム》をお読みになりませんの？　聖書のダビドとヨナタンの友愛の物語をお聞きになったことはございませんの？　マーン侯のご傷心は弟さんが亡くなったためですわ。血続きから言えば本当は兄弟ではなくて従弟《いとこ》に当たる方でしたけど、お二人は実の兄弟のように一緒に育てられて、たいていの実の兄弟よりも仲よくしてらしたんです。わたしが存じあげていましたころは、まだあの方がマーンの爵位をお継ぎになる前で、ジェームズ・メアと名乗ってらっしゃいました。そして、弟さんのモーリス・メアを神様みたいに崇拝してらしたんです。

モーリスはすばらしい、といつもおっしゃってました。ご自分だって頭のよい方で外交官のお仕事も立派にやってらしたんですけど、モーリスのほうは仕事ができるだけでなく、絵も描ければ芝居心もあるし、楽器も扱えるといったふうに何でもできる人のようでした。お兄さんのジェームズは背の高いがっしりした身体つきの方で、お顔も立派で高い鼻をしてらっしゃいました。ただ、ヴィクトリヤ時代の流行にならって顎鬚《あごひげ》を左右に分けて二つの頬髯にしてらしたのが、お年には似合わず妙でしたわね。でも、弟さんのモーリスのほうは、写真で拝見しますと、顔をきれいに当たっていて、紳士にしては少し俗っぽい感じでしたけどなかなかの好男子で。ジェームズはこの弟さんにすっかり夢中で、モーリスはすてきだ、どんな女でも恋に落ちてしまうだろう、いつもそんなお話ばかりでしまいにはうるさくなるほどでした。なのに、それが突然に悲劇になってしまったんです。あの方はモーリスを偶像みたいに礼賛してそれで生きてらっしゃるみたいでしたのに、ある日、その偶像が落ちて陶器の人形のように砕けてしまいました。海岸で風邪を引いたのがもとで、モーリスが亡くなったんです」

「それ以来ずっとああして閉じこもってらっしゃるのですか?」マローが尋ねた。

「いいえ、モーリスが亡くなるとすぐ外国にお発ちになって、アジアだの人食い人種の島だの何だのをしばらくお回りになっていました。ああいう辛い目に遭えば誰だって人が変わってしまうものですけど、あの方はすっかり世間と縁を切るようになっておしまいになりました。しきたりどおりにすることも、昔のことを思い出すこともお嫌いになりました。モーリスと関係のあることなら何でも、写真でも昔話でも、ただの連想でさえもいみ嫌うようになっておしまいでした。立派なお葬式を出すということさえなさいませんでした。ただただ一切合切から逃れたいと思うようになられたのです。十年間外国を旅行なさって放浪生活をおしまいになさったころ、あの方もいくらか元気を取りもどしたようだ、という噂もありました。でも、帰国なすってお城にお入りになるとすっかり逆戻りして、宗教的な憂鬱症《ゆううつしょう》に取りつかれてしまいになりました。気が変になったというのも同じことですけど」

「カトリックの修道僧たちの言いなりになっているという噂です」ウートラム将軍が苦々しげに言った。「修道院を建てるのに大金を出したりしたそうだし、本人も修道僧のように――あるいは少なくとも隠者のように――暮らしている。そういうことをさせて何になるというのか、旧教の連中のやることはわけがわからん」

「ばかげた迷信ですな」ジョン卿が鼻を鳴らした。「そういうことは暴露してやらにゃならん。

大英帝国のためにも世界のためにも有為《うい》たりえたはずの人物が、カトリックの吸血鬼どもに何もかも吸い取られて廃人同様になっているなどというのは慨嘆にたえん。独身生活をありがたがるやつらのことだ、きっと結婚もさせないでいることだろう」

「ええ、まだお一人なんです」夫人が言った。「わたしが存じあげていたころ、実はあの方は婚約なすっていらしたんです。初めての婚約じゃなかったと思いますけど、あの方が浮き世のいっさいをご破算になすって、そのお話も破談になったのですわ。ハムレットが生きる望みをなくしてオフィーリアを捨てたように、あの方も生きる望みをなくして恋人を捨てたんです。相手のお嬢さんはわたしのお友達でしたの。本当を言えばいまでもお友達です。ここだけの話ですけど、グレーソン提督のお嬢さんのヴァイオラがその人ですわ。そしてヴァイオラもまだ独身を通してるんです」

「けしからん話だ！　不埒《ふらち》千万だ！」ジョン・コックスパー卿はとびあがって叫んだ。「それは悲劇どころか、立派な犯罪だ！　いやしくも新聞という公器を預かっている以上、そういうことは放っておけん！　そういうたわけた話が……この二十世紀に――」ジョン卿は激昂《げっこう》のあまり口がきけなくなった。ちょっと間をおいて、ウートラム将軍が言った。

「わたしは修道院だの隠遁《いんとん》だのといったことはよくわからないが、おせっかいやきの修道僧たちは《死者をして死者を葬らしめよ》という聖句を味読してしかるべきだと思う」

「もうそのようになってしまってますわ」と夫人がため息をついた。「本当にあの方はもう死人みたい。死人が別の死人を葬ったり葬られたりするのを永久に繰り返すという、あの怪談みたいなことになってしまっていますわ」

「すでにして嵐は過ぎ去りました」ロメインが謎めいた微笑を浮かべて言った。「あの客あしらいのよろしくない屋敷を訪れることもなくなったというものです」

ウートラム夫人は不意に身震いした。

「もう二度と訪ねたくないわ！」と叫んだ。

マローは目を大きくして夫人を見た。

「二度と、ですって？　前にお訪ねになったことがあるんですか？」

「ええ、一度だけ」夫人は、それが得意でなくもないらしかった。「でも、こんなお話はもうよしましょう。雨は降っていないけど、そろそろ車に戻ったほうがいいと思います」

そこで一行は、行列をつくって細い道を歩きだした。しんがりを務めたのはマローと将軍だったが、将軍は声を低めて不意にこう言いだした。「コックスパーのばかの前では、うっかりしたことが言えないから黙っていたが、きみは不審に思っているようだから事情をお話ししよう。ほかのことはさておき、あのときのマーンの態度だけはわたしも腹に据えかねているのだが、修道僧の連中がそう仕向けたのではないかとわたしは思っている。家内はアメリカでマーンとごく親しくしていたので、事実あの城に会いにいったことがある。マーンはそのとき、修道僧の頭巾《ずきん》のような妙な覆面をし、顔を伏せて庭を歩いておった。家内は名刺を届けさせて、マーンがやってくる小道に立って待っていた。ところがマーンめ、家内を石ころのように無視して、口もきかず一瞥《いちべつ》もくれずに通り過ぎおった。人間とは思えぬ、奇怪なロボットのような歩き方でな。家内がマーンのことを死人と言うのももっともなことだ」

「不思議なことですね」とマローはあいまいに言った。「そういう――そういうこととは存じませんでした」

青年紳士マロー氏は、相当に憂鬱だったそのピクニックから戻ると、思うところあってある知人を探しに出かけた。カトリックの修道僧に知り合いはなかったが、司祭を一人知っていたので、その人に会って、この不思議な物語について話したいと思ったのである。森で見たあの黒い雷雲のように、マーン城の上に蔽《おお》いかぶさっているという、非人間的な迷信の真相は何だろう、とマローはそのことがしきりに気になった。

あちこち尋ねまわったあげく、マローはやっとブラウン神父の居所をつきとめた。神父はカトリック信者で子福者の友人の家に行っていた。不意打ちをかけるようにマローが会いにいってみると、ブラウン神父は床の上に座りこみ、真剣な顔をして、きれいな人形の帽子を縫いぐるみの熊の頭にピンで留めようと努力しているところだった。

マローはその有様を見て、悪徳修道僧の話を持ちだすのは場違いのような気がした。しかし、その問題で頭がいっぱいだったので話をのばす気にはなれなかった。そのうえ、さきほどより心の底を流れていた何かが一気に逆流しだしていくらか目まいも覚えてきた。だからマローは、せきを切ったように、将軍夫人から聞いたままにマーン城の悲劇のことを話しはじめた。将軍や新聞社社長が言ったこともすっかり話した。新聞社社長がこの事件を取りあげたがっていることに話が及ぶと、聞き手と話し手のあいだの空気が一段と緊張したようだった。

ブラウン神父は自分の恰好が滑稽《こっけい》だとか威厳がないとかいうことは知りもせず、気にもしていなかった。まだ床の上に座っていたので、大きな頭と短い足をした神父は、玩具《おもちゃ》で遊んでいる赤ん坊のように見えた。しかし、その大きな灰色の目には、ある一つの表情が現われはじめていた。それはカトリック教会二千年の歴史を通じて多くの人たちの目に――その人たちはまさか床の上に座ってはおらず、あるいは公会議や僧会の卓をかこみ、あるいは司教や枢機卿の座についていたのではあるが――その人たちの目に現われたのと同じ沈痛な表情だった。人間の身にあまる重責の前に卑下《ひげ》する心のこもった、そして遙かかなたを見つめるような表情だった。荒天にのぞむ船乗りにも似て、聖ペトロの船（聖ペトロの船はカトリック教会のこと〈マタイ伝一六章一八節参照〉）の舵を預かった人たちは、ちょうどこのような沈痛に遠くを見はるかす眼差《まなざ》しをして、度重なる嵐に立ち向かってきたのだった。

「わざわざお知らせくださってどうもありがとう」神父が言った。「それは放っておけない問題です。お聞かせくださって実にかたじけない。これがあなたやウォートラム将軍のような方ばかりのことだったら、個人的な噂話ということですみもしましょう。しかし、ジョン・コックスパー卿が自分の新聞に《カトリック教会の恐怖》といった類《たぐい》のことを書き立てようとしているのなら事情が違ってきます。あれはトロントでもオレンジ党員（オレンジ党は一七九五年に結成されたプロテスタントの政治秘密結社）として鳴らしている人だ。我々としても手をこまぬいているわけにはまいりません」

「この話自体としてはどうお思いになります?」マローが不安そうに尋ねた。

「おうかがいしたかぎりでは、ちと非現実的な話のような気がします」神父は答えた。「議論の便宜上、仮にカトリックの僧侶が世間の人たちの幸福を目の敵《かたき》にしている厭世主義の鬼であるとしてみます。このわたしも厭世家の吸血鬼だということにしてみます」ブラウン神父は熊の人形に鼻をこすりつけていたが、それでは鬼らしくないと気がついて熊を下においた。「仮に我々が世間の人たちの友情や骨肉の情に水をさしたがっているものとしてみます。もしそうだとすると、マーン侯がご令弟のことを忘れたがっていたというのは我々としてもっけの幸いだったはずです。その気持ちをひっくり返してご令弟のためにいつまでも悲嘆に暮れるように仕向ける必要などなかったはずです。マーン侯の人間的な情愛が枯渇《こかつ》して旧友に口もきかなくなったのは坊主が悪い、人間的な情愛が高じていつまでも悲嘆に暮れているのも坊主が悪い、それでは少々不公平です。それに、宗教心が激しくなったおかげで人間が陰惨な偏執狂になるというのもわからない話だ。宗教が絶望した人間に希望をもたらすのでなければ、どうして人間の宗教心が盛んになります」

ちょっと黙ってから、ブラウン神父が言った。

「わたしはその将軍に会ってみようと思います」

「わたしが話をうかがったのは将軍の奥さんなんですが」マローが言った。

「ええ。しかし、わたしは、奥さんがしゃべったことよりも、ご主人がしゃべらなかったことのほうに関心があります」

「奥さんが知っている以上のことを将軍が知っているとお考えなのですか？」

「奥さんがしゃべった以上のことを将軍は知っていそうな気がします」ブラウン神父は答えた。

「将軍は、マーン侯が奥さんを無視した無礼ばかりは腹に据えかねると言ったそうじゃありませんか。何かそのほかに大目に見ていることもあろうかというものです」

ブラウン神父は立ちあがって、天衣無縫《てんいむほう》型の法衣の塵《ちり》を払うと、若干謎めいた顔をし、目を細くしてマローの顔をじっと見た。次の瞬間くるりと背を向けた神父は、これも天衣無縫型の蝙蝠《こうもり》傘と古ぼけた大きな帽子を取って、のこのこ街に出ていった。

神父はロンドンの広い通りや四つ角の広場をいくつも通り抜けて、ウェスト・エンドの古風な美しい一軒の家に来て、召使いにウートラム将軍にお目にかかりたいと告げた。面会の交渉はそんなに手間どらず、やがて神父は書斎に通された。書斎とは言っても書物よりは地図や地球儀のほうが多いその部屋に、黒い頬髯を生やし、頭の禿げたインド帰りの将軍が、細巻きの黒い葉巻きをくゆらしながら地図にピンをさして遊んでいた。

「お邪魔して申し訳ありません」神父が言った。「それも差し出がましい用件でお邪魔にあがったのだからなおのことです。ある人の内輪話めいた噂についてご相談したくて参上しました。しかし、わたしとしてはそれを内輪にしておきたいと望むだけで、他意はありません。不幸なことにその件を公にしようとはかっている人たちがいるのです。将軍、ジョン・コックスパー卿はあなたもご存じだと思いますが」

ふさふさした黒い髯が老将軍の顔の下半分をマスクのように隠していた。だから微笑しても、それと見わけるのは容易でなかった。しかし、その茶色の目がときどき明るく輝くことがあって、そんなときは微笑だか苦笑だかをしているのらしい。

「あの人なら知らぬ者はありますまい」将軍が言った。「わたしはよく知りませんが」

「しかし、あの人が何かを知って、それを活字にしようという気持ちを起こしたら、どういうことになるか、それは将軍もご存じですな」ブラウン神父は微笑を浮かべて言った。「それこそ誰知らぬ者はない話題になってしまいます。わたしが、将軍もご存じの、友人のマロー君から聞いたところでは、ジョン卿は《マーン城の秘密》とかいう一件について激越なカトリック攻撃の記事を新聞に出そうとしているそうです。《侯爵発狂の陰に修道僧あり》といった見出しでもつくことでしょう」

「仮にそのとおりだとしても」将軍が言った――「どうしてわたしのところになどおいでになったのか了解に苦しみますな。お断わりしておきますが、わたしは妥協の嫌いなプロテスタントです」

「わたしはいいかげんな妥協をしないプロテスタントが大好きです」ブラウン神父が言った。

「あなたなら真実を話してくださるに相違ないと思って参上しました。ジョン卿ではそうもいくまいという気がしたのは、これはやむをえますまい」

将軍の茶色の目がまた苦笑するように光ったが返事はなかった。

「将軍」ブラウン神父が言った。「仮にコックスパーのような手合いが将軍の祖国と軍旗をおとしめるような作り話を世間に広めようとしているとしたら、どうなさいます。仮に将軍の連隊が戦場から逃げだしたとか、将軍の幕僚が敵に買収されているとか言いふらすとすれば、どうなさいます。少々の不都合を忍んでも、事実を明らかにして中傷を論破しようとはなさいませんか？　誰が迷惑しようとも断固真相を究明しようとはなさいませんか？　わたしにも連隊があります。わたしも一つの軍隊に属しています。その軍隊が捏造《ねつぞう》談に相違ない風説によって名誉をそこなわれようとしています。わたしがその真相を究明しようとしているのを非難することは、あなたにもおできになりますまい」

　将軍が無言だったので神父は続けた。「わたしはマローからみなさんのお話しになったことをうかがいました。マーン侯が弟のように愛していた男が死んだために傷心のあまり隠者の暮らしをするようになったという話です。しかし、わたしは、それにはもっと何かあったはずだと確信しています。何があったのかお聞かせ願えるかと思って参上しました」

「いや、それ以上話すことはない」将軍はぶっきら棒に言った。

「話す内容がない、とも、話すことを望まぬ、とも二様に取れるご返事ですな」ブラウン神父はにっこり笑った。「もしわたしがそういう二股かけた返事をしたら、わたしはジェズイットと言われるところです（ジェズイットはイエズス会の修道士のこと。その精緻な決疑論が素朴な是々非々主義者の誤解を受け、そのため、ジェズイットはしばしば詭弁家と中傷された）」

　将軍は荒っぽく笑って、いっそう敵意を湧かせたように唸った。

「では、話すことを望まぬ、と言いましょう」将軍が言った。「そう言えばあなたは何と中される？」

「それではわたしがお話ししなくてはなるまい、と申すまでのこと」神父は穏やかに答えた。

　茶色の目が大きく見開かれて神父を見つめた。しかし、その目はこのたびは笑っていなかった。神父は言葉を続けた。

「たぶん心ならずもそうなさっているのでしょうが、あなたが冷淡をよそおって強制なさるうえはいたしかたがない。この一件の背後にもっと何かがあるとどうしてわかるのかお話ししましょう。わたしは確信していますが、マーン侯が隠遁して鬱々と暮らしていることについては、身内を亡くしたなどということのほかに深い子細があるはずです。修道僧がそれに関係があるかどうかは知りません。侯爵が改宗してカトリックになったのか、それともただ修道院に寄付するなど慈善を施《ほどこ》して良心の慰めにしていられるだけなのか、それさえわたしは知りません。しかし、あの人は、マーン城の喪主であるというだけでなく、何か過去のある人物であると思うのです。どうしてそう思うのか、たってのお望みだから、そのわけを一つ二つお話ししましょう。

第一に、マーン侯ジェームズ・メアは、まだ若くて爵位を継ぐ前だが、婚約していました。それをご令弟モーリス・メアの死後、どういうわけだか取り消したという話でした。名誉を尊《とうと》ぶ人が第三者の死で気を落としたというだけのことでどうして婚約を破るのです？　そういうときは慰めを求めて結婚生活に入るというのが普通でしょう。それは別としても、とにかくあの人は体面上からも婚約を守る義務があったはずです」

将軍は黒い口髭をかんでいた。茶色の目が注意深そうに、むしろ心配そうに神父を見つめていた。しかし、いぜん無言であった。

「第二に」と神父はテーブルに向かって顔をしかめながら続けた。「ジェームス・メアはよくこういうことを女友達に尋ねていました――モーリスは魅力のある男だろうとか、女たちに慕われると思わないか、とかいうようなことを。そういうことを訊かれて、その女友達は、ことによると謎をかけられたような気になったかもしれません」

将軍は立ちあがって、部屋のなかを荒々しく歩きはじめた。

「邪推、邪推」と言ったが、そんなに憤慨しているようでもなかった。

「第三に」ブラウン神父は続けた。「ジェームズ・メアが亡き令弟に哀悼の意を表わすやり方が不思議です。遺品を一つ残らず処分しましたし、写真肖像画の類も人目にふれぬように蔽ってしまいました。むろんそういうこともときにはありましょう。死別の悲嘆がそういう表われ方をしたのかもしれない。しかし、そうでなく他に意味があったのかもしれません」

「ばかばかしい」将軍が言った。「いつまでこういうことを言っているつもりなんです」

「第四と第五は相当に決定的です」神父は静かに言葉を続けた。「ことにその二つを一緒に考え合わせると。その一つは、モーリス・メアが名門の子息なのに葬式をしてもらわなかったということです。大急ぎで、たぶんは秘密裡《ひみつり》に埋葬されたらしい。そして、もう一つは、ジェームズ・メアが突然外国に姿を消したということです。実は逃げたのです、地球の果てまで」

「そこで」と神父は前と変わらぬ穏やかな声で話を進めた。「あなた方がメア兄弟の純粋無垢《じゅんすいむく》の愛情の物語を純白に保つために、わたしの宗教を真っ黒にけがそうとなさるのは、これは……」

「やめたまえ！」ウートラムは銃声さながらの声でどなった。「もっと話さねばなるまい。さもないとあんたの妄想はとどまることをしるまい。まず、モーリスの最期について言えば、あれは正々堂々とした果たし合いで死んだのだ」

「そうでしたか」と言ってブラウン神父は大きなため息をついたようだった。

「ジェームズと決闘して死んだ」将軍が言った。「英国で戦われた最後の決闘だったかもしれない。それもいまは昔の話だが」

「それならまだしもです。ありがたい……それならずっとましです」

「邪推していたいろいろなことに較べると、というわけだな」将軍は無愛想に言った。「嘲《あざけ》りたくば、あの純粋無垢の兄弟愛を何とでも嘲られるがよい。しかし、あれは真実、そうだったのだ。ジェームズ・メアは、一緒に弟のように育てられた従弟を深く愛していた。そういう子供を兄や姉が夢中でかわいがるということはよくあるものだ。ことにその子供が赤子のように邪気のない性格である場合はなおさらだ。しかし、この兄弟の場合は、無邪気で一本気なのは兄のジェームズのほうだった。これは人を憎むときでさえ、たわいのない憎み方をしたものだ。ふだんの優しさが怒りに変わっても、憤慨をぶちまけるだけで何も根に持つようなことがなかった。しかし、死んだモーリスのほうはそれとは反対だった。人づきあいのいいこと、人気のあることなどではジェームズも及ばなかったほどだが、社交界でもてはやされるようになってからは少々自分本位の気位が高くなったようだ。スポーツをやらせても、絵を描かせても、何をさせても抜群の腕前で、たいてい一等を獲得してにこやかに賞賛を受けていた。しかし、何かのはずみで他人にひけを取ったりすると、そうにこやかでもない様子を見せたりした。多少嫉妬心が強かったのかもしれない。モーリスが従兄の婚約を嫉妬して、虚栄心からそれを邪魔せずにいられなくなったのが決闘の原因だった。しかし、このみじめな一件について詳しく話すことはあるまい。ジェームズはいろいろなことで弟にひけを取っていたが、そうでないわずかなことの一つがピストルの技量だった。それだけ言えば充分だろう。それで悲劇が終わったのだ」

「つまり、悲劇が始まったのですな」神父が言った。「生き残った者の悲劇が。わたしはあの人をみじめにするのに吸血鬼のような修道僧はいらぬと思っていました」

「わたしは、ジェームズは必要以上に自分をみじめにしていると思う」将軍が言った。「あれは陰惨な悲劇だったが、わたしの言うように、正々堂々とした果たし合いだったのは事実だ。それにジェームズは大いに挑発されたのだった」

「どうしてそんなによくご存じなのです?」神父が尋ねた。

「この目で見たから知っている」将軍は無感動に言った。「わたしはジェームズの介添え人を務めた。モーリスが撃たれて砂浜に倒れるのをこの目で見たのだ」

「詳しくその話をうかがいたいものです」神父が言った。「モーリス・メアの介添え人は誰でした?」

「わたしなどより有名な人物だった」将軍は顔をしかめて言った。「ヒューゴー・ロメイン、あの大俳優が介添え人だった。モーリスは芝居に夢中になっていて、ロメイン――そのころは前途有望と言われながらまだ下積みだったが――のパトロンになって、あいつにもあいつの芝居にも金を出してやり、その代わりに趣味の素人芝居の演技を教えてもらったりしていた。いまでこそロメインは貴族以上の金持ちだが、あのころはこの金持ちの友人に頼っていたようだ。だからロメインが介添えを務めたとはいっても、兄弟喧嘩のどちら側に分があると考えてのうえでのことではないと思う。決闘に立ち会ったのは双方の介添え人だけで、つまり本式に英国流にやったわけだ。わたしはせめて外科医を呼んでおきたかったが、モーリスが、なるべく人に知られたくない、最悪の場合にはすぐ助けを呼べる、と猛烈に反対した。『半マイル先の村に医者がいる。わたしはその男を知っているが、この辺で一番速い馬を持っているんだ。いざとなればすぐ連れてこれる。弾が当たるかどうかもわからないうちに連れてくる必要はない』こういうことを言ったな。しかしその実、モーリスはピストルが得手ではなく、これは尋常の覚悟ではないと我々は察した。その心中を察すれば、我々もあえて逆らうこともならなかった。

場所はスコットランドの東海岸の平坦な砂浜。その砂地と内陸の村とのあいだには、雑草がまだらに生えた長い砂丘が塁壁のように続いていて、撃ち合いをしても誰にも見えも聞こえもする気づかいはない。いわゆる海岸連丘《リンクス》というやつですな――そのころゴルフ・リンクなど英国では聞きもしなかったが、その砂丘の壁に一ヶ所だけ、深い、蛇行した割れ目があって、我々はその割れ目を歩いて砂浜に出た。その光景がいまでもありありと見えるようだ。手前に黄灰色の砂地が幅広く広がっていて、浜辺近くに濃赤色の砂地が帯のように伸びていた――流血の惨事の赤い影が早くも砂を染めたかと思えるような、濃い、血の色だった。

決闘そのものは、怖ろしい早さで片がついたように思う。砂を巻く一陣のつむじ風のような具合だった。銃声一発、モーリス・メアの身体がこまのようにまわってナインピンのようにうつぶせに倒れた。妙なことだが、その瞬間までわたしはモーリスのことを心配していたのに、死んだ途端にわたしは殺したジェームズがすっかり気の毒になった。その気持ちはいまこのときもそのとおり。ジェームズは一生を通じてモーリスを愛していた。その怖ろしい反動が来ることがわたしにはわかった。第三者がどんな理由を見つけて許そうとしてもジェームズは永久に自分を許すまい、それがその瞬間にわかった。だから、忘れがたくわたしの記憶にやきつけられているのは、本当にありありと目に残っているのは、硝煙と銃火と倒れるモーリスの姿というあの悲劇の大詰めではない。そのほうは、物音にめざめた人間にとってその物音がすでに過去のものであるのと同じく、わたしにとってはすでに過去の思い出にすぎない。

わたしが見たのは、これからもいつも見ると思えるのは、哀れなジェームズが倒れた友であり敵である男のほうへ走っていく姿だ。海を背に彫りの深い目鼻立ちを浮きだたせ、茶色の鬚が黒く見えるほどに青ざめたあの顔だ。砂丘の向こうの村へ医者を呼びに走ってくれとわたしに手を振ったあの半狂乱の身ぶりだ。駆けよりながらジェームズはピストルを捨てていた。片手に手袋をつかんでいて、その手袋の指がひらひらしていたので、指さしたり助けを呼んだりする狂ったような身ぶりがなおのこと印象深かった。この光景が、それだけが、一幅《いっぷく》の絵のようにわたしの脳裡《のうり》にやきついている。その光景にはほかに何もない。あとは背景をなして砂浜と海が縞《しま》のように走っているのと、黒っぽい死体が石のように転がっているのと、水平線を背に銅像のように厳しく佇立しているロメインの姿があるばかりだ」

「ロメインは身動きもしないで立っていたのですか?」神父が尋ねた。「あの男ならいち早く死体のほうへ駆けよりそうなものですが」

「たぶんわたしが行ってしまってからそうしたのでしょうな。わたしはその情景を一瞬のうちに心におさめて、次の瞬間にはもう砂丘と砂丘のあいだをつっ走っていたので、ロメインも何もじきに見えなくなってしまった。ところで、モーリスが選んでおいた医者というのはよい医者で、着いたときには手遅れだったがまさかと思うほど早く来た。赤毛の男で、気短かだが、沈着で果断な、村医者ながらえらい男だった。わたしが門を叩いてから一分と経たぬうちに、医者は馬にとびのって修羅場めざして蹄《ひづめ》の音高く駆けだしたので、わたしはずっと遅れた。しかし、そのわずかのあいだに感じとったかぎりでも、よく人間のできた男のようだったので、ああ、決闘の始まる前にこの医者を呼んでいたら、と痛嘆したものだ。この男なら何とか決闘をやめさせてくれたに相違ない、といまでもそう思っている。しかし、現実にはもう果たし合いはすんでいた。医者はそのあと片づけに敏腕をふるうより仕方がなかった。実際、わたしが膝栗毛《ひざくりげ》であとを追って砂浜に帰りつかないうちに、せっかちで実際家の医者はとうにいっさいを始末しておった。死体は砂丘に仮埋葬してあったし、殺人を犯した不幸な男は残された唯一の方法をとるように、つまり逃げて自分の命を助けるように、と説き伏せられていた。ジェームズは浜伝いに逃げて港に行き、何とかうまく国外に出た。

あとはご存じのとおり。長いあいだ外国にいて、いっさいが人の口にのぼらなくなり、忘れ去られるのを待って帰国し、マーン城に入って自動的に爵位を継いだ。決闘の日以来、わたしは一度もジェームズには会っていないが、あの男の胸の奥深くに緋文字で何が書かれているかは、このわたしが一番よく承知している」

「どなたか、その後マーン侯に会おうとなすったとかうかがいましたが」神父が言った。

「わたしの家内がずっと会いたがっている」将軍が言った。「決闘をしたという咎《とが》で人間一人が永久に葬られるなどということは承知できないと、言っておりましてな。実を言えば、わたしも家内に賛成したい。八十年前なら決闘はむしろあたりまえのことだった。それにあれは故殺ではあろうが謀殺ではなかった。家内は決闘の原因になった不幸な婦人といまでも親しくしている。そして、ジェームズがもう一度ヴァイオラ・グレーソン嬢に会って、昔の決闘はもう過ぎたこと、と保証してもらったら、あるいは正気を取りもどすのではないかと考えておる。たしか明日、家内は昔の仲間を集めてマーン城に行く計画だ。あれは元気のいい女でしてな」

ブラウン神父は、相当に放心の体《てい》で話に耳を傾けながら、将軍の地図のわきにあったピンを玩具にしていた。神父は心に画像を描きながらものを考えるということがよくあった。いま神父は浜辺の情景を心に描いていた。その情景は実際家の軍人の散文的な心にさえも色鮮やかにやきつけられたほどのものだったから、神秘家肌の神父の心にあっては、さらに由々《ゆゆ》しき色調、さらに不吉な陰影を帯びて描きだされていた。神父の心眼は濃い緋の色の荒涼たる砂浜を見た。その色合いは血の畑《アケルダマ》もかくやと思われた（キリストを売ったユダは、代償として受けた銀を聖堂に投げ入れて自殺した。聖堂の僧はその銀を「血の値」として喜ばず、土地を求め、旅人の墓地とした。世人これを「血の畑」と呼んだという）。また黒っぽい土嚢《どのう》のように横たわっている死体を見た。後悔の念に半狂乱となって背を丸め、手袋を振って走ってゆく加害者の姿を見た。しかし、神父の想像は、どのような尋常の構図にも当てはまらぬ第三の男の姿にたえず立ち返るのだった。それは海辺に据えられた黒い銅像のように身動きもせずに佇立している不思議な介添え人の姿だった。人によっては、これは些細《ささい》なことに思えるかもしれない。しかし、ブラウン神父には、ぎごちなく立ちつくしているその姿が、ほかでもない、一個の疑問符号のように見えたのだった。

どうしてロメインはすぐに動かなかったのか？　モーリスとの友情はさておくとしても、普通の人情としても介添え人なら我知らず駆けよったはずである。たとえロメインが敵方に買収されていたとか、それとも、もっと陰惨な下心があったとか、何か秘密のわけがあったとしても、体裁をつくろうためにも身体を動かさなくてはならなかったはずである。いずれにしても、決闘にきりがついたうえは、敵方の介添え人が砂丘の向こうへ走り去るのを待たずに、こちらが動きだすのが当然だったはずである。

「そのロメインという男は動作のにぶい男ですか？」神父が尋ねた。

「ほう、あなたもそれを不審にお思いなさるか」ウートラムは鋭い目で神父をちらと見て言った。「いや、あの男は動くとなると甚《はなは》だすばやい動きをする。しかし、妙な話だが、実はわたしもそれについてあることを思い出していました。今日の午後、森で雷に遭ったときも、ロメインはまるで決闘のときと同じ恰好で突っ立っていたということだ。銀の留め金のついた半外套を着て片手を腰に当てたままじっと立っていたが、あれはずっと昔に果たし合いの砂浜で立っていたのと寸分違《たが》わぬ姿勢だった。稲妻でみんな目がくらんでいるのにあの男はまばたきもしなかった。稲妻の消えたあとも暗いなかをそのまま動かずに立っていた」

「いまもそこに立っているのではありますまいな」神父が尋ねた。「つまり、ときには動くこともあるのでしょうな?」

「さよう。雷鳴が聞こえるとすばやい動きをしました。稲妻と雷鳴のあいだの正確な時間を教えてくれたところから察するに、それを待っていたらしい。おや、どうかしましたか?」

「あなたのピンで指を刺してしまいました」神父が答えた。「ピンを悪くしてなければいいのですが」しかし神父は目を爛々《らんらん》と光らせ、口を固く結んでいた。

「加減が悪いのですか?」将軍は相手を見つめながら尋ねた。

「そうではありません。ただ、わたしはロメイン氏ほど自制心が強くないというだけのことです。光を見るとまばたきをせずにはいられません」

神父は辞去しようとして帽子と蝙蝠傘を手に取った。しかし、ドアのところまで来て、何かを思い出したらしく立ちどまった。ウートラムのそばまで戻ってきて、死にかけた魚のような、途方に暮れたような目で相手を見あげた。そして相手のベストをつかまえたそうな手つきをした。

「将軍」神父はささやくような小声で言った。「後生ですから奥さんとグレーソン嬢がまたマーン侯に会おうとなさるのをやめさせてください。寝ている犬はそのままにしておくものです。さもないとひと騒動持ちあがりますぞ」

一人あとに残された将軍は、茶色の目に当惑の色を浮かべていたが、やがて腰をおろしてまたピンで遊びはじめた。

しかし、その次の日、将軍夫人は夫君の当惑を上まわる困惑を味わわなくてはならなかった。

夫人はこの日、小人数の同志を糾合《きゅうごう》して厭世家の城を強襲しようという、かねての人道的な陰謀を実行に移したのだった。夫人がまず驚いたのは、かの決闘悲劇の出演俳優の一人が、この壮途を無断で脱退したことだった。打ち合わせたとおりに一味が城のそばの閑静なホテルに集結してみると、ヒューゴー・ロメインが姿を見せないのである。待っていると、代理の弁護士から電報で名優が突如《とつじょ》外国に旅だった旨通達してきた。第二の意外事は、一行が至急の面会を要求する口上を城に送って強襲の火蓋を切ったとき、城主の名において代表団を応接すべく暗い城門からまかり出た、その人物だった。それはこの城の小暗い庭や中世風の格調にふさわしいとはとても言えない風采の人物だった。威儀を正した家老でもなく、しかつめらしい用人でもなく、すらりと背の高い派手な衣装の小姓でさえもなかった。洞穴のような城門からただ一人まかり出たその人物は、ずんぐり見ばえのしないブラウン神父だった。

「みなさん」神父はいつもながら飾り気のない声で、少々困ったように言いだした。「わたしはあなた方に、あの方をかまわずにおいたほうがよいと申しあげたはずです。あの方はご自分のなさっていることのわけをちゃんとご存じです。余計なことをするとみんなが不幸になるだけです」

ウートラム夫人は、もとのグレーソン嬢らしい、つくりは地味だがまだすらりと美しい婦人と連れ立っていたが、このあいさつに冷たくさげすむようにちびの神父を見つめた。

「わたしどもは、ごく内輪の用件でおうかがいしましたのよ」夫人は言った。「あなたがこの問題にどういう関わり合いがおありなのかしら」

「他人様《ひとさま》の内輪の問題に首を突っこみたがるのが坊主の常だ」ジョン・コックスパー卿が唸《うな》るように言った。「この連中が事件の背後に巣食っているのを知らないんですか、奥さん。まあ、壁のなかに巣食っている鼠も同然ですな。そして、羽目板に穴を空けてはどなた様の私室にももぐりこんでくる。ごらんなさい、もうすっかりマーン侯をまるめこんでいる様子じゃありませんか」ジョン卿が少々不機嫌だったのは、貴族の友人たちに説き伏せられて、上流社会の秘密のなかにもぐりこむ特権とひきかえに、その秘密を特ダネにすることを諦めさせられたからである。もっともこのジョン卿は、羽目板の穴のなかの鼠とは自分のことかもしれない、などということは思ってみたこともない。

「ああ、そのことなら心配ご無用です」ブラウン神父は懸念と焦燥の混じったような声で答えた。「わたしはそのことで、侯爵と、これまでに侯爵が多少とも関係のあったただ一人の修道士もまじえて、相談いたしました。マーン侯の僧侶趣味はひどく大げさに伝えられていたことがわかりました。あの方は何もかも承知のうえで、ああいう暮らしをなさっているのです。お願いだからあの人をそっとしておいてやってください」

「そしてこの荒れ城で生きながら死んだような暮らしをしているのを見殺しにしろ、ふさぎこんだあげくに頭がおかしくなるのをかまわずにおけとおっしゃるのね！」ウートラム夫人が声を震わせて叫んだ。「二十五年以上も前に運悪く決闘で人を撃ってしまったというだけの咎なのに。あなた方のおっしゃるキリスト教の慈悲ってそういうことですの？」

「いかにも」とブラウン神父は動じなかった。「それがキリスト教の慈悲と申すものです」

「カトリックの坊主どもから引きだせる慈悲というのは、せいぜいそれくらいのものだろう」コックスパーがにくにくしげに言った。「ちょっとした軽はずみをしでかした哀れな男を許すにも、この連中は、罪人を座敷牢に放りこんで、断食と懺悔《ざんげ》と地獄の業火の絵で干し殺さにゃならんと思っている。たった一発間違って当たったというだけのことなのに」

「ブラウン神父」ウートラム将軍が言った。「あなたはマーン侯がこのような報いを受けなくてはならぬと本気で思っていられるのか？　それがあなたのキリスト教なのか？」

「本当のキリスト教というものは」夫人は前より優しい声になって訴えた。「すべてを知りながらすべてを許せるものですわ。すべてを覚えていながら忘れることもできる愛ですわ」

「神父さん」若いマローも熱心な口調で言った。「わたしは神父さんのおっしゃることにはたいてい賛成しています。でも、今度ばかりは何としてもお考えが承服できません。決闘で一発撃っただけで、しかもすぐに後悔しているのです。それほど怖ろしい罪とは思えません」

「実は」ブラウン神父は張りのない声で言った。「わたしはあの人の罪をもっと重大なものと考えています」

「神様があなたの頑《かたくな》な心をやわらげてくださいますように」ジェームズの前の婚約者がこのとき初めて口を開いた。「わたしは昔のお友達にお目にかかるつもりですわ」

その声が灰色の城館から幽霊を呼びだしたかのように、大きな石段の頂上にある暗い城門に何かが動く気配がして、一つの人影が現われた。その人物は重苦しい黒一色に全身を包んでいたが、その白い髪に何やらすさんだ感じを漂わせ、欠け落ちた古大理石像の首さながらの青い顔をしていた。

ヴァイオラ・グレーソン嬢は大きな石段を静かに登りはじめた。見送りながらウートラムが、濃い黒い口髭を動かしてつぶやいた――「今度はマーンもわたしの家内のときのように黙殺するようなことはあるまい」

ブラウン神父は、あきらめきってぼんやりしているようだったのが、この言葉にちょっと顔をあげて将軍を見つめた。

「マーンはかわいそうに良心の呵責《かしやく》にたえかねているのです」神父は言った。「許せることは許してあげようじゃありませんか。少なくとも、あの人は奥さんを黙殺したことはないのです」

「それはどういう意味です?」

「あの人は奥さんに会ったことがありません」ブラウン神父が言った。

そのようなやりとりのうちにも、グレーソン嬢は石段を登り進んで、誇らしげに最後の一段をこえ、マーン侯と対面した。侯の唇が動いた。しかしそれが言葉になる前に、ある奇妙なことが起こった。

絹を裂くような叫びが城の前庭に響き渡り、古城の石の壁を伝わりながら悲しげなこだまの尾を引いた。グレーソン嬢の唇から洩れたその唐突な、苦しげな叫びは、しかしただの悲鳴ではなかった。それは、はっきりと言葉をなしていた。その言葉をはっきりと聞いて一同は驚愕した。

「モーリス!」

「どうしたの?」ウートラム夫人が叫んで階段を駆けあがりはじめた。グレーソン嬢は、いまにも石段の頂上からまっさかさまに落ちそうに身体をふらふらさせていた。しかし、やがて、あたりを見まわすように首を振ると、しおれ返ったようにうなだれて、震えながら石段を降りはじめた。「なんてことでしょう」グレーソン嬢は言っていた。「なんてことでしょう……ジェームズじゃない……モーリスだわ!」

「奥さん」ブラウン神父が壮重に言った。「グレーソンさんをお連れになってお帰りになられたほうがよろしいでしょう」

一行が帰ろうとしたとき、一つの声が石のように石段の頂上から降ってきた。それは開いた墓穴から出た声のように聞こえた。無人島に島流しにされて、野鳥と一緒に暮らした人の声のように、しゃがれた、異様な声であった。それはマーン侯の声であった。そしてそれは「お待ちなさい!」と言った。

「ブラウン神父」侯爵は言った。「あなたに一任しますから、みなさんが散りぢりになる前に、あなたにお話ししたことをすっかり話してあげてください。そのためにどのようなことになろうとも、もうわたしは逃げ隠れしないつもりです」

「よくおっしゃいました」神父は答えた。「そのお気持ちは立派です」

ブラウン神父は、そのあと、口々に問いかける一行に向かって静かに言った。「さよう。あの人はわたしに話す権利を許してくだすった。しかし、わたしは、あの人から聞いたとおりではなく、わたしが自分で見つけだしたままをお話ししましょう。そもそもの初めから、わたしは、修道士の影響で気が変になったというあの話は、みんな小説から出たナンセンスだと知っていました。修道会の人たちは、場合によっては人を励まして正規に修道院に入らせることはありましょうが、中世の城に陣どって暮らすということは決してありません。それと同じく、修道士でもない侯爵に修道士のなりをさせたがるなどということも決してありません。しかし、わたしはふとこういうことを思いつきました――ことによるとマーン侯は修道士の頭巾を、つまり覆面になるものをほしがっていたのではないか、と。わたしはあの人が喪に服していることを聞き、また人を殺《あや》めた過去のあることを聞きました。しかし、そういうことを聞くうちにも、わたしは、あの人が隠れている理由が、あの人が前に何をしたかということだけでなく、あの人が誰かということに関係があるのではないかとぼんやり考えていました。

それからわたしは、将軍から、決闘の一部始終を目に見えるように話していただきました。そのなかでも一番ありありと目に見えるようだったのは、その場面の背景にいたロメイン氏の姿でした。背景に立っていたからこそ、なおのこと目立ったのですな。どうして将軍が村へ走らなくてはならなかったのだろう、とわたしは不思議でした。介添え人のくせにどうしてロメインは死体から五、六ヤード離れて切り株か石のように動かずにいたのだろう、と。そのときわたしは、些細なあることを聞きました。ロメインには、じきに何ごとかが起こるのを心待ちにしているとき、じっと立っているという妙な癖がある、ということです。森で稲妻が光って雷鳴が来るのを待っていたときが、ちょうどそのとおりでした。その習慣的な癖が、事件のすべての秘密を明かしてくれたのです。あの決闘のときもヒューゴー・ロメインは、何かが起こるのを待っていたのです」

「しかし、もうモーリスは撃たれていた」将軍が言った。「何を待つことがあったろうか?」

「決闘を待っていました」神父が言った。

「決闘ならすでに終わるのをわたしが見ている!」将軍が叫んだ。

「いいや、あなたはごらんにならなかった」神父が言った。

「あなたは気はたしかか?」将軍がつめよった。「でなければ、どうしてわたしが盲目だと言われる?」

「どうしてかと申せば、あなたが盲目にされていたからです。見えないようにされていたのです。どうしてかといえば、あなたがよい人なので、神様があなたの潔白な心を憐《あわれ》まれて、あの非道な争いからあなたの顔を背けさせてくだすったのです。ユダとカインの悪逆の心のたけり狂うあの赤い砂浜と、あなたとのあいだに、神様が砂と沈黙の壁を置いてくだすったのです」

「どんなことがあったのか話してください!」夫人がもどかしそうに尋ねた。

「わたしが真相を知るようになったままの順序で話しましょう」と神父は話しつづけた。「次にわたしが気がついたのは、当時ロメインがモーリスに俳優術の手ほどきをしていたということです。わたしの昔の友達で、俳優になったのがいます。その男は、演技練習の最初の一週間は倒れる稽古ばかりだった、というおもしろい話をしてくれました。頓死《とんし》でもしたように、よろめかずにまっすぐうつぶせに倒れる練習ばかりさせられたということでした」

「何という怖ろしいことだ!」将軍は叫んで、立ちあがろうとでもするように椅子の腕木を握りしめた。

「怖ろしいことです」神父が言った。「あなたは、決闘が怖ろしい早さですんだとわたしにお話しになったが、実は、モーリスは弾丸のとんでこないうちに倒れて、じっと伏せたまま待っていたのです。そしてモーリスの悪い友人であり教師であるロメインも、背景に立ったまま待っていたのです」

「我々も待っている」コックスパーが言った。「で、どうしました?」

「ジェームズ・メアは、後悔の念に胸もはりさけんばかりになって倒れた男のそばに駆け寄り、かがみこんで抱きあげようとしました。ピストルはさわるのもけがらわしいといった気持ちで投げ捨てていました。しかしモーリスのピストルはまだその手の下にあって、発射してありませんでした。ジェームズがかがみこもうとしたとき、モーリスは左手をついて身を起こし、相手の身体を撃ちぬきました。モーリスは自分の射撃がうまくないのを知っていました。しかし、その近さでは心臓を撃ちそこなうはずはありませんでした」

聞き手はみな立ちあがって、青い顔で語り手を見つめていた。「たしかにそうだったのですか?」やっとジョン卿が重苦しい声で尋ねた。

「たしかに」ブラウン神父は答えた。「このうえは、わたしは、マーンの現侯爵モーリス・メアをあなた方のキリスト教の慈悲におまかせするばかりです。今日、あなた方はキリスト教の慈悲についてお話しくだすった。お話をうかがっていて、わたしはみなさんが慈悲の許しということを大げさなほどに重んじていられるような気がしました。しかし、みなさんが慈悲の許

しを過小にでなく過大にお考えになっていられ、誰とでも喜んで和解しようとなすっていると
いうのは、モーリスのような気の毒な罪人にとって何という幸運でしょう」
「それは話が違いますぞ！」将軍が爆発した。「ああいうけがらわしい毒蛇とわたしが和解す
ると思ってでもいられるのなら、わたしははっきり言う、あの男が地獄に落ちようともわたし
は指一本動かして引きとめたいとは思わん。作法どおりの尋常の勝負をしたと思えばこそ、わ
たしは許すと申したのだ。しかし、そういう卑怯未練のだまし討ちに人を殺したとあれば……」
「やつはリンチに処すべきだ！」とジョン卿が激しくわめいた。「米国で犯罪者をやるように
生きながら火あぶりにすべきだ。あの世に永劫《えいごう》の業火があるとすれば、やつこそ……」
「そういうけがらわしいやつには舟の棹《さお》でもさわりたくない」マローが言った。
「人間の慈悲には限度がありますわ」ウートラム夫人がわなわな震えながら言った。
「いかにも限度がある」ブラウン神父はむしろひややかに言った。「そして、その点にこそ、
人間の慈悲とキリスト教の慈悲の本当の違いがあるのです。今日あなた方は、わたしを無慈悲
と呼んでさげすまれ、すべての罪人を許さねばならぬ、と説いてたしなめられた。そのときわ
たしが恬《てん》として恥じぬようであったとしても、それは許していただかなくてはなりません。な
ぜならそのときわたしは、あなた方が人の咎を許すのは、その咎が本当の罪ではないとお思い
のときにかぎってのこと、と知ってあえて賛同しなかったのです。みなさんが罪人を許すのは、
その人の咎が犯罪ではなく習俗にすぎぬとお考えになるときだけなのだ。だから、みなさんは、
世間の慣習として行われる離婚を大目に見るのと同じように、慣習として行われる決闘を大目

に見ようとなさる。あなた方が人を許すのは、許すほどのことが何もないからなのだ」

「もうたくさんです!」マローが叫んだ。「しかし神父さん、あなたはああいう陋劣《ろうれつ》な所業がわれわれに許せるとでもお思いなのですか?」

「思いません」神父が言った。「しかし、我々司祭はそれを許すことができなくてはならぬのです」

神父はすっくと立ちあがって一同の顔を見わたした。「我々司祭は、そのような人たちに、舟の棹ではなく祝福をもって接しなくてはなりません。この人たちを地獄から救う言葉を言ってやらなくてはなりません。あなた方の人情がこの人たちを見放すとき、それを絶望から救うのはわたしたちだけなのです。あなた方は、ご自分の趣味に合った悪徳を許したり、体裁のいい犯罪を大目に見たりしながら、桜草の咲きこぼれる歓楽の道をずんずんお歩きになるがよい。我々を夜の吸血鬼のように闇のなかに置きざりになさるがよい。そうすれば我々は本当に慰めを必要とする人たちを慰めます。この人たちは本当に申し開きの立たぬことをしているのです。本人も世間も弁解の言葉を知らぬようなことをしているのです。それが許せるのは司祭以外にはないのです。卑劣な、唾棄《だき》すべき、本当の罪を犯した人たちを我々に残してください。鶏が時をつくったとき、聖ペトロもそのような卑劣な罪を犯していました。しかしそれでも夜明けは来たのです（キリストが捕らえられた夜、安否を気づかって密かに様子を窺っていたペトロは、見とがめられ、みずからも捕えられるのを怖れて三度キリストの弟子であることを否認した。そのとき鶏が鳴き、「鶏鳴く前になんじ三度我を否むべし」とキリストの預言したことを思い出したペトロは、夜明けの野に一人立って泣いた。その痛悔によってペトロの罪は許された）」

「夜明けが来た」マローはいぶかしげに繰り返した。「それは希望ということですか――モーリスにとっての?」

「そうです」神父は答えた。「あなた方に一つだけお尋ねしたいことがある。あなた方は品行に自信のある名誉ある紳士淑女でいらっしゃるから、あのような陋劣なことをするほど卑しくはなれぬ、ときっぱりおっしゃることでしょう。しかし、この問いに答えてみてください。もし、あなた方にああいうことがあったとしたら、何年も経って、裕福に安全に老後の生活を送ろうと思えば簡単にそうできるのに、良心や司祭にうながされて、身の上を告白なさろうという方がみなさんのなかに一人でもおいでになりますか? あなた方は自分はこういう陋劣な罪を犯すことはできないとおっしゃる。しかし、あなた方はこのような陋劣な罪を告白することがおできになりますか」

一行はそれぞれ持ち物を手に取ると、連れ立った者も一人きりの者も、みな黙々と部屋を出ていった。ブラウン神父も、無言のまま陰鬱《いんうつ》なマーン城のほうへ引き返していった。

「――といった類《たぐい》の事件でわたしは殺人犯の役を務めました」と言ってブラウン神父はワイン・グラスを置いた。血の色の走馬灯のように、数多《あまた》の犯罪の情景が神父の目の前を通り過ぎていった。

「もっとも」神父はちょっと黙ってから言葉を継いだ。「いつも他の人間がすでに下手人の役を演じおえていたので、わたしが現実に凶行を経験するわけにはまいりませんでした。わたしは、いつなんどきでも凶悪犯の代役を務める用意のできている万年代役のようなものでした。少なくともその役柄を充分に知りつくすようにいつも心がけていました。どういう意味かと言えば、凶行に及ぶ瞬間の犯人の精神状態を心に描いてみると、わたしはいつもそれがとても他人事《ひとごと》とは思えなかったのです。ある心理状態に置かれさえしたら、わたしが自分でそれをやったかもしれない、といつも痛感したわけです。ただし、その心理状態というのはどういう状態でもいいのではなく、ある特定の状態、それもたいていは《いかにも穏やかではない》と誰もが思うようなものではありませんでした。その特定の心理というものがわかれば、むろん、犯人が特定のどの人物かということがわかります。その犯人は、たいていは、《いかにもうさん臭い》とみんながきめこんでしまうような人物ではありませんでした。

たとえば、あのグィン判事の事件です。殺されたのが革命運動を弾圧していた判事だから、危険思想を奉ずるあの詩人が《いかにもうさん臭い》とみんなは思いました。しかし、それだけの理由で詩人が判事を実際に殺したりすることはない。革命的な詩人がどういうものであるかをよく考えたらそれはわかるはずです。わたしは、自分は革命的な詩人である、と想像してみました。つまり、改革のためと言わんよりは破壊のための過激行動にうつつを抜かす、よくある類の虚無的な悲観論者になってみようとしたのです。そのために、教育や伝統のおかげで幸せにも自分が持ち合わせている健全な思想とか建設的な常識とかいった要素を、まず自分の心から取り除こうとしました。天上の光がさしこんでくる心の窓を閉ざし、陰惨な気持ちをこしらえました。わたしの心を照らしているのは、地底の岩を裂き、深淵を嘔吐して昇ってくる地下の火だけだと想像してみました。ところが、そういう幻想が狂騒の極に達したときでさえ、わたしは、どうしてあの詩人がわざわざお巡りさんに捕まるような場所にいたのか納得がいきませんでした。もし判事を殺していたのなら捕まる前に逃げていたはずで、詩人の目から見れば下劣な衆愚の一人にすぎぬ判事の命とひきかえに、自分の命を縮めるのはまっぴらだったはずです。詩のなかでこそ《死よ、破壊よ》と歌ってはいても、自分が死刑になるのはいやでしょうからな。いや、あの男は詩のなかで《死よ、破壊よ》と歌っていたからこそ、自分で殺人を犯すことはなかったのです。詩のなかに自分を表現できる人間は、自殺的な行動で自分を表現する必要がないのです。一編の詩が詩人にとっては一つの行動です。一編の詩を書けば詩人はもっと書きたくなるだけです。

そこでわたしは、もう一人の不信心者のことを考えてみました。こちらは、同じ異端でも、世界を転覆させようとしている過激派のそれではなく、すでにできあがっている世界に頼り切っている因循姑息《いんじゅんこそく》のお偉方の異端です。この連中は、人工光線でまばゆく照らしだされた上流社会だけが世界で、その向こうやまわりは、真の暗闇で何もないと思いこんでいる。わたしも、神様のお恵みがなかったらそういう手合いの仲間になっていたかもしれません。こういう世俗的な名士は、まったく自分たちの世界のためだけに生きていて、ほかの世界を信じませんから、そういう空漠たる生活からつかみとれるものと言えば、世俗的な成功と快楽だけです。こういう、グィン判事のような男こそが、自分の唯一無二の世界から追われそうな破目に立たされたら、本当にどんなことでもやりかねない人間なのです。罪を犯すのは、革命家気どりの男ではなく、名士風を吹かしている男なのです――名士風が吹かせなくなりそうだったので凶行に及んだのです。あのお高くとまった判事殿のような人間にとって、弱点を暴露されることがどんなにこたえるものか、考えてもごらんなさい。しかも、その暴露の内容たるや、あの人たちのお高くとまった社会で、いまだに本当にいみ嫌われている唯一の犯罪たる売国の罪だったのです。わたしだってあの男の地位について、せいぜいあの程度の哲学しか持っていなかったとしたら、何をしでかしたかわかったものではない。さればこそ、こういうささやかな宗教上の修行は実に健全な修養になるのです」

「そういうふうに心を働かせるのは、人によっては病的と言うかもしれませんな」グランディソン・チェイスが釈然としない顔をして言った。

「また実際」ブラウン神父は荘重に言った――「慈悲や謙遜は病的だと思う人もいますな。あの革命詩人などもそう思うでしょう。しかしわたしは、いまはそのことを論じているのではありません。わたしがふだんどういうふうに仕事をするのかという、ご質問に答えようとしているだけです。これは光栄に思わなくてはならんのですが、これまでにもお国の二、三の人たちから、どういうふうにしてわたしが刑事事件の誤審を未然に防ぐのかとお尋ねを受けたことがあります。お国にお帰りになったら、何か病的な心術を用いているらしい、とお伝えくだすってもけっこうです。しかし、わたしは、なんとしても魔術だとは思われたくない」

チェイスは、瞑想的《めいそうてき》な渋面《じゅうめん》をくずさず、じっと相手を見つめていた。利発な男だから、その考えがわからなかったのではない。しかし、素朴な健全さを備えている男なので、自分としてはそういう病的なものを受け入れるわけにはいかないと言いたいような気がしていた。チェイスは、たった一人の相手と話しているのに、百人の殺人犯を相手にしているような気がした。鬼の目のように赤く燃えるストーブのそばに、小鬼のようにちょこなんと座っているちびの神父が、そこはかとなく鬼気を漂わせているような気がするのである。その丸い頭のなかに、虚構の悪逆や非道な不条理が山ほど入っていると思うと、なおのことその感が深かった。神父が背にしている黒々と広い空間にも、黒いもののけの影がむらがっているかに見えた。殺人犯の亡霊どものようなその黒い影のむらがりは、獄舎につながれてでもいるように、ストーブの赤い鬼火の魔法の圏内から抜けだすことはできぬが、それでも隙あらば主人の鬼に躍りかかって八つ裂きにしようという身がまえで、いつまでもうごめいていた。

「いや、わたしとしても、お考えは少し病的ではないかという気がします」とチェイスは素直に本音を吐いた。「そして、それが魔法ほどには病的でないと言えるかどうかも、わたしは疑わしく思うのです。しかし、病的であろうとなかろうと、殺人鬼の心を心とするというのは、さぞやおもしろい経験でしょうな」それからちょっと首をひねってから、こうつけ加えた——「わたしには、神父さんが本物の立派な犯罪人になれるかどうかはわかりません。しかし、小説をお書きになったら、すばらしい作家におなりでしょうな」

「わたしが扱うのは虚構でなくて実際の事件だけです」神父が言った。「しかし、実際でないことを想像するより、実際のことを想像するほうが難しいこともあります」

「世間を騒がす大きな犯罪の場合だと、ことにそうでしょうね」

「本当に想像しにくいのは、大きな犯罪ではなくて小さな犯罪のほうです」神父が答えた。

「どういうことをおっしゃるのでしょうか?」チェイスが尋ねた。

「宝石泥棒のようなけちな犯罪のことです」神父が答えた。「エメラルドの首飾りや、メルーのルビーや、金の金魚などの事件のことです。こういう事件を扱うとき、厄介なのはこちらも心を矮小《わいしょう》にしなくてはならないということです。宇宙の神秘を売りものにして哲人を騙《かた》るような、気宇広大《けうこうだい》、高踏的ないかさま師は、ああいう見えすいた盗みはしません。だから、あの予言者がルビーを盗んだのではないということについては確信がありました。ド・ララ伯爵が金魚を盗まなかったということもたしかでした。しかし、バンクスのような男はエメラルドくらい平気で盗みそうだと思いました。神秘思想の哲人にとっては、宝石はただのガラスのかけらです。それを見透すこともできるのです。しかし、ものを表面的にしか見ない小人物は、宝石を市場価値でしか考えることができない。

それに対してはこちらも心を矮小にしなくてはなりません。それはたとえば、がたのきているカメラで小さく小さく焦点を合わせるようなもので、ひどく骨が折れます。しかし、心を小さくするにはどうすればいいかについては、いろいろと手がかりもあって、それがまたずいぶんと秘密を照らしだしてもくれました。たとえばです、世間には魔術師や千里眼や山師の《化けの皮を剝《は》いでやった》と得々として吹聴《ふいちょう》する連中がいるものですが、この手合いは、十人が十人、矮小な心の持ち主です。よくあるでしょう、たわいのないいかさまを《看破して》流れ者の魔術師などをいじめて喜んでいる手合いです。どういう大義名分があるのか知らんが、そういうことをしていてよくいや気がささないものですな。なみなみならず卑しい喜びです。で、わたしは、そういうふうなことの好きな人間が矮小な心の持ち主であることに気がついた途端に、どこに犯人捜しの見当をつけたらいいのかがわかりました。予言者の化けの皮を剝《は》ぎたがっていた男に当たりをつけてみると――ルビーをかすめたのはその男でした。姉君の心霊家がかった言動を妄想だと嘲《あざけ》っていた男に当たりをつけてみると――エメラルドを盗んだのはその男でした。ああいう手合いはいつも宝石に目をつけます。神秘哲人を騙る高踏的ないかさま師とこと変わり、俗臭を脱して宝石を蔑視することが、決してできないのです。ああいう悪党はどれもこれも低俗です。俗な気持ちのかたまりだからこそ悪党になったのです。

しかし、あなた方が、それほどの無風流な心を心とするには相当に時間がかかります。つまらぬ小さな物をあれほど真剣にほしがる気持ちは、並み大抵のことでは体得できません。しかし、まずそれほどの俗な気持ちになりきるには、ずいぶん想像力を酷使しなくてはなりません。つまらぬ小さな物をあれほど真剣にほしがる気持ちは、並み大抵のことでは体得できません。しかし、まねようと思えばまねられます……それに近い気持ちになることができます。まず手始めに、欲ばりの子供になったつもりになってください……お菓子屋だ……あのお菓子がどうしてもほしい……くすねてやれ……今度はそのなかから子供らしい詩を差し引いてください……お菓子屋にともっているお伽話《とぎばなし》めいた豆電球を消すのです……自分が世間のこともお菓子の市場価値もちゃんと心得たひとかどの人間だとうぬぼれるのです……カメラの焦点のように心を小さくしていってください……だんだんピントが合ってくる……はっきりしてくる……するとだしぬけに、そら見えてきた！」

ブラウン神父は、神聖な幻想を見た人が、それを人に話して聞かせるような話し方をしていた。

グランディソン・チェイスは、狐につままれたような、それでいて興味津々といったふうな、難しい顔をしてじっと神父を見つめていた。その寄せられた眉の下に、一度は茫然自失《ぼうぜんじしつ》の色が現われたというのは、当人には気の毒ながら嘘でも何でもない。そのときの、つまり我こそは殺人犯人と神父が告白したときのショックは、まだ雷の余韻のようにチェイスの身体を震わしていた。そしてチェイスは、あのとき神父が本物の殺人鬼に見えたのは一時《いっとき》の気の迷いにすぎない、とひそかに自分に言い聞かせていた。目がくらみ頭のかすむあのショックの瞬間にはそう見えたが、ブラウン神父が本物の悪鬼羅刹《あくきらせつ》であろうはずはない。しかし、こんなに落ち着きはらって殺人鬼の心を心とするなどと話しているこの人物は、どこか狂っているのではないだろうか？　この神父が実は少し頭がおかしいというのは、ありうることだろうか？

「そういうふうに」チェイスがだしぬけに言いだした。「犯罪人の心を心としてばかりいますと、犯罪に対して寛大に過ぎるようなことにはなりますまいか？」

神父は座り直して、これまでとは違った、鋭く言葉を言いきる口調で答えた。

「その逆なのです。この方法をとれば、時間と罪の問題がすっかり解決します。人は事前に悔悛《かいしゅん》するようになります」

しばらくみんな黙っていた。チェイスは庭にさしかけられている急勾配の高いテラスの屋根を見あげていた。主人のフランボウは、じっと赤い火に見入っていた。やがて神父が、今度は心の奥所から洩れでたような、低い声になって話しはじめた。

「悪魔を否《いな》むには二つのやり方があります。その違いは、ことによると現代宗教を二分する最大の溝なのかもしれません。一つのやり方は、我々からあまりに縁遠いものだからというので悪魔をいみきらうことです。いま一つは、我々にあまりに身近なものなので悪魔を怖れしりぞけることです。その二つはどちらも徳行なのだが、相へだたること徳行と悪行のいかなるへだたりより甚《はなは》だしい」

二人は無言で聞いていた。神父は前に変わらぬ重い口調で、溶けた鉛を滴《したた》らすように言葉を落としながら話を続けた。

「あなた方が犯罪を怖ろしいと思うのは、自分にはとてもそんなことはできないと思うからでしょう。わたしが犯罪を怖ろしいと思うのは、自分もそれをやりかねないと思うからなのです。あなた方は犯罪をヴェスヴィアスの噴火のように思っていられる。しかし、それよりはこの家に火がつくほうがよほど怖ろしい。もしこの部屋にいきなり犯罪人が現われたとしたら――」

「この部屋に犯罪人が現われたとしたら」チェイスが微笑して言った。「さぞや神父さんは途方もない同情をお示しになることでしょうな。まず、実はわたしも犯罪者だとお話しになって、おまえが父親の枕さがしをしたり母親の喉を掻き切ったりしたのは理の当然である、何となれば、というふうにおさとしになるにちがいない」

しかし、率直に申してそれは実際的ではないと思います。実際的な効果といえば、誰も改心しないということだけだろうと思います。抽象的な犯罪論を組み立てたり、仮構の犯罪を分析したりするのは容易です。しかし、それはみんな机上の空論です。ムッシュー・デュロックの快適なお屋敷にこうして座って、自分たちが紳士であり犯罪人ではないことを念頭において、盗人や人殺しやかれらの魂の秘密についておしゃべりをするというのは、それはたしかに演劇的なスリルもあって楽しいものです。しかし、実際に盗人や人殺しを扱わなくてはならない人たちは、まるで違った扱い方をしなくてはなりません。我々は当家の炉辺（炉辺は家庭的なくつろぎの象徴）で無事平穏を楽しんでいるのですし、この家に火がついていないことも承知しています。そしてこの部屋に犯罪者がいないということも承知しています」

話のなかに名前の出た当のムッシュー・デュロックが、いわゆる当家の炉辺からゆっくりと立ちあがった。その大きな影が炉の火を隠し、すべてを蔽《おお》い、頭上の夜陰までも暗くするように思われた。

「この部屋には犯罪者がいます」ムッシュー・デュロックは言った。「わたしがそうです。わたしはフランボウです。いまでも両半球の警察がわたしを追いまわしています」

アメリカ人は目を石のように光らせてフランボウを見つめたまま、口をきくことも、身動きすることもできずにいた。

「わたしの告白には神秘も比喩《ひゆ》も代役もありません」フランボウは言った。「わたしはこの二本の手で二十年のあいだ盗みを働き、この二本の足で警察の追及を逃《のが》れました。わたしの行動が実際的であったことはお認めいただけると思います。わたしの裁判官や追及者が本当に犯罪を扱わねばならなかったこともお認めいただけると思います。その人たちがどういうふうに犯罪を責め咎《とが》めるかをわたしが知らないとでもお思いになりますか？　わたしは君子諸賢の説教を聞き、紳士諸公の白眼を浴びてまいりました。その人たちは高尚迂遠《こうしょううえん》な言葉でわたしに説喩《せつゆ》を垂れました。人間としてどうしてそれほどまで下劣になれたのか了解に苦しむと言いました。君子人には想像もつかぬ堕落であるとも言いました。そういう説法がわたしにとって滑稽《こっけい》以外の何ものだったでしょう？　ただ、ブラウン神父だけが、わたしがなぜ盗みを働くのかそのわけを知っているとおっしゃいました。それ以来わたしは一度も盗んだことがありません」

ブラウン神父が反対するような身ぶりをした。そしてグランディソン・チェイスが、笛でも吹くような長いため息をついた。

「わたしはありのままを申しあげました」フランボウが言った。「わたしを警察に引き渡そうとなさるのなら、それはあなたのご随意です」

一瞬、深い静寂が続いた。ただ、かすかに頭上の暗く高い建物のなかでフランボウの子供たちが笑いさざめいている声と、ぼんやり明かりを浴びて大きな灰色の豚が鼻を鳴らして餌を食べている音だけがつたわってきていた。その静寂を切りさいて、少し腹を立てたらしいチェイス氏の甲高い声が凛然《りんぜん》と響いた。それは、アメリカ精神の感受性がどのようなものであるか、またそれがときには、俗にその反対と言われるスペインの騎士精神に、どれほど近くなるものであるかを知らない人なら意外と思ったような声だった。

「ムッシュー・デュロック」チェイスは少し固くなって言った――「たとえお付き合いは短くとも、我々は友人ではありませんか。しかるに、あなたが進んで昔話を少々お聞かせになったというだけのことで、親切なおもてなしにあずかり、ご家族とも親しくさせていただいているこのわたしが、あなたを密告するかもしれぬとお疑いになったのは実に残念です。しかも、あなたはお友達の弁護をなさりたいばかりにお話しくだすったのだった――いや、ムッシュー、紳士としてこういう場合に人を裏切ることができましょうか？　それをするくらいなら、いっそわたしは卑劣な密告者となって賞金めあてにお尋ね者を絞首台に登らせ……しかし、この場合は……えへん、あなたはどんな下劣な人間でもそれほどのユダになれるとお思いですか？」

「わたしなら、なれるかどうかやってみます」ブラウン神父が言った。

「このわたしは人間の内部に」——一九二〇年代に起きたこと

高山　宏

ギルバート・キース・チェスタトン（一八七四―一九三六）の『ブラウン神父の秘密』（一九二七）を読む。というか、見る。丁寧に年号をチェックしたのには意味がある。ひとつは作者が典型的な後期ヴィクトリア朝期の人間で、たとえば精神分析学の心理学者ジークムント・フロイト（一八五六―一九三九）や、英国で言えばシャーロック・ホームズ連作のA・コナン・ドイル（一八五九―一九三〇）と同じ時代の空気を吸っていたことがすぐに判る。一九二七年というのも、あと二年でウォール街の世界恐慌に向けて、探偵小説の大本の大本たる金《マネー》の構造そのものが揺れに揺れていた近代的価値観そのものの大変化の年で、想像つくようにオカルトだのマジックだのをキーワードにするサブカルチャー、というか巧い洒落で言えば「オカルチャー（occulture）」の大流行していた時代で、金の文化の象徴たる旅のトランクから怪物が出るアイディアで売ったハリー・ポッター・シリーズの「スピン・オフ」映画『ファンタスティック・ビーストと魔法使いの旅』がそこをいかに巧く突いたかはぼく自身、会心作「一九二六年のトランク」に書き尽くした（『ユリイカ』誌二〇一六年十二月号）。そうか、やっぱりそのあたりなんだという気分で久しぶりに『ブラウン神父の秘密』に対することになったわけである。

ホームズものの最後を飾る『シャーロック・ホームズの事件簿』が一九二七年の刊行というのも象徴的だ。絶妙なバトンタッチというか文化の感覚の大転換があった。それが一番良く分かるのが『ブラウン神父の秘密』だろうという話をして、解説に代えたいと思う。

先ほど冒頭でこの作品を「読む。というか、見る」という妙な言い方をしておいたが、一体「見る」とは何をどうすることかという大問題に係わったのが探偵小説史上のホームズ・シリーズからブラウン神父シリーズの高速な展開、転回であったからだ。見る、って何を、いかに？

そもそも「探偵」の語もない日本に明治十年代、その語が生れたのは英語の“detective”からの翻訳だが、探の字も偵の字も見ることを指しているから、「覆い隠されているものをめくって中を見る」という英語語彙《ごい》の語源まで含めてよく訳せていると思って、改めて感心する。語源ついでに言えば、『ブラウン神父の秘密』の「秘密（secret）」だって、元々は“secerno”というラテン語からで、集塊から分離される、引き離す、関係を絶つ、引きこもる等々の意味だから、内と外の分離を出発点として内を外から見て少し分かり易くするという探偵もしくは探偵小説そのものの構造といきなり密に係わるものなので、ああ『ブラウン神父の秘密』ね、と何となくうけ流せる言葉ではない。考えてみれば「童心」だって「知恵」だって「不信」だって、宗教的に皆深い！

探偵とはディテクトする人、めくって内をのぞく人と判った。だから探偵小説は英語でディテクティヴ・ストーリーというのである。しかれば探偵小説をもうひとつ、「ミステリー」の語で呼ぶのはどういうことか。実はこれが二十歳というかなり年上になってぼくが探偵小説に惹かれた原因というか発端になった。ぼくが英文学に目を向ける因をつくったもののひとつが俊才で鳴らした故高橋康也氏の名著中の名著、『エクスタシーの系譜』（一九六六）で、カトリック神秘主義と（意外にも）数学的・論理学的想像力の関係を英文学中の一系列としてみている。十七世紀、カトリック的であるが故に苦しんだ形而上派詩のダンやリチャード・クラショーからまさしく二十世紀初めの文人たちのカトリックへの転向・改宗（代表格はT・S・エリオット）まで、普通英文学と言われてイメージする世界とまるで別ものの知的でどこか後暗い系譜があり、そこにチェスタトンも当然加わるはずと知れた。右名著の厖大な目次にチェスタトンは入っていなかったが、その後高橋氏がチェスタトン狂いで、日本におけるチェスタトン紹介者の一人と知ってごくごく納得がいったのを覚えている。

　その場合のキーワードが真芯に「ミステリー」だった。処女が子を産む、神にして人にして聖霊でもある一存在（結局、なんなの?）……カトリック教義の根本にあるこうした「非合理なるが故に我れ信ず」という大命題をミステリウム（mysterium）と呼ぶ。ぼくがこの呼称に引っ掛かったのがこの語のギリシア語源「ミュステリオン（μυστήριον）」の意味する「目を閉じる」という、つまりは覆いをめくってまで見るディテクティヴの行為とまるで逆の意味だった。

つまり見る／見ないの両極の呼び方が、この種の探究行ストーリーにはつきまとっていることになる。ふしぎなり！　で、探偵小説マニアが集まる折りに出掛けて質問をすることが何度かあって不審がられたことは拙著『殺す・集める・読む』（東京創元社・創元ライブラリ。収中のチェスタトン論はパラドックス論として行くところまで行けた、それまで最高と考えていたヒュー・ケナーのチェスタ

トン論をひょっとして越えたとささやかに自負）に記した通り。もう皆さまに御迷惑を掛けることはないと思う。一応納得いく答は得られたからだ。それはウィリアム・デイヴィッド・スペンサーの『ミステリウムとミステリー』という大著で、ウンベルト・エーコの話題作『薔薇の名前』が引金になって、よくもよくもと思うほどカトリックの坊様・尼《あま》さんが探偵をつとめる小説を集めて論じてみせた。「聖職者探偵もの（Clerical Crime Novel）」という、出てきて当然の一ジャンルが見事に設定された。是非探本されたい（W. D. Spencer, *Mysterium and Mystery*, UMI Research Press, 1989）。どう考えてもチェスタトン研究者はこれ必読だなあ。

　現実の視覚文化史に合う議論にするなら、見る〈対〉見ないというペアではなく、外を見る〈対〉内を見るというペアとして現われていたのが一九二〇年代という時代だったように思う。「見る（see）」が全く同時に「分かる（see）」に掏り替るのが近代視覚文化の最大問題で、その代表選手が遠近法（perspective）である。混沌たる世界を秩序化すると言いたい時“put …

into order” と言う代りに “put … into perspective” と言ったりするあれである。多次元的混沌をたとえば二次元に表面化する技術を〈絵〉と呼ぶ。世界をこういう絵に還元する作業を特に意識的にやったのがロマン派前後の英国で、余りに面白い現象なのでこれを久しく忘れられていた「ピクチャレスク（絵のように）」という本来の名で呼び直して、ぼく自身、『目の中の劇場』（一九八五）以降、何冊かの本で縷説《るせつ》してきた。風景をこと細かに描く／書く技術をピクチャレスクと呼ぶなら、人（々）の外見をこと細かに観察し、描写する技術をフィジオノミーという。観相術ないし観相学と訳す。この二つの見る技術を職業的に巧くこなす、そしてそこに意味を読みとっていくのが探偵である。シャーロック・ホームズの卓抜せる技倆は、一《いつ》に掛かってこれである。シャーロック・ホームズ連作中、初期の『四人の署名』冒頭部のこうした技術への見事な讃美と好対照とされるのが『ブラウン神父の秘密』冒頭の標題作「ブラウン神父の秘密」であるのは周知であろう。外を見る、或は外から見る技法では捉えられない相手を、シャーロック・ホームズはあっさり守備範囲外として諦める。その昔、ぼくが「童謡殺人」ジャンルと名付けた利害得喪の計算を越えたところになにやら見えにくい動機を持つ犯罪ないし犯罪小説の世界。チェスタトンの名探偵はそういう時代が要請した、これも一種立派なサイコ・ディテクティヴであるのだろう。それをフロイトその他の無意識心理学の物語に還元しないで、「ハギオロジー（hagiology　聖徒研究）」としてやるところにカトリック的メタ探偵小説の妙がある。「聖職者探偵もの」の妙味である。

　ホームズが相手を「まるで昆虫でもあるかのように」外から観察する能力とブラウン神父が

言う「見る」文化は、遠近法が良い例だが十六世紀（今日言うところのマニエリスム時代）に発し、細部データの分類・累積を体質として抱えたピュリタリズム十七世紀を経、啓蒙精神――蒙《くら》きを啓《ひら》く、文字通りディテクティヴな精神――を経て、文物横溢がたえず「秩序」を、「解答」を要求する十九世紀にいたって、要するに制度疲労（眼精疲労！）を生じたのだ。

探偵小説をこんな四世紀にもなんなんとする「見る」文化の中に捉え直させるだけのアッピールがブラウン神父シリーズ、とりわけその反近代的方法を「方法」としてはっきり提示したこの『ブラウン神父の秘密』一巻にはある。犯罪者の心理になりきる、すると見えてくるというのだが、ロマン派以来の「想像力」論がとても興味深く俗化した形である。理屈としてはわかる。たとえば現象学哲学の流行した時代だ。世界を外のデータからみるのでなく、対象の内部に入ってそこから見えるものを追っていくいわゆる「記述の哲学」。話法も三人称という客観的話法を失って、かと言って複雑な世界を前に今さら一人称にも回帰できないがゆえに、描出話法という名の彼でも我でもない視点からの語りが、「意識の流れ」感覚がフォークナーやヴァージニア・ウルフの「純」文学を強撃し、三人称小説を小説と思ってきた世代を大混乱させる。モダニズム小説だ。

ピクチャレスク、ロマン派（とくにゴシシズム）は強固な「内」／自我への信頼を家、部屋、庭、そして壁という小テーマに結実させた。それを戯画的なまでにそっくり踏襲したのが探偵小説である。本書の「ブラウン神父の秘密」と「フランボウの秘密」にはさまれた八篇はそういう古典的探偵小説の外から見る目線を見事なまでに――徹底的に自照的《リフレクシヴ》に――堪能させてくれる。が、それでは見えてはこない、ではどうするか、それで相手になりきるという何だか今般脳科学のミラーニューロン理論じみた議論になる。メタ探偵小説が「聖職者探偵もの」を巻きこんで「神なき世」のポストモダン神学をうちたてつつあるという感じが改めて新鮮だ。チェスタトン最後の探偵小説、『ポンド氏の逆説』（一九三六）の最後の最後でポンド氏が文字通り池《ポンド》の表面と同化し、混沌世界を鏡映する一面の鏡であることが知れて読者を究極チェスタトン的に驚愕させる。自からを空《くう》にすることでのみ、いかなる他者の内面をも映しだすブラウン神父とは自からの空無を世界—謎の解消にささげるキリストとも思えてくる。ううむ、ハギオロジカル！

いずれにしろ見る／見られる、内／外の単純な二元論はもういかなる探偵小説も支えられない。そう言い放った『ブラウン神父の秘密』が、遠近法の無効を告げるエルヴィン・パノフスキーの『象徴形式としての遠近法』と同じ一九二七年に登場してきたのは絶対に偶然ではない。

収録作品原題・初出一覧

ブラウン神父の秘密　The Secret of Father Brown　『ブラウン神父の秘密』（キャッセル、一九二七年刊）に書き下ろし

大法律家の鏡　The Mirror of the Magistrate　〈ハーパー〉誌一九二五年三月号

顎鬚《あごひげ》の二つある男　The Man With Two Beards　〈ハーパー〉誌一九二五年四月号

飛び魚の歌　The Song of the Flying Fish　〈ハーパー〉誌一九二五年六月号

俳優とアリバイ　The Actor and the Alibi　〈キャッセル〉誌、〈ハーパー〉誌一九二六年三月号

ヴォードリーの失踪　The Vanishing of Vaudrey　〈ストーリーテラー〉誌、〈ハーパー〉誌一九二七年一月号

世の中で一番重い罪　The Worst Crime in the World　〈ハーパー〉誌一九二五年十月号

メルーの赤い月　The Red Moon of Meru　〈ハーパー〉誌一九二七年三月号

マーン城の喪主　The Chief Mourner of Marne　〈ハーパー〉誌一九二五年五月号

フランボウの秘密　The Secret of Flambeau　『ブラウン神父の秘密』（前出）に書き下ろし

訳者紹介　1931年生まれ。東京大学文学部英文科卒。チェスタトン「ブラウン神父」シリーズ，ブラウン「まっ白な嘘」，バラード「結晶世界」，ヴァン・ヴォークト「非Aの世界」，ウィルソン「賢者の石」など訳書多数。2008年歿。

ブラウン神父の秘密

1982年2月19日　初版
2014年3月7日　20版
新版　2017年7月21日　初版
2024年11月29日　再版

著　者　G・K・チェスタトン

訳　者　中《なか》　村《むら》　保《やす》　男《お》

発行所　(株)　東京創元社
代表者　渋谷健太郎

162-0814 東京都新宿区新小川町1-5
電　話　03・3268・8231-営業部
03・3268・8201-代　表
URL　https://www.tsogen.co.jp
組版　工友会印刷
印刷・製本　大日本印刷

乱丁・落丁本は，ご面倒ですが小社までご送付ください。送料小社負担にてお取替えいたします。

ISBN978-4-488-11016-1　C0197